中国书籍文学馆 大师经典

邹韬奋精品选

邹韬奋 ◎ 著

中国书籍出版社
China Book Press

图书在版编目（CIP）数据

邹韬奋精品选 / 邹韬奋著.—北京：中国书籍出版社，2014.3
（中国书籍文学馆·大师经典）
ISBN 978-7-5068-3937-2

Ⅰ.①邹… Ⅱ.①邹… Ⅲ.①中国文学—现代文学—作品综合集 Ⅳ.①I216.2

中国版本图书馆CIP数据核字（2013）第306327号

邹韬奋精品选

邹韬奋 著

图书策划	武 斌 崔付建
责任编辑	毕 磊
责任印制	孙马飞 张智勇
出版发行	中国书籍出版社
地 址	北京市丰台区三路居路97号（邮编：100073）
电 话	（010）52257143（总编室）（010）52257153（发行部）
电子邮箱	chinabp@vip.sina.com
经 销	全国新华书店
印 刷	北京富达印务有限公司
开 本	710毫米×1000毫米 1/16
字 数	296千字
印 张	23
版 次	2014年6月第1版 2016年8月第2次印刷
书 号	ISBN 978-7-5068-3937-2
定 价	39.80元

版权所有 翻印必究

出版前言

我国现代文学是指用现代文学语言与文学形式，表达现代中国人思想、感情、心理的文学。是在20世纪初"五四"新文化运动的影响下，广泛接受外国文学影响而形成的新兴文学。其不仅用现代语言表现现代科学民主思想，而且在艺术形式与表现手法上都对传统文学进行了革新，建立了新的文学体裁，在叙述角度、抒情方式、描写手段以及结构组成等方面，都有新的创造。

我国现代文学的主流是人民的文学，集中表现为大大加强了文学与人民群众的结合，文学与进步社会思潮及民族解放。革命运动的自觉联系，构成了我国现代文学的基本历史特点与传统。此时的文学，以表现普通人民生活、改造民族性格和社会人生为文学根本任务。

在创作实践上，我国现代文学中出现了从未有过的彻底反封建的新主题和新人物，普通农民与下层人民，以及具有民主倾向的新式知识分子，成为了文学主人公，充分展示了批判封建旧道德、旧传统、旧制度以及表现下层人民不幸、改造国民性与争取个性解放等全新主题。也是通过这些内涵和元素，现代文学对推动历史进步起到了独特作用。

我们刚刚跨入21世纪，今天的历史状况和时代主题与现代文学的成长背景存在巨大差异，但文学表现人物、反映社会、推动进步的主旨并没有改变，在此背景下，我们非常有必要重温现代文学的经验，吸取其有益的因素，开创我们新世纪的文学春天，我们编辑《中国书籍文学馆·大师经典》丛书，精选鲁迅、郁达夫、闻一多、徐志摩、朱自清、萧红、夏丏尊、邹韬奋、鲁彦、梁遇春、戴望舒、郑振铎、庐隐、许地山、石评梅、李叔同、朱湘、林徽因、苏曼殊、章衣萍等我国现代著名作家的文学作品，正是为了向今天的读者展示现代文学的成就，让当代文学能在与现代文学对话中开拓创新，生机盎然。因为这些著名作家都是我国现代文学的开拓者和各种文学形式的集大成者，他们的作品来源于他们生活的时代，包含了作家本人对社会、生活的体验与思考，影响着社会的发展进程，具有永恒的魅力。

邹韬奋简介

邹韬奋（1895～1944）原名邹恩润，曾用名李晋卿。祖籍江西余江，出生在福建永安。他是我国卓越的新闻记者、政论家、出版家。

1895年，邹韬奋出生在一个破落的旧式官僚家庭。当他5岁时候，便在家读私塾。1900年，他进入福州工业学校读书，不久他的父亲将他送至上海南洋公学，他在此上中学并读至大学电机工程科二年级。1919年，由于兴趣原因，转而投考上海圣约翰大学文科，并主修西洋文学，辅修教育。1921年，毕业并获文学学士。

1922年，邹韬奋受著名教育家黄炎培之聘，担任中华职业教育社编辑股主任，并加入中华职业教育社，主编《教育与职业》月刊和编译《职业教育丛书》，从事职业教育研究和宣传活动，提出了许多精辟独到的见解。

1926年10月，邹韬奋担负《生活》周刊的主编，他以犀利之笔，力主正义舆论，抨击黑暗势力。从此，他全身心地投入到工作中。他根据社会和读者需要，从内容到形式对《生活》周刊进行大幅度革新。

在邹韬奋的主张下，《生活》周刊以文字朴实、亲切自然、贴近生活，又敢于面对现实、伸张正义的特色，成为广大读者倾诉衷肠的热心伙伴。很快，周刊就赢得了信任和热爱。

广大读者反映说：《生活》周刊"宗旨高尚，笔墨洁净，对于恶习惯极尽诤言，描写社会消息，毫不轻薄，字里行间，常含有一种君子的态度"，"真不愧是我们读者的一位良好的'导师'"。

抗日战争爆发后，邹韬奋坚决反对不抵抗政策，他主编的周刊以反对内战和团结抗敌御侮为根本目标，成为了国内媒体抗日救国的一面旗帜。《生活》周刊在我国期刊史上留下了光辉的一页，它是一个丰富的文化宝库。邹韬奋所体现的强烈社会责任感和服务意识，以及他那丰富编辑思想、出版理念，具有深刻的启发性。

1932年7月，邹韬奋创办生活书店，他任总经理。他依靠书店，团结了一大批进步作者，短短几年，便在全国各地开设了56家分支机构。他先后出版了数十种进步刊物，以及包括马克思主义译著在内的1000余种图书。

1933年1月，他加入了中国民权保障同盟，成为执行委员。同年7月14日起，他迫于压力，到欧洲各国和前苏联"考察"。

1935年8月，邹韬奋回国后，11月在上海创办《大众生活》周刊。他在《大众生活》发表文章，以其鲜明的政治立场和无畏的战斗风格，痛斥那些卖国行径，并对学生的爱国救亡运动，进行大力宣传和热情支持。他高度赞扬学生救亡运动，呼吁凡是以民族解放斗争为前提的人们，应该"共同擎起民族解放斗争的大旗以血诚拥护学生救亡运动，推动全国大众的全盘的努力奋斗！"因此，《大众生活》受到广大群众的热烈欢迎。他的文章从来不畏权势，勇于一贯地讲真话，他批评时弊不怕得罪人，他的主张在舆论界独树一帜，具有广泛的影响力。

1936年，邹韬奋奔走于港沪之间，积极宣传抗日，但在年底他遭到了逮捕。出狱后，上海沦陷，他前往武汉继续参加救国活动。他把《抗战》和《全民周刊》合并改为《全民抗战》三日刊，在鼓励抗战方面发挥了巨大的作用。

1941年2月，邹韬奋到香港恢复了《大众生活》周刊。1942年11月，他辗转到苏中抗日根据地，后赴苏北抗日根据地，积极投身到抗日的洪流中。1943年3月，他赴沪治病。1944年7月，他因癌症病逝。

邹韬奋在战斗的岁月中，他除了主办刊物外，还从事文学创作。他的作品包括《韬奋漫笔》《萍踪寄语》《萍踪忆语》《坦白集》《再厉集》等，其主要著作被收录在《韬奋文集》。

邹韬奋无论从事新闻写作还是文学创作，他都提倡采用简洁明快、浅显生动的文风。他的写作和编辑最大特点，就是善于把自己言论和人民现实生活紧密结合起来，随时注意广大读者所关心、所急切要求解答的问题，反映当时人民的情绪和愿望。对于广大人民群众所遇到的比较有意义的一切大小问题，他都随时注意收集整理，然后根据事实进行研究，加以认真地分析，判定问题的性质，指明发展的前途，并用简短有力、浅显生动的文字进行讨论，且能从一定原则水平上及时给予明确回答。

邹韬奋倡导写作要立于民众立场，要有与时俱进的言论。他早期的言论都是随着社会形势、读者需要以及自身思想的变化而变化的。初期言论基本不涉及时事政治问题，评述的大多是生活方式和社会新闻，提倡新的生活方式等，对道德修养、工作娱乐、健康生活、婚姻爱情等一系列问题均十分关注。后来，因为民族危机日益严重，在中华民族面临生死存亡的关键时刻，他的言论开始更多地反映时事，发表了一系列宣传抗日、引导舆论的文章，抨击不抵抗政策，号召广大民众共同抗日，具有很强的战斗力。

邹韬奋将他的一生都奉献给了我国的新闻事业，形成了自己的新闻思想，为我国的新闻事业奠定了基础。他的一生正是抱着追求真理、追求光明的执著信念，为了祖国和人民的伟大事业而鞠躬尽瘁，贡献了自己毕生的精力。

1944年11月15日，毛泽东主席在为邹韬奋题词时写道："热爱人民，真诚地为人民服务，鞠躬尽瘁，死而后已，这就是邹韬奋先生的精神，这就是他之所以感动人的地方。"

无产阶级革命家周恩来曾说："邹韬奋同志经历的道路是中国知识分子走向进步、走向革命的道路。"

我国以邹韬奋名字命名的"韬奋出版奖"是我国出版界最高的奖项,以他名字命名的另一奖项"韬奋新闻奖"是我国新闻界的最高奖项。2009年,邹韬奋被评为100位为新中国成立作出突出贡献的英雄模范。

目录

散文

我的母亲	2
工程师的幻想	7
深挚的友谊	10
大骂学校的当代文豪	13
萧伯纳的夫人	16
极怕新闻记者的文学家	19
辛克莱路易斯	21
最有益于全世界的老头子	24
悼王永德先生	30
苦学时代的教书生涯	32
大发明家的特别脑子	35
伊斯德门	39
诺贝尔奖金的创始者	43
丢　脸！	46

新闻记者	48
干	50
肉麻的模仿	52
痛念亡友雨轩	54
静	56
高　兴	58
硬吞香蕉皮	62
不相干的帽子	64
人　圈	67
地　位	68
波　动	71
贫民窟里的报馆	74
外国人的办事精神	77
大声疾呼的国文课	79
一幕悲喜剧	82
看守所	85
临时的组织	88
聚精会神的工作	91
转　变	94
社会的信用	97

目录

惨淡经营之后	100
新闻检查	104
滑稽剧中的惨痛教训	107
废　话	110
爱与人生	112
久仰得很！	116
闲暇的伟力	118
集中的精力	120
敏捷准确	122
随遇而安	124
坚毅之酬报	126
办私室	128
尽我所有	131
明哲保身的遗毒	134
忘　名	137
呆　气	140
纸上自由	143
不堪设想的官化	146
四P要诀	148
统治者的笨拙	150

走　狗	152
领导权	154
个人的美德	156
民众的要求	158
《狱中杂感》序	160
从现实做出发点	162
青年"老学究"	165
深夜被捕	168
立场和主张	171
两看的比较	174
能与为	176
工作的大小	178
有效率的乐观主义	180
英文的学习	182
我们的"家长"	185

通讯

海上零拾	192
月下中流——经苏彝士河	195
海程结束	198
威尼斯	202

佛罗伦萨	206
世界公园的瑞士	209
巴黎的特征	213
瑕瑜互见的法国	216
在法的青田人	220
由巴黎到伦敦	224
华美窗帷的后面	228
曼彻斯特	232
大规模的贫民窟	236
褐色恐怖	240
运动大检阅	244
谒列宁墓	248
开放给大众的休养胜地	
——克里米亚	251
雅尔达	255
由柏明汉到塞尔马	260
黄石公园和离婚胜地	268
船上的民族意识	273
游比杂谈之一	276
游比杂谈之二	281

所谓领袖政治	286
物质文明与大众享用	291
黑色问题	298
照耀世界的五十周年纪念	305

—书信—

对人对境和对己的态度	310
忍受不住的苦闷	313
笔杆与枪杆	317
救国之力	319
思想的犯罪问题	321
期　望	323
不能两全	326
永　生	328
倾　诉	330
一群流亡失所的青年	333
谋生与屈辱	336
理智与情感	338
中国家制	340
和男同事在一块儿	344
有位助教	348

文学精品选

散文
邹韬奋精品选

我的母亲

说起我的母亲，我只知道她是"浙江海宁查氏"，至今不知道她有什么名字！这件小事也可表示今昔时代的不同。现在的女子未出嫁的固然很"勇敢"地公开着她的名字，就是出嫁了的，也一样地公开着她的名字。不久以前，出嫁后的女子还大多数要在自己的姓上面加上丈夫的姓；通常人们的姓名只有三个字，嫁后女子的姓名往往有四个字。在我年幼的时候，知道担任商务印书馆出版的《妇女杂志》笔政的朱胡彬夏，在当时算是有革命性的"前进的"女子了，她反抗了家里替她订的旧式婚姻，以致她的顽固的叔父宣言要用手枪打死她，但是她却仍在"胡"字上面加着一个"朱"字！近来的女子就有很多在嫁后仍只由自己的姓名，不加不减。这意义表示女子渐渐地有着她们自己的独立的地位，不是属于任何人所有的了。但是在我的母亲的时代，不但不能学"朱胡彬夏"的用法，简直根本就好像没有名字！我说"好像"，因为那时的女子也未尝没有名字，但在实际上似乎就用不着。像我的母亲，我听见她的娘家的人们叫她做"十六小姐"，男家大家族里的人们叫她做"十四少奶",后来我的父亲做官,人们便叫做"太太"始终没有用她自己名字的机会!我觉得这种情形也可以暗示妇女在封建社会里所处的地位。

我的母亲在我十三岁的时候就去世了。我生的那一年是在九月里生的,她死的那一年是在五月里死的,所以我们母子两人在实际上相聚的时候只有十一年零九个月。我在这篇文里对于母亲的零星追忆,只是这十一年里的前尘影事。

我现在所能记得的最初对于母亲的印象,大约在两三岁的时候。我记得有一天夜里,我独自一人睡在床上,由梦里醒来,朦胧中睁开眼睛,模糊中看见由垂着的帐门射进来的微微的灯光。在这微微的灯光里瞥见一个青年妇人拉开帐门,微笑着把我抱起来。她嘴里叫我什么,并对我说了什么,现在都记不清了,只记得她把我负在她的背上,跑到一个灯光灿烂人影幢幢往来的大客厅里,走来走去"巡阅"着。大概是元宵吧,这大客厅里除有不少成人谈笑着外,有二三十个孩童提着各色各样的纸灯,里面燃着蜡烛,三五成群地跑着玩。我此时伏在母亲的背上,半醒半睡似的微张着眼看这个,望那个。那时我的父亲还在和祖父同住,过着"少爷"的生活;父亲有十来个弟兄,有好几个都结了婚,所以这大家族里看着这么多的孩子。母亲也做了这大家族里的一分子。她十五岁就出嫁,十六岁那年养我,这个时候才十七八岁。我由现在追想当时伏在她的背上睡眼惺忪所见着的她的容态,还感觉到她的活泼的欢悦的柔和的青春的美。我生平所见过的女子,我的母亲是最美的一个,就是当时伏在母亲背上的我,也能觉到在那个大客厅里许多妇女里面:没有一个及得到母亲的可爱。我现在想来,大概在我睡在房里的时候,母亲看见许多孩子玩灯热闹,便想起了我,也许蹑手蹑脚到我床前看了好几次,见我醒了,便负我出去一饱眼福。这是我对母亲最初的感觉,虽则在当时的幼稚脑袋里当然不知道什么叫做母爱。

后来祖父年老告退，父亲自己带着家眷在福州做候补官。我当时大概有了五六岁，比我小两岁的二弟已生了。家里除父亲母亲和这个小弟弟外，只有母亲由娘家带来的一个青年女仆，名叫妹仔。"做官"似乎怪好听，但是当时父亲赤手空拳出来做官，家里一贫如洗。我还记得，父亲一天到晚不在家里，大概是到"官场"里"应酬"去了，家里没有米下锅；妹仔替我们到附近施米给穷人的一个大庙里去领"仓米"，要先在庙前人山人海里面拥挤着领到竹签，然后拿着竹签再从挤得水泄不通的人群中，带着粗布袋挤到里面去领米；母亲在家里横抱着哭涕着的二弟踱来踱去，我在旁坐在一只小椅上呆呆地望着母亲，当时不知道这就是穷的景象，只诧异着母亲的脸何以那样苍白，她那样静寂无语地好像有着满腔无处诉的心事。妹仔和母亲非常亲热，她们竟好像母女，共患难，直到母亲病得将死的时候，她还是不肯离开她，把孝女自居，寝食俱废地照顾着母亲。

母亲喜欢看小说，那些旧小说，她常常把所看的内容讲给妹仔听。她讲得娓娓动听，妹仔听着忽而笑容满面，忽而愁眉双锁。章回的长篇小说一下讲不完，妹仔就很不耐地等着母亲再看下去，看后再讲给她听。往往讲到孤女患难，或义妇含冤的凄惨的情形，她两人便都热泪盈眶，泪珠尽往颊上涌流着。那时的我立在旁边瞧着，莫名其妙，心里不明白她们为什么那样无缘无故地挥泪痛哭一顿，和在上面看到穷的景象一样地不明白其所以然。现在想来，才感觉到母亲的情感的丰富，并觉得她的讲故事能那样地感动着妹仔。如果母亲生在现在，有机会把自己造成一个教员，必可成为一个循循善诱的良师。

我六岁的时候，由父亲自己为我"发蒙"，读的是《三字经》，第一天上的课是"人之初，性本善；性相近，习相远"。一点儿莫名其妙！一个人坐在一个小客厅的炕床上"朗诵"了半天，苦不堪言！母亲觉得非请一位"西席"老夫子，总教不好，所以家里虽一贫如洗，情愿节衣缩食，把省下的钱请一位老夫子。说来可笑，第一个请来的这位老夫子，每月束脩只须四块大洋（当然供膳宿），虽则这四块大洋，在母亲已是一件很费筹措的事情。我到十岁的时候，读的是"孟子见梁惠王"，教师的每月束脩已加到十二元，算增加了三倍。到年底的时候，父亲要"清算"我平日的功课，在夜里亲自听我背书，很严厉，桌上放着一根两指阔的竹板。我的背向着他立着背书，背不出的时候，他提一个字，就叫我回转身来把手掌展放在桌上，他拿起这根竹板很重地打下来。我吃了这一下苦头，痛是血肉的身体所无法避免的感觉，当然失声地哭了，但是还要忍住哭，回过身去再背。不幸又有一处中断，背不下去，经他再提一字，再打一下。呜呜咽咽地背着那位前世冤家的"见梁惠王"的"孟子"！我自己呜咽着背，同时听得见坐在旁边缝着的母亲也唏唏嘘嘘地泪如泉涌地哭着。我心里知道她见我被打，她也觉得好像刺心的痛苦，和我表着十二分的同情，但她却时时从呜咽着的断断续续的声音里勉强说着"打得好！"她的饮泣吞声，为的是爱她的儿子；勉强硬着头皮说声"打得好"，为的是希望她的儿子上进。由现在看来，这样的教育方法真是野蛮之至！但于我不敢怪我的母亲，因为那个时候就只有这样野蛮的教育法；如今想起母亲见我被打，陪着我一同哭，那样的母爱，仍然使我感念着我的慈爱的母亲。背完了半本"梁惠王"，右手掌打得发肿有半寸高，偷向灯光中一照，通亮，好像满肚子装着已成熟的丝的蚕身一样。母亲含着泪抱我上床，轻轻把被窝盖上，向我额上吻了几吻。

当我八岁的时候，二弟六岁，还有一个妹妹三岁。三个人的衣服鞋袜，没有一件不是母亲自己做的。她还时常收到一些外面的女红来做，所以很忙。我在七八岁时，看见母亲那样辛苦，心里已知道感觉不安。记得有一个夏天的深夜，我忽然从睡梦中醒了起来，因为我的床背就紧接着母亲的床背，所以从帐里望得见母亲独自一人在灯下做鞋底，我心里又想起母亲的劳苦，辗转反侧睡不着，很想起来陪陪母亲。但是小孩子深夜不好好的睡，是要受到大人的责备的，就说是要起来陪陪母亲，一定也要被申斥几句，万不会被准许的（这至少是当时我的心理），于是想出一个借口来试试看，便叫声母亲，说太热睡不着，要起来坐一会儿。出乎我意料之外的，母亲居然许我起来坐在她的身边。我眼巴巴地望着她额上的汗珠往下流，手上一针不停地做着布鞋——做给我穿的。这时万籁俱寂，只听到滴搭的钟声，和可以微闻得到的母亲的呼吸。我心里暗自想念着，为着我要穿鞋，累母亲深夜工作不休，心上感到说不出的歉疚，又感到坐着陪陪母亲，似乎可以减轻些心里的不安成分。当时一肚子里充满着这些心事，却不敢对母亲说出一句。才坐了一会儿，又被母亲赶上床去睡觉，她说小孩子不好好的睡，起来干什么！现在我的母亲不在了，她始终不知道她这个小儿子心里有过这样的一段不敢说出的心理状态。

　　母亲死的时候才廿九岁，留下了三男三女。在临终的那一夜，她神志非常清楚，忍泪叫着一个一个子女嘱咐一番。她临去最舍不得的就是她这一群的子女。我的母亲只是一个平凡的母亲，但是我觉得她的可爱的性格，她的努力的精神，她的能干的才具，都埋没在封建社会的一个家族里，都葬送在没有什么意义的事务上，否则她一定可以成为社会上一个更有贡献的分子。我也觉得，像我的母亲这样被埋没葬送掉的女子不知有多少！

一九三六，一，十日，深夜

工程师的幻想

我的父亲所以把我送进南洋公学附属小学，因为他希望我将来能做一个工程师。当时的南洋公学是国内数一数二的工程学校，由附属小学毕业可直接升中院（即附属中学），中院毕业可直接升上院（即大学），所以一跨进了附属小学，就好像是在准备做工程师了。我在那个时候，不知道工程师究竟有多大贡献，模模糊糊的观念只是以为工程师能造铁路，在铁路上做了工程师，每月有着一千或八百元的丰富的薪俸，父亲既叫我准备做工程师，我也就冒冒失失地准备做工程师。其实讲到我的天性，实在不配做工程师。要做工程师，至少对于算学、物理一类的科目能感到浓厚的兴趣和特殊的机敏。我在这方面的缺憾，看到我的弟弟在这方面的特长，更为显著。我们年纪很小还在私塾的时候，所好便不同。当时我们请了一位老夫子在家里教着"诗云子曰"，并没有什么算学的功课，但是我的弟弟看见家里用的厨子记帐的时候打着算盘，就感觉到深刻的兴趣，立刻去买了一本"珠算歌诀"，独自一人学起什么"九归"来了。我看了一点不感觉兴味，连袖手旁观都不干。我只有趣味于看纲鉴，读史论。后来进了小学，最怕的科目便是算学。当时教算学的是吴叔厘先生。他的资格很老，做了十几年的算学教员，用的课本就是他自己编的。我看他真是熟透了，课本里的每题答数大概他都背得出来！他上课的时候，在黑板上写着一个题目，或在书上指定一个题目，大家就立刻在自己桌上所放着的那块小石板上，用石笔的的答答地算着。不一会儿，他老先生手上拿着一个记分数的小簿子，走过一个一个的桌旁，看见你的石板上的答数是对的，他在小簿上记一个记号；看见你的石板上的答数不对，他在小簿上另记一个记号。我愈是着急，他跑到我的桌旁似乎也愈快！我的答数对的少而错的多，那是不消说的。如我存心撒烂污，那也可以处之泰然，但是我却很认真，所以心里格外地难过，每遇着上算学课，简直是好像上断头台！当时如有什么职业指导的先生，我这样的情形一定可供给他一种研究的材料，至少可以劝我不必准备做什么工程师了。但是当时没有人顾问到这件事情，我自己也在糊里糊涂中过日子。小学毕业的时候，我的算学考得不好，但是总平均仍算是最多，在名次上仍占着便宜。刚升到中院后，师友们都把我当作成绩优异的学生，只有我自己知道在实际上是不行的。

但是大家既把我误看作成绩优异的学生，我为着虚荣心所推动，也就勉为其难，拼命用功，什么"代数"哪、"几何"哪，我都勉强地学习，考的成绩居然很好，大考的结果仍侥幸得到最前的名次；但是我心里对这些课目，实在感觉不到一点兴趣。这时候我的弟弟也在同一学校里求学，我们住在一个房间里。我看他做算学问题的时候，无论怎样难的题目，在几分钟内就很顺手地得到正确的答数；我总是想了好些时候才勉强得到，心里有着说不出的烦闷。我把这些题目勉强做好之后，便赶紧把课本搁在一边，希望和它永别，留出时间来看我自己所要看的书。这样看来，一个人在学校里表面上的成绩，以及较高的名次，都是靠不住的，惟一的要点是你对于你所学的是否心里真正觉得很喜欢，是否真有浓厚的兴趣和特殊的机敏；这只有你自己知道，旁人总是隔膜的。

  我进了中院以后，仍常常在夜里跑到附属小学沈永癯先生那里去请教。他的书橱里有着全份的《新民丛报》，我几本几本的借出来看，简直看入了迷。我始终觉得梁任公先生一生最有吸引力的文章要算是这个时代的了。他的文章的激昂慷慨，淋漓痛快，对于当前政治的深刻的评判，对于当前实际问题的明锐的建议，在他的那枝带着情感的笔端奔腾澎湃着，往往令人非终篇不能释卷。我所苦的是在夜里不得不自修校课，尤其讨厌的是做算学题目；我一面埋头苦算，一面我的心却常常要转到新借来放在桌旁的那几本《新民丛报》！夜里10点钟照章要熄灯睡觉，我偷点着洋蜡烛躲在帐里偷看，往往看到两三点钟才勉强吹熄烛光睡去。睡后还做梦看见意大利三杰和罗兰夫人（这些都是梁任公在《新民丛报》里所发表的有声有色的传记）！这样准备做工程师，当然是很少希望的了！

（原载1936年11月1日上海《生活星期刊》第1卷第22号）

深挚的友谊

跨进了约翰之后，课程上的烦闷消除了，而经济上的苦窘还是继续着。辛辛苦苦做了几个月的青年"老学究"所获得的经费，一个学期就用得精光了，虽则是栗栗危惧地使用着。约翰是贵族化的学校，富家子弟是很多的。到了星期六，一辆辆的汽车排在校前好像长蛇阵似地来迎接"少爷们"回府，我穿着那样寒酸气十足的衣服跑出门口，连黄包车都不敢坐的一个穷小子，望望这样景象，觉得自己在这个学校简直是个"化外"的人物！但是我并不自馁，因为我打定了"走曲线"的求学办法。

但是我却不得不承认，关于经济方面的应付，无论怎样极力"节流"，总不能一文不花；换句话说，总不能一点"开源"都没有。这却不是完全可由自己作主的了！在南洋附属小学就做同学的老友郁锡范先生，那时已入职业界做事；我实在没有办法的时候，往往到他那里去五块十块钱的借用一下，等想到法子的时候再还。他的经济力并不怎样充分，但是隔几时暂借五块十块钱还觉可能；尤其是他待我的好，信我的深，使我每次借款的时候并不感觉到有着丝毫的难堪或不痛快的情绪，否则我虽穷得没有办法，也是不肯随便向人开口的。在我苦学的时候，郁先生实在可算是我的"鲍叔"。最使我感动的是有一次我的学费不够，他手边也刚巧在周转不灵，竟由他商得他的夫人的同意，把她的首饰都典当了来助我。但是他对于我的信任心虽始终不变，我自己却也很小心，非至万不得已时也绝对不向他开口借钱；第一次的借款未还，绝对不随便向他商量第二次的借款。一则他固然也没有许多款可借；二则如果过于麻烦，任何热心的朋友也难免于要皱眉的。

  我因为要极力"节流"，虽不致衣不蔽体，但是往往衣服破烂了，便无力置备新的；别人棉衣上身，我还穿着夹衣。蚊帐破得东一个洞，西一个洞，蚊虫乘机来袭，常在我的脸部留下不少的成绩。这时注意到我的情形的却另有一位好友刘威阁先生。他是在约翰和我同级的，我刚入约翰做新生的时候，第一次和他见面，我们便成了莫逆交。他有一天由家里回到学校，手里抱着一大包的衣物，一团高兴地跑进了我的卧室，打开来一看，原来是一件棉袍，一顶纱帐！我还婉谢着，但是他一定要我留下来用。他那种特别爱护我的深情厚谊，实在是使我一生不能忘的。那时他虽已结了婚，还是和大家族同居的，他的夫人每月向例可分到大家族津贴的零用费十块钱；有一次他的夫人回苏州娘家去了一个月，他就硬把那十块钱给我用。我觉得这十块钱所含蓄的情义，是几十万几百万的巨款所含蓄不了的。

  我国有句俗话，叫做"救急不救穷"，就个人的能力说，确是经验之谈。因为救急是偶然的、临时的；救穷却是长时期的。我所得到的深挚的友谊和热诚的赞助，已是很难得的了，但是经常方面还需要有相当的办法。我于是开始翻译杜威所著的《民治与教育》。但是巨著的译述，有远水不救近火之苦，最后还是靠私家教课的职务。这职务的得到，并不是靠什么职业介绍所，或自己登报自荐，却是和我在南洋时一样，承蒙同学的信任，刚巧碰到他们正在替亲戚物色这样的教师。我每日下午下课后就要往外奔，教两小时后再奔回学校。这在经济上当然有着相当的救济，可是在时间上却弄得更忙。忙有什么办法？只有硬着头皮向前干去。白天的时间不够用，只有常在夜里"开夜车"。

后来我的三弟进南洋中学，我和我的二弟每月各人还要设法拿几块钱给他零用，我经济上又加上了一点负担。幸而约翰的图书馆要雇用一个夜里的助理员，每夜一小时，每月薪金七块钱。我作毛遂自荐，居然被校长核准了。这样才勉强捱过难关。

毕云程先生乘汽车赶来借给我一笔学费，也在这个时期里，这也是我所不能忘的一件事，曾经在《萍踪寄语》初集里面谈起过，在这里就不赘述了。

深挚的友情是最足感人的。就我们自己说，我们要能多得到深挚的友谊，也许还要多多注意自己怎样做人，不辜负好友们的知人之明。

(原载1937年4月上海生活书店《经历》)

大骂学校的当代文豪

英国的萧伯纳（George Bernard Shaw）是世界一位很著名的文学家，常能本他冷眼的观察，发出惊人的议论，最近有一位女记者见着他，这样的问他道："假使你现在能够重复过你小时的学校生活，你肯重新进学校去过那同样的学校生活吗？"

这个文学界的怪杰听了反诘她道："你想一个人被法庭定了罪去做苦工，做了之后再肯重做一番吗？"那位女记者倒被他问得发呆！他继续的说，凡是爱学校的儿童，都是那些怕父母比怕教师还要利害的儿童。讲到他自己呢，他老实宣言，他在学校时候是用坚决的怠惰来救了他的脑子，未致破坏！他说他绝对不肯死记那些只备应考的东西。他又继续的说，他急欲保全他的脑子的本能，使他在学校里上地理课的时候，在翻开的地理教科书下面放着一本小说偷看。

那位女记者听他这样把学校痛骂一顿之后，接着问道："近世学校对于儿童方面的自由，是否比从前那样训练好些？"

萧伯纳答道："这我却不知道。不过在我从前所进的学校里，既无所谓自由,也无所谓训练。他们只叫你死读他们所教的书,只叫你静坐,倘若你不照他们的话做,他们就打你几下,强迫你那样做!"

那位女记者不因他的痛骂而有所畏却,临走的时候还问一句:"照你看起来,现在国家费了许多钱实施教育,能希望得着什么结果?"他答道:"照现在的情形,所能希望得着的结果是道德的和智慧的萎靡不振,加上文字上及言语上的鄙陋盲塞!要实施一种合理的,真诚的,切合实用的教育制度,也许在一二代之后,能希望全国受得真正的教育。"

我介绍萧伯纳这一番议论,决不是劝做学生的人做什么"坚决的怠惰",也不是劝他们做什么"在翻开的地理教科书下面放着一本小说偷看",是要唤起做家长的,做学校当局及教师的,以及做青年的人,要注意天才,要注意所学的是能合于青年的个性,不要湖涂,不要蛮干。萧伯纳自己恨极了那些破坏人家脑子的学校,所以很偏激的说他自己在校里坚决的怠惰,其实他无时不在那里留心他自己的天性,留心他自己的天才,他的偷看小说是含有意味的,是自己知道天才是在文学界的,不是偷懒的事情,不然,也就糊里糊涂的过日子,哪里想得到什么"保存他的脑子"呢,所以他的"坚决的怠惰"是指不肯读死书方面讲,他的精力是另有所注的,天下决没有真正怠惰而能成功的人。

我们自己要常常留心默察我们的特长和特殊的兴趣,朝着这个方向准备修养,寻觅机会作尽量的发展,各尽天赋,希望对社会有最大的贡献——各人天赋范围内的最大贡献。

这不仅是在求学时代应该如此,一个人的一生是天天在进步的路上向前走的,所以就是在社会上做事的人,就是有了多少成功的人,一面做事,一面还是要修养的,还是要常常增高自己的知识的,不然,便要做时代的落伍者,就好像停了机的坏了的机器一样。

萧伯纳还有一句惊人的话,他说"一个人过了四十岁都是无用的"。有人批评他说，萧伯纳自己现在已活到七十多岁了，照他的说法，他自己在过去的三十年中岂不是虚度了吗？但是我们听说他却仍是活泼泼的，仍是很健旺的，笔健，脑健，身健，好剧本仍是源源不断的写了出来。讲到他的身体，看上去好像是练好来比赛体格似的，他不但在心智方面有继续的良好训练，因此有了"老当益壮"的趋势，就是体格方面也有继续的良好训练，因此也有"老当益壮"的气概。所以著作家霍普卿斯（R.Thurston Hopkins）曾经说过，萧伯纳参加公开辩论的时候，他那样精神饱满，持久不懈的精力，已使人觉得他已胜人一筹。

这样一来，他虽到了七十三岁，还是很有用的，还是很有贡献于社会的，这就在乎他的继续不断的进步，就在乎他年虽老而精神不老能力不老的缘故。像寻常的人，不求进步的人，过了四十岁就说他无用，似乎并不算冤枉，因为你看平日不求进步而过了四十岁的人，他的思想是何等的顽固，他的行为是何等的顽固！他的顽固不但害了自己而且阻碍社会进化是何等的可恨！但是他的顽固，他的无用，不是到了四十岁而由一朝一夕造成的，是在平日，是在四十岁以前的许多平日，不求进步而使然的。所以我们大家要记着：一个人的一生是天天在进步的路上向前走的。

（原载1929年4月14日《生活》周刊第4卷第20期）

萧伯纳的夫人

英国的萧伯纳是现代的一位名震世界的文学家，他幼年对于自己个性及特长之爱惜，与后来投身社会之奋斗生涯，记者曾两次为文叙述其概略。诚以一个人在学问或事业上真能有所树立，闻者往往眩于他的声誉震动寰宇，但见其光耀境域，而初未想到天下无不劳而获的真正学问，无不劳而获的真正事业，此种光耀境域的底面，实含有艰苦困难的处境，咬紧牙根的努力，所以像萧伯纳那样的经历，很值得我们的注意。我现在要谈谈这位文豪的家庭，所以要接着做这篇短文，把萧伯纳夫人之为人，介绍给读者诸君。

萧伯纳夫人在未嫁以前是平汤馨女士（Charlotte Frances Pagne-Townshend），对于社会服务，非常尽力，所以关于社会改造的各种运动，她无不用全副精神参加。她富有组织的能力和管理的能力，但她不喜欢出风头，因此在实地去做的方面常看见她在那里欣欣然尽其心力的干，在报纸上和可以吸引公众注意的场所，却不大看见她的名字和踪迹。

她遇着萧伯纳和他做朋友的时候，老萧还是一个无名小卒，还是一个正在努力竞存的新闻记者，但是她已经很敬重他的才学，很敬重他的为人。有一次萧伯纳因意外受伤，一病几至不起，由女士尽心看护，竟获痊愈，痊愈后他感于女士的情谊，就在1898年和女士结婚，得女士的鼓励和安慰，使他能够弃新闻业而专心致志于他天性及特长所近的事业——戏剧的著作。当时萧伯纳已经四十二岁了。有志努力的人，四十二岁也还是可以努力的，不怕迟；年纪更小于此的，更是不必自馁了。所最可怕的是年未老而精神先老，体格先老，志气先老，那就虽然不是"老朽"，却已是"朽木不可雕也"的青年或壮年，实际上已成了"青朽"或"壮朽"了。

萧伯纳至今谈起他们俩举行结婚礼时候的一段笑话，还笑不可抑。据他说，当时他们俩的婚礼是定在一个注册局里举行的。他预先在许多朋友里面请定两位做证人，这两位之中有一位就是很著名的社会哲学家瓦勒斯（Graham Wallas）。他们这两位朋友逢此盛会，都把最好的衣服穿在身上，比那天的新郎不知道好了多少，因为当时的萧伯纳所有的衣服，简直没有一件够得上"最好的"形容词。那位新郎虽在那里起劲得很，但是那位准备主持婚礼的注册办事员却不以为他是新郎，所以当行礼的时候，证人和新郎新娘立在一起，那位注册办事员开口执行主婚的当儿，竟把眼睛望着那位一身穿着"最好的"衣服的瓦勒斯，险些儿把平汤馨女士嫁给他！这个错误当然立刻即被纠正，但当时的那幕情景却令人发噱。

萧伯纳夫人是一位妩媚悦人蔼然可亲的女子，她的温柔和善的性情和态度，凡是遇着她的人，没有不受感动的。她的幽默的天性，和萧伯纳一样，无论她的家庭在伦敦的什么地方——从前在伦敦的爱德尔飞（Adrlphi），最近在伦敦的怀德荷（Whitehall）——那个地方的许多朋友以及他们的家庭，都觉得她的感化力之伟大。

萧伯纳夫人对于自己家庭的布置安排，异常的简静而合于美术。这种和谐的环境，愈益引起萧伯纳的文思。这种和谐的环境，任何人的躁急性子，都要被它所融化。

萧伯纳夫人是她丈夫的亲密的伴侣；她对于他的事业，对于他的思想，具有十分的热诚与同情，无时不在那里协助他，鼓励他，安慰他。她所以能成为她丈夫的同情伴侣，尤其因为她自己也是有文学的天才，不过因为她丈夫的盛名而掩蔽了不少。

萧伯纳夫人对于英国的舞台上的文学，有一个很重要的大贡献，便是她不畏艰难的把法国的著名戏剧家白利欧（Eugene Brieux 1858）的剧本介绍到英国来。她敬重白利欧的剧本，好像她丈夫有一时敬重易卜生（Henrik Ibsen，1828–1906，挪威的著名戏剧家及诗人）的剧本一样。白利欧也是一位社会改造家，他有勇气批评近世文明里的缺点，以及历代相传视为当然的许多问题。萧伯纳夫人自己也是一位社会改造家与理想家，所以对白利欧的著作很表同情，就把他的许多名著，由法文译成英文，译本畅达流利，声誉鹊起，同时因为她自己也是英国舞台协会执行委员之一，用许多方法劝请审查委员会允许白利欧的剧本在英国舞台上演，其初有许多人反对，后来终因她的毅力主持，获得胜利。

平汤馨女士是萧伯纳的活泼的同情的伴侣，萧伯纳在近代文坛上的声誉，在促成他成功的要素里面，这位贤夫人的力量不小。她替世界上成全了这样一位文学家，这不仅是她自己对于丈夫的事情，不仅是她自己对于丈夫的贡献。

（原载1929年4月28日《生活》周刊第4卷第22期）

极怕新闻记者的文学家

"古之学者为己,今之学者为人",所谓"为己"者,是极力求自己获得实际的学问,"为人"者即有了一知半解,或竟一无所知,却不患无知,但患人之不已知。前者是脚踏实地的做工夫,后者则憧憧往来,以滥出风头自扰心志。像震动科学界的发明家安斯坦极不愿意有人替他做广告,很不喜欢看见新闻记者把他的相片登在报上。现在又有一位极怕新闻记者的文学家,比安斯坦还要厉害。这位文学家就是罕姆森(Kunt Hamsum),挪威人,以能深刻描写农民生活闻于民,曾于1920年获得诺贝尔文学奖金。挪威国得到这位在国际上替祖国争光的文学家,简直把他当作国宝,今年8月4日是他的七十寿辰,挪威全国替他庆祝,简直好像是一件有关全国的大事。这是由于全国人民敬仰他而出于自动的行为,并不是由政府出了什么命令指使的。这总算得是一件很出风头的事情,但是这位文学家却是著名的怕出风头,极怕有人替他吹,因此极怕新闻记者。

这次逢他七十大庆的机会,挪威国的许多新闻记者又想包围他,弄点谈话的材料刊登出来，但是还是失败。在将近他生日的那几天，有许多新闻记者各处寻他，都被他躲掉，后来在他寿辰的前一天，居然有三个新闻记者在克立斯坦孙（Christiansand系挪威南部一个海口）地方寻见他和他的夫人玛利。但他们夫妇俩一觉得有新闻记者追踪，立刻跃入汽车，向树林中急驰，三个记者虽分途赶去，还是赶得一场空。

比较的有点记载登出来的要算是哥本赫根（Copenhagen丹麦国的京城）有一家报纸，名叫（Afterposten）。这家报馆最近有一个新闻记者知道罕姆森因旅行到了该处住在一个旅馆里，他不待通报，闯入旅馆里去自动的寻觅，忽在一个走廊上瞥见罕姆森，当时罕姆森正要步入走廊旁的一个房间。这位眼灵腿敏的新闻记者三步改作两步的追上去，先把自己介绍后，不敢说出他所厌闻的一个字，就是"接谈"（"interview"），只不过临时问他几个问句，那位文学家对这个新闻记者相了一会儿，回答道："务请你做个好事，让我安宁罢。我告诉你，我并不住在这里。再会，先生！"说了就走，这就算是这家报纸所得到的和他"接谈"的记载了！

照我们看起来，罕姆森的怕宣传似乎未免过分些，但以他这样在世界文坛上鼎鼎大名的文学家，而生性却如此之不喜张扬，也无非宁愿过心安理得脚踏实地的生活，而不愿过表面浮华而内心感觉空虚的生活。世之但知热中钻营欺世盗名而一点不肯反躬自省，一点不想到自己能力怎样，一点不想做点实际工夫的人，对之似乎不能无愧。

（原载1929年10月27日《生活》周刊第4卷第48期）

辛克莱路易斯

辛克莱路易斯（Sinclair Lewis）是获得1930年瑞典诺贝尔文学奖金以讽刺小说惊动世界文坛的美国小说家。他今年已四十五岁，但他在二十三年前毕业于耶路大学后，即为新闻记者及杂志编辑，笔墨生涯即已开始。在十六年前，他的第一部小说Our Mr.Wrenn问世，在当时仍默默无闻，随后四五年间又续出小说四种，仍不为人所注意。幸此时他已可恃小说自维其生计，将积蓄所得，驾一汽车，遍游美国全境，观察各地风俗人情，搜集无数琐屑材料，根据观察思索所得，精心结撰，至1920年，距今得文学奖金恰为十年，他的最先著名的小说《大街》（Main Street）出版，距第一部长说问世的时期为六年。记者所以郑重把时间的距离提出，长者二十余年，短者亦六年，足以表示一业之成皆须有其相当之准备与努力乃至失败时期的经过，决无一蹴可几，咄嗟立就者。

准备与努力固为要素，尤要者在能独出心裁，不落恒蹊。美国以首富闻于天下，科学发达，物质享用日新月异，在常人殆歌舞升平，称颂功德之不暇，而路易斯独用其锐敏眼光作深切之观察，对美国文化作激烈的攻击，对于美国各大学顽旧思想的人物尤明目张胆猛攻不遗余力，其严厉之批评与直率之态度，遂引起国内顽旧派之反感，有的竟说瑞典文学院本届以文学奖金给与路易斯简直是侮辱美国，其所受之反感可以想见，但路易斯并不为之气馁，在本年1月间由美亲赴瑞典参与授奖典礼时，其演辞中仍是充满反抗现实的态度，他在此批评美国思想之落伍，有这几句话："我们大多数人所敬重的时髦杂志的著作家，仍是那些满嘴高唱着一万二千万人口的美国，其简单与仅属村舍的性质，与四千万人口的美国一样；以为现在有了一万工人的工厂，其中工人和经理的关系仍和1840年只有五个工人时候一样的亲近，一样的不复杂；以为现在家人虽住在三十层楼公寓中的一所房屋，下面有三辆汽车等候着应用，书架上只有五本书，下星期也许就有离婚的危机，却说父子间的关系和夫妇间的关系，和1884年玫瑰花笼罩五个房间村舍时代完全一样。总而言之，美国虽经过了一种革命的改变，由粗率的殖民地一变而为世界上一大国，他们以为山叔叔的田舍的和清教徒的简单生活仍是一点未曾改变。"美国舆论界对他这样的批评持异议者颇多，但记者译述他这几句话时，想到我国一般国民的思想态度是否能与我们现在所处的时代相应，倒是一个很有研究价值的问题。

他的那部最先著名的杰作《大街》，出版后，风行之广，再版之速，为始料所不及，几于全国人手一编，其魔力之大，为十年来小说界中所仅见。该书以一医士之妻与其夫为主角，描写美国西中部乡镇生活之狭陋，其地只有一大街，可容一福特汽车通过，此镇居民蠕蠕然活动于此街，其思想之平凡，见识之浅陋，趣味之狭小，在旁人视之，到处可鄙可笑，而彼等乃麻木无知，无从启发。此医士之妻在做女学生时代，本有提倡文艺改良社会的志愿，乃嫁此医生后，意志逐渐消磨，碌碌一生，事夫育儿以终。著者之意，此镇上非无头脑较为敏锐之人，惟头脑敏锐,则与庸俗格格不相入,终为同化而成一样的麻木。居民除机械的物质生活外,不知其他。著者对于美国现代文化深致不满,虽尽其冷嘲热讽之能事,却具有提高之热诚,使读者发生超脱环境之感想。

(原载1931年3月14日《生活》周刊第6卷第12期)

最有益于全世界的老头子

你做了有益于人的事情没有？

科学界发明家的老前辈爱迭生（Thomas A.Edison）已八十岁了！最近美国有人发起全国用选举方法选全国最伟大的人物，这位白发老翁便是当选的人，其实受他发明之赐的岂但美国，简直是全世界！我现在要和诸位谈谈这位有益于全世界的八十岁老头子。

经过五十年之久，爱迭生在他试验室或工厂里面，在一个星期里，通扯平均起来，有六日工夫每日十八小时作工，有许多时候简直七日里面日日都做十八小时的工作。根据每日八小时的工作计算起来，他所尽力于有益于世界人类的工作，和平常一个人用去一百二十五年的时间一样！假使这位每日八小时工作的人从二十二岁起（爱迭生的重要发明是从他二十二岁开始）即开始发明，那末照爱迭生的发明成绩算起来，这个人现在要活了一百四十七岁才行。就是这样，他还不能赶上爱迭生，因为爱迭生的发明至今尚未停止,在最近的已往七八年里面,这位老怪杰每日工作平均仍有十六小时之多!这样说起来,如把上面所说的五十年,和最近的八年,共总计算起来,那位要赶上爱迭生的人,简直要现在已经活了一百六十岁!而且不可就死,还要很强壮的活下去!

现在爱迭生怎样?是不是要停工享福。不!不!他还有许多有益于世界的事情要发明,他还有许多工作要做,他没有工夫想到他自己的个人!

美国奇异电气公司副经理莫利逊是爱迭生四十多年的老友。他曾经说过:"他们说爱迭生是一个伟人,是一个有光荣的发明家,是具有出类拔萃的天才,虽都不错,但这些事都还容易,在爱迭生还不止此,他是世界上最有用的一个人;他的有用于世界,影响全世界的几千万人的生活,现在活着的人,哪一个及得到他!你们若不相信,尽可视察视察,便要觉得奇异!"

这话一点不错,我们往往想到爱迭生发明了这个,发明了那个,却不甚留意他所发明的东西使得人类的生活受着很大的影响,使得实业受了很大的影响!尤其在注意的,是这种空前的惊人成绩乃出于一个脑子的产物!这个人真配得上"世界上最有用的人"的尊号。

这个尊号并不是空吹的。要明白这个尊号的意义,我们可略为谈谈他的发明事业。爱迭生发明的东西里面,最重要的或者要推白光电灯和发动机,这类事业不但创造一种新实业,在投资和用人方面规模之大,也是有史以来所少有。但是这类事业还不过是他的许多发明里面的一种!

他所发明的电影,又创造了一种新实业。此外还有蓄电池,留声机。以上据说的四样,不过是最普通最易明白的例子,其余还有许许多多,真说不完!

有人仅就美国一国里面,把由他发明而发生的各种实业统计一下，总结果如下：投资的金钱共有一百八十七万万零五千万金圆；服务的人共有九十三万零五百人；每年所付工资及薪金共有十六万万零一千五百万金圆（本年的统计），还有别国不在内，可惊不可惊！

有人把这个统计报告爱迭生，这位老先生眼巴巴的望了一会，说道："我自己倒也弄得糊里糊涂！"说完付之一笑。

诸位！他使得实业，交通，灯光，运输，娱乐，教育，种种方面都受着他的好处！他使得人类的生活状况和工作状况都发生了很重要的改革——但是对他提出他的已往成绩，他丝毫没有骄容，不过肩头一耸，笑一笑就算了，他以为算不了什么！

喜得说不出话来

爱迭生的成功秘诀，在乎不尚空谈，但专心致志的去干。他曾有一次说过："倘若一个人所已做过的事没有什么成绩，不足以表扬他自己，请他埋头工作，不要多开他的尊口。我深信实事求是不讲空谈的人，一定没有许多话可说。"

要爱迭生谈谈过去的事情，很不容易；因为他的全副精神都贯注于"现在"，简直没有工夫想到"过去"。不过当他少年穷困，初到纽约，怎样获得第一个位置的事，说者纷纷，言人人殊，最近有人诱得这位八十岁老头子说出他二十一岁初到纽约的遭遇，非常有趣，也非常有价值。

他说："在1869年的夏季，我那个时候已二十一岁，有一天早晨我由波斯顿乘船到纽约，我提着手囊跑过船板上岸之后，四顾盼望，身上搜挖一下，才晓得衣袋里一个钱都没有，因为所有的钱都付作船费了。我由船坞往街上走，一路走，一路心里想总要想出一种办法才好。

"我当时法子还没有想出来，肚里却已饿得要命，似乎早餐倒是一件要事。但是一钱不名的人，早餐怎么办呢？真是一个不易回答的问题，我一面走，一面这样自言自语的瞎想，偶然仰头一望，看见路旁一家茶行里面有一个人正在那里面尝茶样，把这个杯里所泡的茶尝一尝，又把那个杯里所泡的茶尝一尝，我便随步踏进这个茶行，请这个人给我一点茶样尝尝，他倒还客气，居然拿一点给我。我拿这一点茶叶塞在嘴里嚼嚼，就算我在纽约第一次的早餐！

"我记得在波斯顿认得一位电报生，听说他已到纽约做事。这个人很好，我这时候决意去试他，以为倘若找到了，他必能在我未寻得工作以前，助我维持几天。哪里晓得千辛万苦的找到了他，刚巧他在前一个星期失业，真算得我的触霉头！那个时候他全力所能帮我的，就是把一块钱借我，这一块钱就是我未得事以前所靠以维持生活的惟一经费！

"我写了好几封自荐书，寄与几个电报局，同时便在一个公司里面寻着一个稍为有点认识的工人，求容我在那房子的角里小地方，暂时栖身，承他答应，我把那角里龌里龌龊的东西稍稍整理，免强留出一个睡的地方。……我对于这个公司里所用的机器，却觉得极有趣味。其中装有五百部机器，靠一部总机发动。我当时空的时候很多，便很用心的对于这些机器加以研究。

"但是我袋里只有一块钱，做我粮食费用，我便想法只吃粗而易饱的东西，但是能够吃几天呢？心里正在愁虑，而我的好运来了！这个好运气是发生于我对机器的留心研究。

"有一天那公司里面的总机器出了毛病，管理的人弄不好，公司里面许多人都弄不好。于是五百部机器都受影响，不能进行。总经理劳斯博士也焦急咆哮，不知所措。全公司弄得一团糟。我当时也夹在里面看热闹，觉得我看出了其中毛病在什么地方。其初劳斯博士还不大注意，后来他姑且叫我试试看。我把外衣脱掉，整整的工作了两小时之久，居然将机器修好！但是我这次是拼老命干一下，机器虽被我弄好，而这种说不出的吃力却是我生平第一次所受过的。

"当时劳斯似乎非常感谢我,叫我第二天到他办公室去看他。我心里想,他叫我去见他,只不过多送我十块钱酬劳罢了。但是第二天对我宣布的话,竟使我喜出望外,喜得说不出话来。他叫我做总工头,每月给我三百圆薪金。这么多的钱,比我当时生平所赚的总数不止三倍!我当时初听他的话,还疑心这位博士存心和我开玩笑,哪里知道他的确是一番诚意。

"我得了这个位置,第一件事就赶紧请那位允我暂时栖身一个小角里的朋友,到馆子里去大吃一顿!"

有一句话给学生听见了倒要大大的赞成!

由爱迭生看起来,金钱不是做事业的主要目的;他个人对于金钱,觉得有助于他的实验事业到什么地步,这金钱的价值也到了什么地步。所以他曾经说过:"我做事的时候,总是专心致志的要想把所做的事如何如何做得好,并不想到如何可以借此大赚其钱。我们如把营业的观念夹入实验室里面去,直正创造的实验事业便不可能。据我的经验,倘若一个人只不过为发财而做事,别的好处固然很少得到,就是钱财也未见到都可以得到。"

爱迭生所已成功的大发明里面,电影也是一种。现在电影事业已普及于全世界,就是我们中国也已经开始发动。在美国,这项事业规模更大。但是据发明这种事业的老头子说,他发明这种事业的原来宗旨还未曾达到。他说他最初把电影实验成功的时候,他不想专门供人娱乐,他是想电影大可以利用来改良教育。

他觉得普通学校用教科书教授,实在不适当,这种书本教育,据他看起来,最多不过有百分之三十的效率。但是我们却靠他做教育的惟一工具，要借此使儿童了解社会上的实际生活，岂不大难！

所以爱迭生主张利用电影给与儿童一种新式教育，教他们由这里面学习许多实际的学识，不必全读死书。

倘若他老先生的理想能够实现，岂不是各校都要大做其影戏；做学生的读书的时候少，看戏的时候多，这倒是一件大可赞成的事。这不但学生觉得有趣味，就是做教员的，也要格外觉得有趣味。

有人问爱迭生，假使他再能从头活起，他的志愿怎样。他说："我还是不愿弃掉我的奋斗生活。我极宝贵由奋斗而得的经验，尤其是战胜困难所得的愉快。一个人要先经过困难，然后到了顺境，才觉得受用，才觉得舒服。"

爱迭生还有一句很有价值的话，他说："有的事情不是我们的睛睛所看得到的；但是尽力去干，却可以做到所不能见到的事情。"

（原载1927年6月5日至19日《生活》周刊第2卷第31期至33期）

悼王永德先生

在国难这样严重的时候，哭爱国青年王永德先生的死，实在增加我的无限的悲痛。

永德，江苏常熟人，七岁进本乡的梅李小学，十二岁毕业，在原校补习两年，十五岁考进生活周刊社做练习生（民国18年10月）他为人沉默厚重，常常不声不响地把所办的事做得妥妥贴贴。我最初只感觉到他的书法进步得很快，办事的能力一天天充实起来，不久我便出国视察，和他分别了两年多。在国外的时候，常常接到他的信，很惊异他的文笔和思想进步得那样快。去年我回国后创办《大众生活》周刊，请他襄助编辑，同时帮助一部分信件的事情。他办事非常认真负责，把《大众生活》的事情看作他自己的事情。同时他又不顾劳瘁地参加救国运动。我办《生活日报星期增刊》的时候，仍请他帮忙，我们总是共同工作到深夜。他在公余，自己不停地研究，该刊五号《怎样研究时事动态》一文，就是他做的。他不但办事得力，思想进步，写作的能力也有突飞的猛进。我最近请他帮杜重远先生编了《狱中杂感》一书。这本书我原答应做一篇序文，但是因为忙得不可开交，延搁又延搁，他常常催我，前几天才写好付印。本月3日听说他患伤寒症在仁济医院，我赶去看他的时候，他已不能认识我，我叫了好几声，他才在迷惘中知道是我。在那样的神志昏迷中，他第一句突然出口的便是"杜先生的书已出版了没有？"他在那样苦楚中还流露着这样负责的精神，我听着真心如刀割！

我随请一位西医好友去看他，据说他的病症虽很危险，脉息还好，还不无希望，不料竟于11月9日的早晨5点半钟去世。他死的时候才二十岁。人材培养不易，像王永德这样的人材，不是容易培养成功的，不幸这样短命，我不仅为私谊哭，实为社会哭。

（原载1936年11月15日上海《生活星期刊》第1卷第24号）

苦学时代的教书生涯

我在做苦学生的时代,经济方面的最主要的来源,可以说是做家庭教师。除在宜兴蜀山镇几个月所教的几个小学生外,其余的补习的学生都是预备投考高级中学的。好些课程由一个人包办,内容却也颇为复杂。幸而我那时可算是一个"杂牌"学生:修改几句文言文的文章,靠着在南洋公学的时候研究过一些"古文";教英文文学,靠着自己平日对这方面也颇注意,南洋和约翰对于英文都有着相当的注重,尤其是约翰;教算学,不外"几何"和"代数",那也是在南洋时所熟练过的。诸君也许要感觉到,算学既是我的对头,怎好为人之师,未免误人子弟。其实还不至此,因为我在南洋附属中学时,对于算学的成绩还不坏,虽则我很不喜欢它。至少教"几何"和"代数",我还能胜任愉快。现在想来,有许多事真是在矛盾中进展着。我在南洋公学求学的时候,虽自觉性情不近工科,但是一面仍尽我的心力干去,考试成绩仍然很好,仍有许多同学误把我看作"高材生",由此才信任我可以胜任他们所物色的家庭教师。到约翰后,同学里面所以很热心拉我到他们亲戚家里去做家庭教师，也因为听说我在南洋是"高材生"；至少由他们看来，一般的约翰生教起国文和算学来总不及我这个由南洋来的"高材生"！我既然担任家庭教师的职务，为的是要救穷，但是替子弟延请教师的人家所要求的条件却不是"穷"，仅靠"穷"来寻觅职业是断然无望的。我自己由"工"而"文"，常悔恨时间的虚耗，但是在这一点上却无意中不免得到一些好处；还是靠我在读工科的时候仍要认真，不肯随随便便撒烂污。

　　在我自己方面，所以要担任家庭教师，实在是为着救穷，这是已坦白自招的了（这倒不是看不起家庭教师，却是因为我的功课已很忙，倘若不穷的话，很想多用些工夫在功课方面，不愿以家庭教师来分心）。可是在执行家庭教师职务的时候，一点不愿存着"患得患失"的念头，对于学生的功课异常严格，所毅然保持的态度是："你要我教，我就是这样；你不愿我这样教，尽管另请高明。"记得有一次在一个人家担任家庭教师，那家有一位"四太爷"，掌握着全家的威权，全家上下对他都怕得好像遇着了老虎，任何人看他来了都起立致敬。他有一天走到我们的"书房"门口，我正在考问我所教的那个学生的功课，那个学生见"老虎"来了，急欲起来立正致敬，我不许他中断，说我教课的时候是不许任何人来阻挠的。事后那全家上下都以为"老虎"必将大发雷霆，开除这个大胆的先生。但是我不管，结果他也不敢动我分毫。我所以敢于强硬的，是因为自信我在功课上对得住这个学生的家长。同时我深信不严格就教不好书，教不好书我就不愿干，此时的心里已把"穷"字抛到九霄云外了！

　　这种心理当然是很矛盾的。自己的求学费用明明要靠担任家庭教师来做主要来源，而同时又要这样做硬汉！为什么要这样呢？我自己也并没有什么理论上的根据，只是好像生成了一副这样的性格，遇着当前的实际环境，觉得就应该这样做，否则便感觉得痛苦不堪忍受。

出乎我意料之外的是：我这样的一个"硬汉教师"，不但未曾有一次被东家驱逐出来，而且凡是东家的亲友偶然知道的，反而表示热烈的欢迎，一家结束，很容易地另有一家接下去。我仔细分析我的"硬"的性质，觉得我并不是瞎"硬"，不是要争什么意气，只是要争我在职务上本分所应有的"主权"。我因为要忠于我的职务，要尽我的心力使我的职务没有缺憾，便不得不坚决地保持我在职务上的"主权"，不能容许任何方面对于我的职务作无理的干涉或破坏（在职务上如有错误，当然也应该虚心领教）。我不但在做苦学生时代对于职务有着这样的性格，细想自从出了学校，正式加入职业界以来，也仍然处处保持着这样的性格。我自问在社会上服务了十几年，在经济上仅能这手拿来，那手用去，在英文俗语所谓"由手到嘴"的境况中过日子，失了业便没有后靠可言，也好像在苦学生时代要靠着工作来支持求学的费用，但是要使职务不亏，又往往不得不存着"合则留，不合则去"的态度。所以我在职业方面，也可说是一种矛盾的进展。

（原载1937年4月上海生活书店《经历》）

大发明家的特别脑子

"发明家"上面再加上一个"大"字,爱迭生总可以当之而无愧了。他在美国专利局注册过的发明的东西已在三百件以上,此外对于小机件之创造及改进,不在专利之列的,还有数千件,真是科学发明界的奇杰。他的发明事业中最显著的是留声机,电灯,长途电话,增声机(megaphone,此机能使声音增大,传达数英里之远),电影机,炭制电话传声机,双线电报机等。我们用电灯时,想起爱迭生;我们听留声机或看电影时想起爱迭生;我们打电话,尤其是打长途电话时,想起爱迭生;我们打电报时也忘不掉他的一部分重要的贡献。

禅晖君曾在《生活》周刊做过一篇《特别脑子的资本家》,我想资本家的特别脑子大概不外"残酷"两字。残酷是最要不得的东西,这种特别脑子当然越少越好。但是有一种特别脑子却是越多越好,这便是大发明家的特别脑子。像上面所说的那位大发明家有何特别脑子?他的特别脑子里从小就有两样东西,一样是"不肯停息的好奇心"(restless curiosity),一样是"永不屈服的忍耐力"(unconquerable patience)。

关于他的"永不屈服的忍耐力",请诸君可参看《照耀世界的五十周年纪念》一文,此处我不必赘述。现在我要谈谈他从小就有的"不肯停息的好奇心"。

他从小无论遇着什么东西,都要研究研究看,几乎无处无事不引起在当时还不到十岁的这个小把戏。他于1847年生于渥海渥州的密伦镇(Milan,Ohio)。当时那个地方是刚开始的垦荒之地,所产木材很多,由运河运出,他竟在木厂左右拾得木片屑,回家大研究,大试验,他的老子给他问得不亦乐乎,问得他说不出话来。他的老子是跑来跑去开垦的,跟着当时寻觅金子的潮流想发财。他的母亲却做过小学教师,富于理想。晚间他的母亲叫他立在膝旁教他,他的父亲穿着拖鞋在火炉旁坐着,心想这个小把戏一定缺乏常儿的理解力,否则何以问个不休?他对他的老婆说,有许多东西,无论什么人都能够知道的,何以这个小把戏对于这些东西问得那样厉害?他嘴里虽如此说他的小把戏,但他却承认他已尽所知的回答完了,已经不能再答下去了。爱迭生此时的知识已不限于他的贤母膝旁的教导,因为他已经常常自己瞎做试验,简直无物不试验,范围很广。

爱迭生在十二岁的时候,惟一的朋友是他父亲的一个帮工,名叫奥次(Michael Oaies)年岁虽比他的父亲还要大,但是性情却非常的和蔼。这个十二岁的小把戏忽妙想天开,想到试验飞行的方法。他想如使活的大块头肚子里装满气体,也许飞得起来。他看见奥次正是一个大块头,正是一个现成的试验材料,极力劝他饮了许多"沸腾粉"(seidlitz powder,能放汽起泡的,西药中用作泻药用),准备着看这个大块头肚子里装满了汽体而上升!奥次竟上了他的当,身体并未能因此飞起来,却生了一场大病!

他在十二岁前虽进了三个月的学校,专讲呆读死书的教师总说他笨,他的母亲听得厌了,很觉得他的儿子和常儿不同,便自己教。但是他的知识并不限于他母亲所教的一些东西，因为他自己的知识欲实在热炽得厉害，简直无所不读，就是跑到村上店里去，看见招牌或所挂的牌子上的字句，他也要弄个明白，问个明白，懂上明白，他因为有这样"不肯停息的好奇心"，随时随处都是他自动的真切的彻底的教育自己的机会，所以他虽然没有入校求学的机会，也能自己把这个缺憾补足，而且比在校里马马虎虎囫囵吞枣不求甚解的教育还优胜万倍。

世界上最可钦敬的是"自己做成的"（self-made）人物，就是由自己努力奋斗战胜种种困难艰险而做成的人物。像爱迭生者便可算是自己造成的人物，因为他事事由于自动，由于自己观察思考出来，他在十二岁时这个能力就很显著。他当时喜欢试验，但因经济拮据，设备不周，乃请得他父亲的允许，让他到铁路上去做一个小工。当时铁路还是很粗笨的，六七十英里的路要走一天，他看见许多客人全是坐在车里闲着无事，便又触动了他的小而锐利的脑子，想当他们在这样闲空无聊的时间内，何不售些读物让他们看看，于是他竟壮着胆自己跑到站长办公室里和站长商洽，便在车上大卖其报来，生意很好，一人竟来不及应付，他就雇了一个小把戏做助手。

他此时在家里地窖下一个小室里堆排了许多奇奇怪怪的试验用的器械，一架排满了各种流液的玻璃瓶，他在每个瓶上都写着"内有毒药"字样，使人一看就避，不至扰动他的宝物。

他到十五岁的时候，除售卖别人所出的报纸外，他自己因研究所得，也出了一种报。他所在的那辆火车里的行李车本分三节，一节是装行李用的，一节是装邮件用的，还有一节原是备乘客吸烟用的，因为没有窗，所以只空着，这个空地方又触动了爱迭生的小而锐利的脑子，弄到一部小小印刷机，塞入这节空车里去。他的报是周刊，每份只有一张，印两面，由他自己一人任主笔，任编辑，任印刷，任售卖。每份售价三分，每月定费八分，居然有三百份的销数。

他于编辑印刷售卖之外，一有暇隙，就钻进他的"行动的试验室"（"Moving Laboratory"），也就是上面所说的那一节空车的一部分；做了报馆，又要做什么试验室，简直局促得了不得！他一面忙着试验，一面又忙着读书，凡是有关机械及化学的读物，他简直无一不寓目。

有一天那辆火车因转弯时震动得厉害些，忽把爱迭生"行动的试验室"里一块磷（phosphorous）震到地板上，急得要命的爱迭生用手去抓回，已来不及。顷刻之间，火焰涌起，有一个立在近处的行李脚夫一面提着一桶水，一面还在匆匆中先狠狠的打他一个耳光，打得过分厉害，爱迭生竟因此聋了一生。

耳朵虽然打聋了，那位只知乐观奋斗的爱迭生后来还说这件不幸的事诚然使他一生不便，但却也不无好处，因为耳聋使他能在群众纷扰里面静思，把外界的喧嚣完全拒绝。我提起他这几句话，当然不是奉劝诸位做什么聋子，不过愈益可见这位大发明家的乐观奋斗之精神。

（原载1929年10月20日《生活》周刊第4卷第47期）

伊斯德门

"柯达"照相机，销路已达全球，就是在中国的市面，也随处可以看见。关于发明并制造这种照相机的人，我有几句惊人的话告诉诸位。他在1926年一年内所得的纯利有二千万金圆之多！他的公司资产已达一万万二千万金圆！他终身不娶，真像嫁了他的大发明——照相机！他现在的志愿要把他所赚的这许多钱，完全替社会做公益事业。但是他说要好好的用去这许多钱，比赚的时候还要难！他说他很希望再能多活几年，俾得亲眼看见这许多钱能够用得得当，这位老头子的奋斗史很有趣，很可以激励我们的，请让我再简单的和诸位谈谈。

这位发明家的名字叫做伊斯德门（George Eastman），是美国人。他的父母极穷，他六岁的时候，他父亲就已逝世，家境更穷得不堪；所以他十四岁的时候，就在一个保险公司里面做使童，每星期赚三块钱的工资，还要拿回去津贴他孱弱的母亲和两个妹妹。这位发明家的出身这样的苦，使他心里常常觉得穷的可怕，所以他的头发老早就已完全变成灰白色。

他在保险公司里服务非常勤慎。所以后来他的雇主便升他的位置，使他每年有六百圆的薪水。这个保险公司规模有限，不能再加他的薪水，他的雇主奖掖心切，把他荐到一个储蓄银行里面去，任簿记员，每年可得八百圆的薪水。但是他的脑子极能想出新花样，很想做关于新奇的东西，簿记员并不能限了他的终身，所以他在家里便备了一个小小的工作室，工余回家的时候，就在那里面大研究其机械的工作与发明。他看见当时照相机的粗笨，所用湿片的携带不便，一心想要改良它。有一天他读英文杂志的时候，看见其中有段说起一种试验，可把胶质做成干片，代替寻常所用的湿片。他得了这个暗示，大做其试验的工夫，做了无数次的试验，居然被他弄出一个可用的公式来，造出的干片可用。

　　伊斯德门从事试验的时候，所受窘迫非常利害，为糊口奉母计，他不敢并且不能辞去银行职务，俾得专心试验。他决意两件事都要做。于是他雇用了一位青年，当他自己日间往银行任事的时候，就叫这位青年在家里做他所指定的呆板的工作。一到夜里，他自己便由行里回来从事实验。这两方面的事情都极劳苦，有许多时候，在一星期内，他连着几夜没有睡，真是"心力俱瘁"！

　　幸而他所试验的干片，确有结果，于是经营照相业的人渐有所闻，知道是一位青年（伊斯德门当时二十五岁）所做的，大家都以为异。纽约有一个公司听了这个消息，便来做批发生意。当时伊斯德门便请了一位朋友增加些股本，一同经营，不过这生意只是夏天才旺的，又是一个困难。幸而批发公司答应全年都来购货，平常购进的货，都存起来，到夏天一起卖出。当时每月竟有四千圆的生意。

　　到了这个时候，他才把银行职务辞去，他辞去银行职务的原因，也很有一述的价值。他自己说："当时比我上一级的职员因事辞职，依序我应得升任，因为我和他共事很久，一切极为谙练。但是当局却不把我升入，另外用一个亲戚，做我的上级职员。这当然是不对的，是不公平的，是与正义相反的，所以我毅然辞去了。商界中人这样私心自用，无异驱逐很好的人材。"这样看来，伊斯德门可算已经战胜困难，可恃照相片的制造以求自立了，哪里知道又逢着一个大的困难。

伊斯德门千辛万苦的寻出可以造成照相机上用的干片的公式，而且做出的干片有大公司来批发，比前此的湿片简便得多，上回已经讲过了，但是忽然有一个困难发生。什么困难呢？就是他所做的干片不能久藏，久藏了就没有效验，不能应用，这样一来，已经批发卖出去的许多干片，藏着预备夏天出售的，统统退了回来！伊斯德门不得不大亏其本，把退回来的统统搁起，连夜在他的小工作室里面赶造新货；以应市上的需要。这样拼命的干去，在经济上当然是完全白做；不过要维持信用，不得不做！

当时虽已勤苦不堪，幸而做出来的立时可用，总还算得顺利。但是不久又发生一个更大的困难。又是什么困难呢？忽然之间，他的公式不灵！造出的干片一张都不能用！他千研究，万研究，总莫名其妙。当时他真是一筹莫展，那种完全无望，走投无路的苦痛，真非身处其境的人不能领会。所以他自己也曾经说："我生平所经过的艰苦困难，莫过于这一次所遇着的。"

于是他暗暗的跑到英国"纽克苏鲁"的地方，到造干片的工厂里面去做工，经过烦苦，又回美国，重振旗鼓，但所得的结果总不及他从前自己所寻出的好许多。他想要解决这个难题，非更从基本科学下手不可，非研究化学利用显微镜考察不可。于是又经过许多烦苦，才发现须有一种特别的胶质，才有效验。他最初碰巧用到相当的胶质，后来用着不相宜的胶质，所以公式虽同，前后的结果大异。同时有许多人听了干片的广销，也纷纷寻出一些公式，虽然不及伊斯德门的好，但是生意被他们抢去不少，所以在1884年的时候，伊斯德门的地位仍是很觉困难。

但是肯研究的人，肯进取的人，肯奋斗的人，终究要位于更优胜的地位。往昔照相用的湿片，携带非常重笨累赘：后来由他改用干片，已经比较的便当得多了，但是他还觉得不满意。他要把照相机弄得非常简便，要弄得随手可以携带，要拍的时候只要随手压一下就行。往昔所用的片子，无论是湿片或是干片，总是玻璃片，他想要达到他理想中的简便照相机，非想法废去呆笨的玻璃不可，他于是大用其化学的试验工夫，做了无数次的试验，千辛万苦，发明现在"柯达"照相机中所用的薄膜的片子；这种片子透亮薄软，可以卷藏的。这种重要发明的薄膜片子，不但替照相机开一个新纪元，而且影戏片子全靠有这种软片。伊斯德门刚发明了这种软片的时候，电学大家爱迪生正在研究电影的发明事业，听见伊斯德门先有了软片的发明，立刻和他接洽，就用他所发明的软片。现在电影事业遍世界了！我们看电影的时候，不要忘记爱迪生，也不要忘记伊斯德门，他们俩真可称"相得益彰"，在人类生活上做了愉快的有用的贡献。天下事"苦尽甘来"，伊斯德门既发明了透明软片，随后的逐步胜利，不言而喻。现在"柯达"的名词，各国文字里差不多成了通用的名词，美国路赤斯得的柯达照相机厂规模宏大，内有百余幢大屋，直接从事工作的人近三万，为全世界实业大中心点之一。

他所发明的东西是有益于全世界人类生活的东西。他是极穷出身的，现在他却要把所得的万万金圆以上的资财，尽量捐做社会公益的事业，不以自私，这一点尤其使人佩服。

（原载1927年8月21日、28日《生活周刊》第2卷第42期、43期）

诺贝尔奖金的创始者

诺贝尔奖金（Nobel Prizes），现在已世界闻名了，尤其是关于文学的奖金，世人更翘望得殷切，要急于知道是哪一位文学家得去。这类消息，想诸君在国内刊物上也常常有得看见。不过诺贝尔奖金的创始者自己为何如人，也很值得我们的注意，因为他自己对于人群也很有重大的贡献，而他把一生所得的九百万圆金洋完全公诸于世，作为促进世界文化之用，尤有他的伟大的精神。

诺贝尔奖金的创始者就是诺贝尔（Alfred Bernhard Nobel），他是瑞典国人，于1833年生于斯德哥尔摩（Stockholm，瑞典国的首都）。他的祖父是在瑞典北部做医生。他的父亲天性不近医业，却近于机械的和科学的方面。但是机械和科学方面的天才，在当时还不被人怎样重视，所以家人因家境关系，不把他送进学校，却叫他去学习航海的生涯。幸而后来他航海归来，自己寻得机会研究建筑工程，竟因成绩优异，被斯德哥尔摩一个实业学校请去担任"机械制造"教员，他便利用这个学校的设备，大做其发明的研究，在1837年他才三十六岁，已发明潜水艇炸弹，为俄国政府所知，重市聘往，为之开设试验厂，供以充分经费，使他无经济上之顾虑，得专心于发明，为俄国发明了好几种重要的东西，后来他叫第二子在俄试验，他自己回瑞典首都，和第一，第三，第四，三个儿子继续研究炸药发明，创始上述奖金的诺贝尔就是老三。有一次因在试验室里试验的时候，忽然炸发，第四子伤生，他自己亦受重伤，终身未得复原，政府不准他再在岸上试验，他的几个儿子不为灰心，弄一只船在湖中继续试验，终以艰苦的奋斗，在1863年由老三诺贝尔发明一种炸药，名dynamite，为很重要的一种化学品，其优点在用的时候，用者可免危险，欧洲经过阿尔卑山的铁路，穿过山洞九英里之长（叫做St.Gotthard Tannel），就是利用他所发明的炸药开洞，因此减少五百万圆的经费，节短数年的工程时间。

这位老三诺贝尔所受学校教育极有限，所幸助他父亲工作，自己阅读又勤，旅行的地方又多，所以精通数国文字，除瑞典文外，对于英文，法文，德文，俄罗斯文，都写得很好。他在化学上的大发明，除上面所说的dynamite之外，还有多种，共得八十五种发明品专利证书，他的发明事业对于人类的贡献当然很大，同时他的一部分的财富，也是由这种发明品专利而得到的，还有一部分财富于利用他的发明天才，开油矿得来的。

他是独身，于1896年死于意大利的圣勒摩（San Remo），六十三岁。他在死前一年，就备好遗嘱，把他的遗产九百万金圆作为基金，每年利息作为奖金，送给前一年对于人类有最大贡献的人。奖金分为五个部分：一部分是奖给一年中在物理学上有最大发明者；一部分是奖给在化学上有最大发明者；一部分是奖给在生物学上或医药上有最大发明者；一部分是奖给在文学上有最理想的佳作者；还有一部分是奖给对于增进世界和平有最大之贡献者。除最后一种系托瑞典国会特组委员会办理外，其余各种均委托斯德哥尔摩各该科最高学术机关办理。虽文学一部分的奖金屡有人訾议，以为人选有未尽当，但此类奖金能促进科学家之奋勉，其贡献于人群者实甚大。而且诺贝尔在遗嘱中郑重声明以贡献于人群之事业为标准，决无国界之畛域，尤有卓识。此项奖金自1910年开始支配，基金不动，利息得永远地利用下去。

以一人而能对人群有如许之贡献，且使其祖国由此而得世界之刮目相待，这位诺贝尔先生给我们的"烟士披里纯"为何如！

（原载1929年5月12日《生活》周刊第4卷第24期）

丢　脸！

日本大阪的《日日新闻》最近印行一种关于济南惨案的特刊，订成一册，里面插刊许多照片。一部分是暴日到济耀武扬威的海陆军，一部分是显出中国人的懦弱状态。他们把这样特刊向世界大发而特发，当然大丢中国人的脸，这是我们子子孙孙永不能忘的厚惠！中国人若再不排除私见，积极准备雪耻，力求一旦能伸眉吐气，有何面目与世界各国人相见？

我看这特刊里许多照片，最惨痛的是许多被拘的南军，手向后绑，赤着脚，哭着脸，由三五持枪暴戾的日兵在后押着走。这还说是处于强力威迫之下。尤其使我发指的是看见里面有一张照片，现着济南总商会会长孟庆宾穿着马褂，脱着小帽，笑容可掬的必恭必敬的，"鞠躬如也"和"刽子手"福田的联队长握手！就是说怕死，难道不那样笑着脸，恭而敬之，就要吃手枪吗？该刊日文当然故用挪揄的口气，在相旁表示中国人的代表欢迎日军。冤哉中国人！何为而有此无耻之尤的"代表"！

章乃器先生有过几句极沉痛的话。他说："什么治安维持会，要宴请日本要人，受福田的训词，什么中日联席会议，已经开会十多次了。印度亡国数十年了，到现在还要高唱'不合作'。哪里有中国人那样乖巧，一被征服就求合作如恐不及？怪不得福田司令要嘉奖他们：'办个样子，做各省模范'？"

　　民气消沉至此，真堪痛哭！

（原载《生活》周刊1928年7月8日第3卷第34期）

新闻记者

刚在上段论到一位因职务关系而送掉一条性命的新闻记者（刘君平日为人如何，我这个脑袋暂得保全的记者虽不深悉，但他此次丧身，既为"副刊"文字遭殃，无论有无其他陷害的内幕，他总可算是因职务而牺牲了），联想到关于新闻记者方面，还有一些意思可提出来谈谈。

前几天报上载着一个电讯，据说"波斯京城《古希士报》总主笔，日前以波斯王将其侍卫大臣某免职，特致电于波斯王，称贺其处置之得宜，满拟得王之嘉许，不意波王得电后，大为震怒，以一区区报馆主笔竟敢与一国君主谈论国事，遂罚彼为宫前清道夫云"。以报馆总主笔罚充宫前清道夫，这位"波王"也许是善于提倡"幽默"的一位人物。虽则那位"总主笔""满拟得王之嘉许"，一肚子怀着不高明的念头，辱不足恤，但是"以一区区报馆主笔竟敢与一国君主谈论国事"一句话，却颇足以代表一般所谓统治者的心理。他们以为只须新闻记者能受操纵，能驯服如绵羊，便可水波不兴，清风徐来，多么舒服，其实新闻纸上的议论，不过是社会心理的一种反映，它的力量就在乎能代表当前大众的意志和要求。社会何以有如此这般的心理？大众何以有如此这般的意志和要求？这后面的原因如不寻觅出来，作根本的解决，尽管把全国的言论都变成千篇一律的应声虫，"水波不兴"的下面必将有狂澜怒涛奔临，"清风徐来"的后面必将有暴风疾雨到来！

固然，各种事业有光明的方面，往往难免也有黑暗的方面，如上面所引的"满拟得王之嘉许"的那位总主笔，便是咎由自取。不过报纸的权威并非出于主笔自身的魔术，乃全在能代表大众的意志和要求，脱离大众立场而图私利的报纸，即等于自杀报纸所以能得到权威的惟一生命，那便不打而自倒了。

（原载1933年2月4日《生活》周刊第8卷第5期）

干

南方人说"做"，北方人说"干"。我近来研究所得，觉得最好的莫如干，最不好的莫如不干。这个地方所指的事情，当然是指宗旨纯正的事情，不然做强盗也何尝用不着干。

天下事业的成功是没有底的，人生的寿数是有限的。无论哪一种学业或哪一种专学，决不是可由任何个人所能做到"后无来者"的。但是在某一专业或某一专学，我实际果然干了，能成功多少，便在这种专业或专学进步的成绩上面占一小段。继我努力的同志，便可继续这一小段后面再加上去。这逐渐加上去的小段，他的距离或长或短，换句话说，那一段所表示的成功或大或小，当然要看干的人的材智能力。但紧紧的是要干，倘若常常畏首畏尾而不干，便决无造成那一段的希望。

要养成"干"的精神，先要十分信仰天下事果然干了，无论大小，迟早必有相当的反应或结果，决不会白费工夫的。

有了这个信仰，还要牢记两点：（一）不怕繁难。愈繁难愈要干，只有干能解决繁难，不干决不能丝毫动摇繁难。（二）不怕失败，能坚持到底干去，必能成功，就是成功前所经过的失败，也是给我们教训以促进最后成功的速率。就是我个人一生失败，这种教训也能促进继我者最后成功的速率。所以还是要奋勇地干去。若不干，固然遇不着失败。也绝对遇不着成功。

（原载1928年1月8日《生活》周刊第3卷第10期）

肉麻的模仿

模仿本来不是坏事情,而且有意义的应需要的小模仿反是一件极好的事情,例如模仿外国货以塞漏卮,模仿强有力的海陆军以固国防,模仿良好品性以正心修身,何尝不好?但是无意识的模仿,便有不免令人肉麻的地方。

自从《胡适文存》出版之后,好了!这里出一部"张三文存",那里又出一部"李四文存"!好像不印文集则已,既印文集,除了"某某文存"这几个字外,就想不出别的稍为两样一点的名称!我看了实在觉得肉麻!这种没有创作精神的"文豪",只怕要弄到"文"而不"存"!

还有许多做文章的人,见别人用了什么"看了……以后"作题目,于是也争相学样,随处都可以看见"听了……以后","读了……以后"的依样画葫芦的题目,看了实在使人作呕!我遇见这一类题目,便老实不再看下去,因为"以后"的内容也就可想而知!

交易所初开的时候,随处都是交易所,好像除了交易所,没有别的生意好做！后来跳舞场开了，也这里一家，那里一家，好像可以开个不完！不细察实际需要而盲目模仿的事业没有不失败的，交易所和跳舞场便是好例。现在又群趋于开设理发店，将来若非一个人颈上生出两个头来，恐怕不够！

即讲到本刊的排印格式，自信颇有"独出心裁"的地方，但是近来模仿我们的刊物，已看见不少，听见有一种刊物的"主人翁"竟跑到印"生活"的那家印刷所，说所印的格式要和"生活""一色一样"！我们承社会的欢迎，正在深自庆幸，并不存什么"吃醋"的意思，不过最好大家想点新花样，若一味的"一色一样"，觉得很无味。

我们以为无论做人做事，宜动些脑子，加些思考，不苟同，不盲从，有自动的精神，有创作的心愿，总能有所树立，个人和社会才有进步的可能。

（原载1928年8月12日《生活》周刊第3卷第39期）

痛念亡友雨轩

吾国的模范新闻记者朱雨轩先生不幸于10月20日夜里病没沪寓。以朱先生之勤恪忠款，谦敏笃实，为群服务，成绩斐然，不鹜名，不自矜，实为社会上不可多得的一个优秀分子，英年不禄，殒此美才，我们深为社会惜此贤良，故记者于上期本刊为文以哭，不仅为私谊哀恸而已。

我于雨轩逝世后的这几天夜里，睡到半夜，梦寐中总见他在病榻上僵卧着的状态，相对惨然，醒知为梦，便感触猬集，辗转不能再睡。他临终时连说几声"我自己决想不到如此之快！"岂特他自己，我20日下午6、7时最后去看他的时候，也决想不到如此之快！

他在20日下午最后服药的时候，神志尚清，不过就慨然说："今天药吃下去很好，明天便什么东西都不能吃了！"又好像他自己已知道第二天必离人世。人之将死，往往有这种的自觉，颇为不可思议的事情，也许由于自己在此刹那间实在觉得精力殆已丧尽，不能再坚持了。

他病前的一两星期还到杭州去了一趟，回来的时候欣然问我喜喝茶么，我莫明其妙，只告诉他说我平日只喝白开水，有好茶时也偶尔揩油，他听了就往编辑部里去拿来两罐龙井好茶叶，说是由杭州带回来的，当时情景，犹历历在目。现在那两罐茶叶，我还不过用了一小部分。睹物思人，悲不自胜，音容宛在，呼唤无从！既而想人谁无死，有生必有死，诸位和我总有一天要"完结"，这是一定的未来的事实，将来科学能否补此缺憾不可知，有目前却是人人所不能避免的一件事。我向来主张绝对不能避免的事，便无须多愁多虑，只得听其自然。不过造物弄人，既使人有"死"，又使人有"情"，于是惨事当前，又使人不能自禁其悲哀伤恸，这真是无可如何的事情！

雨轩弃世后，他的许多好友无不挥泪悲悼，社会上知道他的人无不痛惜，这是他生前做人所留的自然结果，热心为社会上服务所留的自然结果，决不是幸致的。真要死，是我们无可如何的事情，不过在未死之前，做一个好人，尽自己力量多替社会做一些好事，这是我们后死者可以自主的事情。

现在所最难堪的；当然是朱夫人。所幸朱夫人受过高等教育，本在国立上海商科大学四年级肄业，明夏即可毕业。朱先生的好友很多，朱夫人既学有专攻，毕业后必不难在社会上获得相当的服务机会。惨遭不幸，哀痛悲伤，一时当然非所谓高等教育所能减损，惟为将来计，既有专门学识，获得相当职业，在研究学问中有安慰处，在社会活动中有安慰处，在自立精神中有安慰处，在社会活动中有安慰处。倘朱先生死后有知，我们愿以此告慰他在天之灵，同时并愿以此奉慰朱夫人。想到这种地方，我们深觉女子受有良好教育，具有专门技能，在家庭方面社会方面固然得益不浅，即万一有不幸的事情发生，也比较的有办法。因此我们尤深切地觉得普及并提高女子教育，实为妇女解放的根本方法。

（原载1928年11月4日《生活》周刊第3卷第51期）

静

我们试冷眼观察国内外有学问的人，有担任大事业魄力的人，和富有经验的人，富有修养的人，总有一个共同的德性，便是"静"。我们试细心体会，可以看出一个人的学问、魄力、经验、修养等等的程度，往往和他们所有的"静"的程度成正比例。

静的精神之表现于外者，当然以态度言词最为显著。我们只要看见气盛而色浮，便见所得之浅；邃养之人，安详沉静，我们只要见他面色不浮，眼光不乱，便知道他胸中静定，非久养不能。

我们试看善于演说，或演说有经验的人，他的态度非常沉静安定，立在演台上的时候，身体并不十分摇动，就是手势略有动作，也是很自然的。惟其态度能如此之安定自然，所以听众也感觉得精神安定，聚其注意于他的演辞。初学演说或演说毫无经验的人，往往以为在演台上要活泼，于是摇手动脚，甚至于跑来跑去，使听众的眼光分散，注意难于集中，真所谓"弄巧成拙"！

做领袖的人，静的精神之表现于态度者尤为重要，遇着重要事故或意外事故时，常人先要惊慌纷乱，举止失措，做领袖的便要绝对的镇定，方可镇定人心，不至火上添油，越弄越糟。

不必说什么机关的领袖，就是做任何会议的一时主席，也须要具有"静"的精神的人上去，才能胜任愉快。

"静"的精神之可贵，不但关系外表，脑子要冷静，然后思想才能够明澈缜密。有了这种冷静的脑子，用来研究学问，才不至受古人所愚，才不至受今人所欺，一以理智为分析判断之准绳；有了这种冷静的脑子，用来应事应人，才能应付得当，不受欺蒙；有了这种冷静的脑子，用来立身处世，才能不为外撼，不为物移，才能不至一人誉之而喜，一人毁之而忧，才做得到得意时不放肆，失意时不烦恼，因为有了这种冷静的脑子，胸中有主，然后不为外移。

昔贤吕心吾先生曾经说过："君子处事，主之以镇静有主之心。"又说："干天下大事，非气不济，然气欲藏不欲露，欲抑不欲扬，掀天揭地事业，不动声色，不惊耳目，做得停停妥妥，此为第一妙手。"这几句话很可以说出静的妙用来。

但是我们所主张的"静"是积极的，不是消极的；是要向前做的，不是袖手好闲的。例如比足球的时候，守球门的人多么手敏眼快，但是心里是要十分冷静的，苟一心慌意乱，敌方的球到眼前还要帮助敌方挥进自己的门里去！我们是要以静为动之母，不是不动。关于这一点，吕心吾先生还有几句很可以使我们受用的话，我现在就引来做本文的结束："处天下事只消得安详二字，虽兵贵神速，也须从此二字做去。然安详非迟缓之谓也，从容详审，养奋发于凝定之中耳。是故不闲则不忙，不逸则不劳。若先急缓，则后必急遽，是事之殃也，十行九悔，岂得谓之安详？"

（原载1928年12月16日《生活》周刊第4卷第5期）

高 兴

　　咱们孔老夫子有个最得意的门生，《论语》里说他"一箪食，一瓢饮，在陋巷，人不堪其忧，回也不改其乐"。这位颜先生并非因为没菜吃，住在破烂的房子，做了这样的一个"穷措大"而不快乐。他所以还能那样高兴，是因为他对于所学实在津津有味，所以虽穷而不觉得；虽然穷得"人不堪其忧"，而他因为有心里所酷爱的学问在那里研究得实在有趣，所以仍是一团高兴。这段纪事并不是奖励人做穷人，是暗示我们总要寻出自己所高兴学的，所高兴做的事情，高高兴兴地去学，高高兴兴地去做。

　　电影发明大家爱迭生幼年穷苦的时候，就喜欢作科学的实验；他十几岁在火车上作小工的时候，有一天藏在火车里预备实验用的玻璃瓶偶因震动倒了下来，硝镪水倒了满处，给管车的人狠狠的打了两个耳光，把他一搂，丢到火车的外面去！他虽这样的吃了两个苦耳光，到老耳朵被他弄聋，但是他对于科学的实验还是很高兴的继续的干去，不因此而抛弃，因为这原是他所高兴学的所高兴做的事情。

这样的"高兴"精神，是最可宝贵的东西：我们倘能各人寻出自己所高兴学的所高兴做的事情，朝着这个方向往前做去，把所学的所做的事，好像和自己合而为一，这真是一生莫大的幸福。所以做父母师长的人要常常留意考察子女学生的特长和特殊的兴趣，就此方面指导他们，培养他们；做青年的人要常常细心默察自己的特长和特殊的兴趣，就此方面去准备修养；就是成年，就是在社会上的人，也要常常注意自己的特长和特殊的兴趣，就此方面继续的准备修养，寻觅相当机会，尽量的发展，各尽天赋，期收量大限度的效率。

和"高兴"精神相反的就是"弗高兴"；表面上虽在那里做，而心里实在"弗高兴"，心里既然弗高兴，当然只觉其苦而不觉其乐。《国策》里说"苏秦读书欲睡，引锥自刺其股，流血至踝！"历来传为佳话，许多人称他勤苦求学的可嘉！我以为这样求学并不是因为他高兴求学而求学，并不是因为他觉得求学中有乐处而求学，乃是把求学当作"敲门砖"当一件苦事做，所以这位老苏只不过造成一只"瞎三话四"的嘴巴，用来骗得一时的富贵，并求不出什么真学问来。我们以为求学就该在求学中寻乐趣，否则无论他的股刺了多深，血流了多少，我们却一点不觉得可贵，反而认为是戆徒的行为！

"高兴"精神之所以可贵，因为它是由心坎中出发的，不是虚荣和金钱以及其他的享用所能勉强造成的。在下朋友里面有某君现在从事一种高尚专门的新式职业，闻名于社会；进款也不少，出入乘着的是自备的汽车，住的是呱呱叫的洋房，在别人看起来，总觉得他"呒啥"了。但是我有一天和他谈起他的职业，才知道他对于所做的事情并不喜欢，而且觉得讨厌，要想拼命的赚几个钱之后改做别的事情。我觉得他在物质的享用上虽"呒啥"，而精神上的抑郁牢骚，充满"弗高兴"的质素，竟不觉得有什么做人的乐趣！我心里暗想，这位朋友真远不及箪食瓢饮住在陋巷的穷措大颜老夫子的快乐。为什么缘故？因为一个"高兴"，一个"弗高兴"！"做到了高兴做的事情，就是箪食瓢饮住陋巷还能高兴；做弗高兴做的事情，就是洋房汽车也还只是弗高兴！

高兴的精神固然可贵，但是倘若趋入歧途，也很尴尬！上海有著名律师某君高兴于嫖，虽他的夫人防备之严有如防盗，他还是一团高兴的偷嫖。他虽十分的惧内，但是惧内的效用竟不能损他高兴的分毫，他的夫人一不提防，他就一溜烟的溜出去了！他所乘的是自己的汽车，一到了窑子的门口，总叫他的汽车夫把空车开到远远的一个地方停着，以免瞩目——他夫人的目。恰巧有一天他和一位"白相朋友"到某大旅馆开一个房间，正在征妓取乐，不料密中一疏，竟任汽车停在那个旅馆的门口。他的夫人忽然心血来潮，到他事务所来"检查"，寻不着他，于是立即乘着一部黄包车，在几条马路上大兜其圈子，实行其"巡查"，寻觅她丈夫的汽车。也算这位大律师触霉头，她凑巧寻到那个旅馆门口时，看见自己汽车的号数赫然在目。当时在汽车里正打瞌睡的汽车夫阿四，于朦胧之际忽见"太太"来了，知道"路道弗对"，便装作不知道主人到哪里去了。这位"太太"哪肯罢休，睁圆了眼睛，一把抓住阿四，大声吓道："你不说出来，明朝停你的生意！"阿四想"停生意弗是生意经"，只得老实告诉她。于是这位发冲眦裂的"太太"三步作两步走，奔入那个房间，好像霹雳一声，把那位大律师抓了出来，立刻赏给两个结结实实的响脆耳光！那位陪伴的朋友看见来势汹汹，三十六着，走为上着，一溜烟的躲而且逃！这位大律师虽经过这一场恶剧，他现在对于嫖还是一团高兴，还是东溜西溜的偷出去。爱迭生的不怕吃耳光，吃了耳光还要高兴，终成了一个有贡献于全世界人类的科学发明家；这位大律师的不怕吃耳光，吃了耳光还要高兴，也许终至倾家荡产，弄得一塌糊涂！

还有一点，我们也要注意的，就是具有特别天才的人，如上面所说的颜回和爱迭生之流，他们的高兴精神也许开始就有，至于比较平常的人，往往要先用一番努力的工夫，做到相当的程度，才找得出兴趣来，所以努力也是不可少的，不过在努力的进程中，一面努力，一面逐渐的有进步，同时即于逐渐的进步中增加高兴的精神，也就是于努力之中有快乐，不像苏秦那样刺着股，流着淋漓的血，强做那样弗高兴的事情！

（原载1928年12月2日《生活》周刊第4卷第3期）

硬吞香蕉皮

重远先生偶然谈起从前吴俊陆（做过黑龙江省督办）吃香蕉皮的一桩笑话。当时东北对于外来的香蕉是不多见的，所以有许多人简直没有尝过，有一次吴氏到了沈阳，应几位官场朋友的请客，赴日本站松梅轩晚宴，席上有香蕉，他破题儿第一遭遇见，不费思索的随便拿了一根连皮吃下去，等一会儿，看见同座的客人却是先把皮剥掉然后吃，他知道自己吃法错了，但却不愿意认错，赶紧自打圆场，装着十二分正经的面孔说道："诸位文人，无事不文质彬彬的，我向来吃香蕉就是连皮吃下去的！"一时传为笑柄。其实错了就老实自己承认，倒是精神安泰的事情；文过饰非是最苦痛的勾当。世上像吴氏这样硬吞香蕉皮还振振有词的虽不多见，但明知错了不肯认错，还要心劳日拙的想出种种方法来替自己掩饰，甚至把规劝他的人恨得切齿不忘，这种心理似乎是很为普遍。这种人穷则独害其身，达则兼害天下！因为他所能接近的全是胁肩谄笑的奸佞小人，所最不能容的是强谏力争的正人君子。

听说最近被刺的军阀张宗昌生平有三不主义，第一是不知道他自己的"兵"有多少,第二是不知道他自己的"钱"有多少,第三是不知道他自己的"姨"有多少。所谓"姨"者便是姨太太。据北平传讯,他的棺材运到北平车站的时候,"内眷未进站,挂孝少妇约十六七辈,含泪坐灵棚下,柩至,乃依次出拜,伏地号啕而呼曰:'天乎!天乎!'十余人异口同声,亦复一阵凄绝,一时哀乐呜呜,与嘤嘤啜泣之呼天声相间杂……少妇装束一致,丧服之内,露其灰色长衫,衫或绸或布,发多剪,留者仅二三人,除'五太太'外,最长者亦不过二十五六,最年轻有正在破瓜年纪者,然丧容满面,亦皆惟悴不堪"。这里面有一点颇可注意者,这一大堆供作玩物的可怜虫大有舍不得她们所处境地的样子,在旁人觉得她们原有境地的可怜,在她们似乎还觉得不能保持原有境地之为可怜,换句话说,她们似乎情愿忍受。其实我们如作进一步的看法,在这样的社会制度和经济制度之下,她们都是不知自主也无力自主的若干寄生虫而已,说不上什么情愿不情愿。

(原载1932年10月1日《生活》周刊第7卷第39期)

不相干的帽子

在如今的时代，倘若有人有意害你的话，最简易而巧妙的办法，是不管你平日的实际言行怎样，只要随便硬把一个犯禁的什么派或什么党的帽子戴到你的头上来，便很容易达到他所渴望的目的；因为这样一来，他可以希望你犯着"危害民国紧急治罪法"第几条，轻些可以判你一个无期徒刑，以便和你"久违""久违"，重些大可结果你的一条性命，那就更爽快干净了。

记者办理本刊向采独立的精神，个人也从未戴过任何党派的帽子。但是近来竟有人不顾事实，硬把和我不相干的帽子戴到我的头上来。有的说是"国家主义派"，读者某君由广州寄来一份当地的某报，里面说"你只要看东北事变发生后，'生活'周刊对于抗日救国的文章做得那样的热烈，便知道它的国家主义派的色彩是怎样的浓厚！"原来提倡了抗日救国，便是"国家主义派"的证据！那只有步武郑孝胥、谢介石、赵欣伯、熙洽诸公之后，才得免于罪戾！

不久有一位朋友从首都来，很惊慌地告诉我，有人说我加入了什么

"左倾作家"，我听了肉麻得冷了半截！我配称为什么"作家"！"左倾作家"又是多么时髦的名词！一右就右到"国家主义派"，一左就左到"左倾作家"，可谓"左"之"右"之，任意所之！如说反对私人资本主义，提倡社会主义，便是"左"，那末中山先生在"民生主义"里讲"平均地权"，讲"节制资本"，讲"民生主义就是社会主义"，何尝不"左"？其实我不管什么叫"左"，什么叫"右"，只知道就大多数民众的立场，有所主张，有所建议，有所批评而已。

最近又有一位读者报告给我一个更离奇的消息，说有人诬诣我在组织什么"劳动社会党"，又说"简称宣劳"，并说中央已密令严查。这种传闻之说，记者当然未敢轻信。甚至疑为捕风捉影之谈。这种冠冕堂皇的名称，我梦都没有梦见过，居然还有什么"简称"！我实在自愧没有这样的力量，也没有这样的资格。

有一天有一位朋友给我看，某报载张君劢等在北平组织国家社会党，说我"已口头答应加入"。那位记者不知在哪里听见，可惜我自己这个一点不聋的耳朵却从未听见过！

我们在小说里常看见有所谓"三头六臂"，就是有三个头颅，也难于同时戴上这许多帽子，况且区区所受诸母胎者就只这一个独一无二的头颅，大有应接不暇之势，实觉辜负了热心戴帽在鄙人头上者的一番盛意！

根据自己的信仰而加入合于自己理想的政治集团，原是光明磊落的事情，这其中不必即含有什么侮辱的意义。不过我确未加入任何政治集团，既是一桩事实，也用不着说谎。我现在只以中华民族一分子的资格主持本刊，尽其微薄的能力，为民族前途努力，想不致便犯了什么非砍脑袋不可的罪名吧。

要十分客气万分殷勤硬把不相干的帽子戴到区区这个头上来，当然不是我个人值得这样的优待，大不该的是以我的浅陋，竟蒙读者不弃，最初每期二三千份的"生活",现在居然每期达十余万份(这里面实含着不少同事的辛苦和不少为本刊撰述的朋友的脑汁,决不是我一人的努力),虽夹在外国每期数百万份的刊物里还是好像小巫之见大巫,毫不足道,而在国内似乎已不免有人看不过,乘着患难的时候,大做下井落石的工夫,非替它("生活")送终不可,而在他们看来,送终的最巧妙的方法莫过于硬把我这个不识相的家伙推入一个染缸里去染得一身的颜色,最好是染得出红色,因为这样便稳有吃卫生丸的资格,再不然,黄色也好,这样一来,不幸为我所主持的刊物,便非有色彩不可,便可使它关门大吉了。我的态度是一息尚存,还是要干,干到不能再干算数,决不屈服。我认为挫折磨难是锻炼意志增加能力的好机会,讲到这一点,我还要对千方百计诬陷我者表示无限的谢意!

(原载1932年10月8日《生活》周刊第7卷第40期)

人　圈

有一个很知己的好友最近由西北回到上海来，我们知道那里是有着时时渴望"打回老家去"的东北军，他们里面有的新自东北出来的亲友，和我的这个好友谈起东北同胞惨遇的情形，最凄惨的是我们的民族敌人近来在东北各村里设有所谓"人圈"，把贫病交加的我们的苦同胞，拉到这个人圈里去喂猎狗！事实是这样：因为义勇军的各处潜伏，我们的民族敌人把小村一大片一大片的烧掉，穷苦的老百姓往村里逃，没有屋子住餐风露宿，病了也没有医药，敌人便仿照猪圈或牛圈的办法，在荒地上用木桩围成大圈，里面放着饿狗，病得未死的人都被拉到里面去喂狗，夜里常可听到惨不忍闻的哀号！

我希望这惨呼的哀音能打动全国每一个爱国同胞的心弦！我希望全国同胞明白这种惨遇是每一个同胞和我们的子孙的命运，倘若我们还不一致团结起来挽救这个危亡的祖国。

（原载1936年11月22日上海《生活星期刊》第1卷第25号）

地 位

我最感到愉快的一件事是展阅许多读者好友的来信。有许多信令我兴奋，有许多信令我感位，有许多信令我悲痛，有许多来信令我发指。

最近有一位读者给我的信，劈头就说："你是没有固定的地位的，所以你肯奋斗，这是我所以特别敬重你的缘故。"下面他接着下去讨论些别的事情。

我凝望着劈头这三句话，静思了好些时候。我当然很感谢他的好意，把"肯奋斗"的话来勉励我，虽则我自己是十分惭愧，对社会并未曾"奋斗"出什么好的贡献。他认为一个人肯奋斗，是因为他没有固定的地位。这一点却很引起我的研究兴味。什么是"固定的地位"，这位读者并未加上什么解释。猜度他的意思，也许是指稳定的地位。例如失业的人，他的地位便不稳定。失了业的人，或是所有的职业已靠不住的人，想法得到职业，或得到稳定的职业，这是人情之常，不但未可厚非，而且是很应该的事情。但得到职业或职业稳定以后，未必就不肯奋斗。所以我转念又觉得这位读者所指的"地位是会有使人坠落的效用，至少是含有使人保守不求前进的效用。例如做了资本家，做了大官僚之类的东西。倘若这个猜度是对的，那末所谓"奋斗"也有两种意义：一种是因为未得到这样的地位，所以要奋斗去得到；一种是因为没有这种地位使一个人腐化或保守，所以他能向较有贡献于社会的方面奋斗。前一种的奋斗是不值得"敬重"的，所以我想那位读者所指的是后一种的奋斗：即不是为着自己的地位干，是为着社会的或大众的福利干。

倘若我们有了正确的世界观与人生观，个人的地位原是无足轻重的事情。尤其在中国现在所处的地位，我们尤其要撇开个人地位的私念，同心协力于增高国家民族的地位。多在国外游历的人们，对于这一点应该有更深刻的感触。无论你怎样神气活现，无论你在国内是有着怎样高的地位，他们看去都是中国人——本来都是中国人——他们若看不起中国，任何中国人当然也都不在他们眼里。华侨的爱国心比较热烈，这便是一个很重要的原因。我们只要想到中国的国际地位怎样，个人的地位就更不足计较了。

当然，我们所努力于中国国际地位的增高并不是要步武侵略国的行为，并不是羡慕侵略国的国际地位。我们要首先努力于中华民族的解放，努力使中华民国达到自由平等的地位。当前我们民族的最大敌人是什么，是我们做中国人的每个人心坎中所明白的；当前什么是我们民族解放的大障碍物，什么是我们国家自由平等的刽子手，是我们的中国人的每个人心坎中所明白的。说得实在些，中国在国际上可以说是已经没有了地位！你看见哪一个独立的国家可以坐视敌人的铁骑横行，宰割如意，像现在的中国吗？你在各国报章杂志上看到批评中国的文字，总可以看到"中国"这个名词是常常和世界上已亡的国家相提并论的。我们看着当然是要气愤的。在这种时候，谁的心目中都只有"中国"这个观念，都只有中国在国际上的地位怎样的念头，至于个人的地位怎样，是抛诸九霄云外的了，但是徒然气愤没有用，我们现在必须集中火力对付我们民族的最大敌人的残酷的侵略；这是当前惟一的第一件大事，是要我们全国万众一心，勇往奔赴的。只须这第一件大事成功之后，什么其他的问题都是可以迎刃而解的，到那时我们的宪法里也尽可以订有：

"中国对于因保护劳动者利益，或因他们的科学活动，或因争取民族解放而受控告的外国公民，都予以庇护权。"

这是我们的民族国家未来的光明的地位，是要我们用热血作代价去换来的，是要我们肩膀紧接着肩膀，对准着我们民族的最大敌人作殊死战去获得的。

让我们抛开各个人的地位，共同起来争取中华民国的自由平等的地位吧！

（原载1936年7月5日香港《生活日报星期增刊》第1卷第5号）

波　动

　　七八年来，我的脑际总萦回着一个愿望，要创办一种合于大众需要的日报。在距今四年前，由于多数读者的鼓励和若干热心新闻事业的朋友的赞助，已公开招股筹办，于几个月的短时期内招到了十五万元的股本，正在准备出版，不幸以迫于环境，中途作罢，股款连同利息，完全归还。这事的经过，是读者诸友所知道的。但是要创办一种合于大众需要的日报，这个愿望仍继续地占据了我的心坎，一遇着似乎有实现这件事的可能性的机会，即又引起我的这个潜伏着的愿望的波动。

　　有一位老友在香港住过几个月，去年年底到上海，顺便来访问我，无意中谈起香港报界的情形；据说在那个地方办报，只须不直接触犯英国人的利益，讲抗敌救国是很有自由的，而且因为该地是个自由港，纸张免税，在那里办报可从纸张上赚些余利来帮助维持费，比别处日报全靠广告费的收入，有着它的特点的优点。这位老友不过因谈到香港的状况而顺便提及香港报界的一些情形，他虽言之无意，我却听之有心，潜伏在我心坎里多时的那个愿望又起了一次波动。

今年（1936年——编者）的3月间，我便带着这样暗示的憧憬到香港去看看。我先找些当地新闻界的朋友谈谈。我们虽然是初次见面，但是因为在文字上久已成了神交，所以很承蒙他们热诚指教，认为可以办。

于是我便想到经费。我坚决地认为大众的日报不应该是一两个大老板出钱办的，所以我无意恳求一两个大老板的援助；又坚决地认为大众的日报应该要完完全全立于大众的立场，也不该由任何一党一派出钱办的，所以我也无意容纳任何党派的援助。结果当然想到公开招股的办法。但是公开招股无论怎样迅速，不是在很短的时期内所能完成的，尤其是因为要顾到入股大众的利益和创办者的信用起见，我们决定在公司创立还未开幕以前，对已收到的股款不应先有丝毫的动用。要印日报，非自备印刷机不可，因为找不到相当的印刷所来承印。办报自备印刷机，是一项很大的开支，这是又一个难题！

但是事有凑巧，不久有一个印刷公司因为要承印一家日报，从德国买到了一个1935年式的最新印刷机，每小时能印日报一万九千份。那家报的每日印数只有一万份，所以这部印刷机很有充分的时间余下来再承印另一家报。这个意外的机会使我兴奋起来，因为印刷机无须自备，这至少在短时期内使我们在经济上轻松了许多，至于此外的开办费和暂时的维持费，那是有设法的可能的。

这样，我才开始筹备。我在上面已经说过，已收到的股款，在公司创立还未开幕以前，不应先有丝毫的动用，我当然要严守这个原则。但是要先把《生活日报》试办起来，是不能不用钱的。我便和在上海的几位热心文化事业的好友商量，由我们几个人辗转凑借了一笔款子，经过一个多月的特别快的筹备苦工，到6月7日那一天，七八年来梦寐萦怀的《生活日报》居然呱呱堕地了！其实在香港的读者和它第一次见面虽在6月7日的早晨，而这个孩子的产生却在6日的深夜。那天夜里我一夜没有睡，自己跑到印刷所里的工场上去。我亲眼看着铸版完毕，看着铸版装上卷筒机，看着发动机发动，听着机声隆隆——怎样震动我的心弦的机声呵！第一份《生活日报》刚在印机房的接报机上溜下来的时候，我赶紧跑过去接受下来，独自拿着微笑。那时的心境，说不出的快慰的心境，不是这枝秃笔所能追述的！这意思并不是说我对于这个"处女报"的格式和内容已觉得满意——不，其实还有着许多的不满意——但是我和我的苦干着的朋友们的心血竟得到具体化，竟在艰苦困难中成为事实，这在当时的我实不禁暗中喜出了眼泪的！我知道这未免有些孩子气，有些"生惕门陀"（Sentimental），但是人究竟是感情的动物，我也就毫不隐饰地很老实地报告出来。

我们因为试办的经费是由几个书呆子勉强凑借而成的，为数当然很有限，所以报馆是设在贫民窟里，经过了不少的困难和苦斗。如今追想前尘影事，虽觉不免辛酸，但事后说来，也颇有趣，下次再谈吧。

（原载1936年8月23日上海《生活星期刊》第1卷第12号）

贫民窟里的报馆

我在上次和诸君谈过,我们在香港的报馆因为试办的经费是由几个书呆子勉强凑借而成的,为数很有限,所以是设在贫民窟里。但是说来好笑,我正在香港贫民窟里筹办报馆的时候,香港有一家报纸登出一段很肯定的新闻,说我被广西的当局请到南宁去,担任广西省府的高等顾问,同时兼任南宁《民国日报》总主笔和广西大学教授,每月收入在六百元以上云云。你看这多么阔!不但"顾问",而且是"高等";不但兼了"总主笔",而且还兼着"大学教授"!一身兼这样的要职三个,依我们所知道的一般情形看来,每月收入仅仅在六百元以上,似乎还未免过于菲薄的。但是在我这样的一个穷小子看来,确觉得这是一个不小的数目,而且老实说,确也有些垂涎欲滴!因为我自从结束苦学生的生活,在社会里混了十多年以来,从来没有赚过这样大的薪水。自从在十年前因《生活》周刊业务发达,我不得不摆脱其他一切兼职——要附带声明的是这里没有什么"高",没有什么"总",也没有什么"大",只是有着夜校教员之类的苦工——用全副精神来办这个刊物,计算起来，每月收入总数还少去十块大洋，十年来一直是这样。我有大家族的重累，有小家庭的负担，人口日增，死病无常，只靠着一些版税的收入贴补贴补；因为出国视察借了一笔款子，有好几本著作的版税已不是我自己的，除把版税抵消一部分，还欠着朋友们几千块钱，一时无法偿还；不久以前一个弟弟死了，办丧事要举债；最近有一个庶母死了，办丧事又要举债。好了，不噜苏了，在这样严重的国难里面几乎人人都有"家难"的时代，我知道诸君里面有着同样痛苦或更厉害的痛苦的一定不少，我不该多说关于个人的诉苦的话，我只是说像我们这样的穷小子，"每月收入在六百元以上"并不是用不着，但是我们为保全在社会上的事业的信用，我们绝不能无条件地拿钱，而且我们知道仅仅孜孜于在各个人的圈子里谋解决，也得不到根本的解决。

话越说越远，我不得不请诸君原谅，现在再回转头来谈谈在香港贫民窟里办报的事情吧。我在香港只是在贫民窟里办报，从未到过广西，所以谁做了广西政府的"高等顾问"等等，我不得而知，所知道的只是在香港的贫民窟里所办的那个报馆。

香港的市面和大多数的居民是在山麓，这是诸君所知道的。在这里你要看看豪华区域和贫苦区域的对比，比在任何处来得便当，因为你只要跑到山上的高处俯瞰一下，便看得见好像汪洋一大片的所谓西营盘和它的附近地方，都是些狭隘龌龊的街巷和破烂不堪的房屋，像蚁窟似的呈现在你的眼前。但是除了这样整批的贫民窟之外，在热闹的市面，于广阔的热闹街道的中间，也夹有贫民窟，这可说是零星的贫民窟。我们的报馆一面要迁就热闹市面的附近，一面又出不起那昂贵的屋租，所以便选定了一个零星贫民窟里的一条小街上的一所小屋——就是也许已为诸若所耳熟的利源东街二十号。

这一条短短的小街虽在贫民窟里，虽然汽车货车不许进去，地势却很好，夹在最热闹的德铺道和皇后大道的中间，和印刷所也很近。这屋子号称三层楼，似乎和"高等顾问"有同样阔绰的姿态，但是每层只有一个长方形的小房间，房间的后面有一个很小的厨房，前面临街有一个窄得只够立一个人的露台。至于屋子材料的窳陋，那是贫民窟房屋的本色，不足为怪。天花板当然是没有的，你仰头一望，便可看得见屋顶的瓦片。上楼是由最下层的铺面旁边一个窄小的楼梯走上去的。你上去的时候，如不凑巧有一个人刚从上面下来，你只得紧紧地把身体贴在墙上，让他唯我独尊地先下来；这好像在苏州狭隘的街上两辆黄包车相碰着，有着那样拥挤不堪的滑稽相。屋子当然是脏得不堪，但是因为包括铺面的关系，每月却要租一百块钱。我承蒙一位能说广东话的热心朋友陪着到经租账房那里去，往返商量了好几趟，在大热天的炎日下出了好几次大汗，总算很幸运地把每月屋租减到九十块钱。

这样脏得不堪的房子，当然需要一番彻底的粉刷，否则我实在不好意思请同事踏进去；并不是嫌难看，要努力办事不得不顾到相当的健康环境。可是那里的粉墙经过粉刷了五次，才有白的颜色显露出来。泥水匠大叫倒霉，因为他接受这桩生意的时候，并未曾想到要粉刷到五次才看得见白色。我不好意思难为他，答应他等到完全弄好之后，加他一些小费。那个窄小的楼梯，是跑二楼和三楼必经之路，楼梯上的木板因年久失修，原来平面的竟变成了凹面的了，有的还向下斜，好像山坡似的，于是不得不修的修，换的换，这也是和房东办了许多交涉而勉强得到的。

谈起来似乎琐屑，在当时却也很费经营，那是小便的地方。在那贫民窟的屋子里，一般人的习惯，厨房里倒水的小沟（楼上也有，由水管通到下面去），同时就是小便的所在，所以厨房和楼下的屋后小弄，便是臭气薰蒸的区域。报馆里办事的人比较的多，需要小便的人无法使它减少，如沿用一般人的办法，大家恐怕要薰得头痛，无法办公了。说的话已多，这事怎样解决，只得且听下回分解吧。

（原载1936年8月30日《生活星期刊》第1卷第13号）

外国人的办事精神

前中华职业学校校长顾荫亭先生新自欧洲考察教育回国,足迹遍历十数国,经时四年以上。据顾先生所谈,把国内的办事情形与西人的办事情形,比较一下后,深觉西人具有几种特别的精神。我听了很觉感动。他说第一是彻底,他们对于各事不办则已,即办必求彻底,决不肯随随便便,就心满意足。即就造路一端而论,我们造路只要在表面上铺平,就算了事。他们要挖下去好几尺的深,上铺石块,石块上面还要加三合土,三合土上面还要铺浸过桐油的木块,要弄得十分平稳,方始罢休。又在各国看所造房屋,无不精益求精,务求十分稳固结实,不但可经数十年不坏,且可耐久至数百年。反顾国内则造路造屋,无不十分容易,只求像个样子,就算了事,推至其他诸事,无不但求苟安目前,不计久远。这种情形与国民性大有关系,我们不得不加以特别注意。顾先生说他在国内的时候,对此事还不十分觉得,在外国无处不发生这种感触。

第二是坚忍。他们做事不怕失败。第一次失败,再做第二次;第二次失败，再做第三次；……必至做好，方始甘心。他们失败的人自己固不以此自馁；就是社会上对于这种失败的人，也觉得失败一次，多一次经验，值得让他再试，比较的易于成功。反顾我们中国则又不然：失败的人就想改走别条路，无心再试；就是社会上对于这种失败的人，也觉得他既曾失败了，便不行了。

第三是专一。他们做事，责任分得很专，各人对于各人范围内的事，十分认真；这一部分事错了，他要完全负责。他们各人对于各人的事，无不积极的时常改进，增加效率，决不敷衍塞责，依样画葫芦，便算尽职。

我听了顾先生的话，觉得十分扼要。他山之石，可以攻玉，我们应当互相勖勉。

（原载1926年12月19日《生活》周刊第2卷第9期）

大声疾呼的国文课

当时我进的中学还是四年制。这中学是附属于南洋公学的（当时南洋公学虽已改称为交通部工业专门学校，但大家在口头上还是叫南洋公学），叫做"中院"。大学部叫做"上院"，分土木和电机两科。中院毕业的可免考直接升入上院。南洋公学既注重工科，所以它的附属中学对于理化、算学等科目特别注重。算学是我的老对头，在小学时代就已经和它短兵相接过，但是在中学里对于什么"代数"、"几何"、"解析几何"、"高等代数"等等，都还可以对付得来，因为被"向上爬"的心理推动着，硬着头皮干。在表面上看来，师友们还以为我的成绩很好，实际上我自己已深知道是"外强中干"了。

但是南洋公学有个特点，却于我很有利。这个学校虽注重工科，但因为校长是唐尉芝先生（中院仅有主任，校长也由他兼），积极提倡研究国文，造成风气，大家对于这个科目也很重视；同时关于英文方面，当时除圣约翰大学外，南洋公学的资格算是最老，对于英文这个科目也是很重视的。前者替我的国文写作的能力打了一点基础；后者替我的外国文的工具打了一点基础。倘若不是这样，只许我一天到晚在XYZ里面翻筋斗，后来要出行便很困难的了。但是这却不是由于我的自觉的选择，只是偶然的凑合。在这种地方，我们便感觉到职业指导对于青年是有着怎样重要的意义。

自然，自己对于所喜欢的知识加以努力的研究，多少都是有进步的，但是环境的影响也很大。因为唐先生既注意学生的国文程度和学习，蹩脚的国文教员便不敢滥竽其间，对于教材和教法方面都不能不加以相当的注意。同时国文较好的学生，由比较而得到师友的重视和直接的鼓励，这种种对于研究的兴趣都是有着相当的关系的。

我们最感觉有趣味和敬重的是中学初年级的国文教师朱叔子先生。他一口的太仓土音，上海人听来已怪有趣，而他上国文课时的起劲，更非笔墨所能形容。他对学生讲解古文的时候，读一段，讲一段，读时是用着全副气力，提高嗓子，埋头苦喊，读到有精彩处，更是弄得头上的筋一条条的现露出来，面色涨红得像关老爷，全身都震动起来（他总是立着读），无论哪一个善打瞌睡的同学，也不得不肃然悚然！他那样用尽气力的办法，我虽自问做不到，但是他那样聚精会神，一点不肯撒烂污的认真态度，我到现在还是很佩服他。

我们每两星期有一次作文课。朱先生每次把所批改的文卷订成一厚本，带到课堂里来，从第一名批评起，一篇一篇的批评到最后，遇着同学的文卷里有精彩处，他也用读古文诗的同样的拼命态度，大声疾呼地朗诵起来，往往要弄得哄堂大笑。但是每次经他这一番的批评和大声疾呼，大家确受着很大的推动；有的人也在寄宿舍里效法，那时你如有机会走过我们寄宿舍的门口，一定要震得你耳聋的。朱先生改文章很有本领，他改你一个字，都有道理；你的文章里只要有一句有精彩的活，他都不会抹煞掉。他实在是一个极好的国文教师。

我觉得要像他那样改国文，学的人才易有进步。有些教师尽转着他自己的念头，不顾你的思想；为着他自己的便利计，一来就是几行一删，在你的文卷上大发挥他自己的高见。朱先生的长处就在他能设身处地替学生的立场和思想加以考虑，不是拿起笔来，随着自己的意思乱改一阵。

我那时从沈永癯先生和朱叔子先生所得到的写作的要诀，是写作的内容必须有个主张，有个见解，也许可以说是中心的思想，否则你尽管堆着许多优美的句子，都是徒然的。我每得到一个题目，不就动笔，先尽心思索，紧紧抓住这个题目的要点所在，古人说"读书得间"，这也许可以说是要"看题得间"；你只要抓住了这个"间"，便好像拿着了舵，任着你的笔锋奔放驰骋，都能够"搔到痒处"和"隔靴搔痒"的便大大的不同。这要诀说来似乎平常，但是当时却有不少同学不知道，拿着一个题目就瞎写一阵，写了又涂，涂了又写，钟点要到了，有的还交不出卷来，有的只是匆匆地糊里糊涂地完卷了事。

（原载1936年11月8日上海《生活星期刊》第1卷第23号）

一幕悲喜剧

在我再续谈《生活》周刊的事情以前,其中有两件事可以先谈一谈。第一件是关于我的婚姻,第二件是我加入时事新报馆。

第一件虽是关于个人的私事,但是也脱不了当时的社会思潮的背景。大家都知道,接着"五·四"运动以后的动向,打倒"吃人的礼教",也是其中的一个支流,男女青年对于婚姻的自由权都提出大胆的要求,各人都把理想的社会和理想的家庭混做一谈,甚至相信理想的社会必须开始于理想的家庭!我在当时也是这许多青年里面的一分子,也受到了相类的影响,于是我的婚姻问题也随着发生过一次的波澜。

我的父亲和我的岳父在前清末季同在福建省的政界里混着,他们因自己的友谊深厚,便把儿女结成了"秦晋之好",那时我虽在学校时代,"五·四"运动的前奏还未开幕,对于这件事只有着糊里糊涂的态度。后来经过"五·四"的洗礼后,对这件事才提出抗议。

我的未婚妻叶女士是一位十足的"诗礼之家"的"闺女",吟诗读礼,工于针黹,但却未进过学校。这虽不是没有教育的女子,但在当时的心理，没有进过学校已经是第一个不满意的事实，况且从来未见过面，未谈过话，全由"父母之命"而成的婚约，那又是第二个不满意的事实。但是经我提出抗议之后，完全和"五·四"运动的洗礼毫不相干的两方家长固然大不答应，就是我的未婚妻也秉着"诗礼之家"的训诲，表示情愿为着我而终身不嫁。于是这件事便成了僵局。但是因为我的求学费用，全由我自己设法维持，家里在经济上无从加我以制裁，无法干涉我的行动。在两方不相下的形势里面，这件事便搁了起来。直到我离开学校加入职业界以后，这件事还是搁着。但是我每想到有个女子为着我而终身不嫁，于心似乎有些不忍，又想她只是个时代的牺牲者，我再坚持僵局，徒然增加她的牺牲而已，因此虽坚持了几年，终于自动地收回了我的抗议。

　　我任事两三年后，还清了求学时的债务，多下了几百块钱，便完全为着自己的结婚，用得精光。我所堪以自慰的是我的婚事的费用完全由自己担任，没有给任何方面以丝毫的牵累。家属不必说，就是亲友们，我也不收一文的礼。婚礼用的是茶点，这原也很平常，不过想起当时的"维新"心理，却也有可笑处。行礼的时候新郎要演说，那随他去演说好了，又要勉强新娘也须演说；这在她却是个难题，但是因为迁就我，也只得勉强说几句话；这几句话的临时敷衍，却在事前给她以好几天的心事。这也罢了，又要勉强岳父也须演说。这在男子原不是一个很难的题目，可是因为我的岳父是百分的老实人，生平就未曾演说过，他自问实在没有在数百人面前开口说话的勇气，但是也因为要迁就我，也只得勉强说几句话。他在行礼前的几天，就每天手上拿着一张纸，上面写着几十个字的短无可短的演说词，在房里踱着方步朗诵着，好像小学生似的"实习"了好几天。可是在行礼那天，他立起来的时候，已忘记得干干净净，勉强说了三两句答谢的话就坐了下来！我现在谈起当时的这段情形，不但丝毫不敢怪我的岳父，而且很怪我自己。他老人家为着他的自命"维新"的女婿的苛求，简直是"鞠躬尽瘁"地迁就我。我现在想来，真不得不谢谢他的盛情厚意，至少是推他爱女的心理而宽容了我。我现在想来，当时不该把这样的难题给他和他的女儿做。

结婚后，我的妻待我非常的厚。她的天性本为非常笃厚，尤其是对于她的母亲。我们结婚不到两年，她便以伤寒症去世了。她死了之后，我才更深刻地感到她的待我的厚，每一想起她，就泪如泉涌地痛哭着。她死后的那几个月，我简直是发了狂，独自一人跑到她的停柩处，在灵前对她哭诉！我生平不知道什么叫做鬼，但是在那时候——在情感那样激动的时候——并无暇加以理解，竟那样发疯似的常常跑到她的灵前哭着诉着。我知道她活的时候是异常重视我的，但是经我屡次的哭诉，固然得不到什么回答，即在夜里也没有给我什么梦。——老实说，我在那时候，实在希望她能在梦里来和我谈谈，告诉我她的近况！这种发疯的情形，实在是被她待我过厚所感动而出于无法自禁的。我在那个时候的生活，简直完全沉浸于情感的激动中，几于完全失去了理性的控制。

（原载1937年4月上海生活书店《经历》）

看守所

苏州高等法院是在道前街，我们所被羁押的看守分所却在吴县横街，如乘黄包车约需20分钟可达。凑巧得很，在我们未到的三个月前，这分所刚落成一座新造的病室。这个病室虽在分所的大门内，但是和其余的囚室却是隔离的，有一道墙隔开。这病室有一排病房，共六间；这排病房的门前有个水门汀的走廊，再出去便是一个颇大的泥地的天井；后面靠窗处有个狭长的天井，在这里有一道高墙和隔壁的一个女学校隔开。各病房是个长方形的格式，沿天井的一边有一门一窗，近高墙的一边也有一个窗。看守所的病室当然也免不了监狱式的设备，所以前后的窗下都装有铁格子，房门是厚厚的板门，门的上部有一个五寸直径的小圆洞，门的外面有很粗的铁闩，铁闩上有个大锁。夜里在我们睡觉以后，有看守把我们的房门锁起来；早晨7点钟左右，他再把这个锁开起来。此外附在这座病室旁边的，右边有一个浴池式的浴室（即浴室里面是用水门汀造成的一个小浴池），左边有两个房间是看守主任住的。天井和外面相通的地方有两道门：靠在里面的一个是木栅门；出了这木栅门，经过一个很小的天井，还有一个门，那门的格式和我们的房差不多，上面也有个小圆洞。在这两道门的中间，白天有一个穿制服的看守监视着。夜里我们睡了以后，一排房门的前面也有一个看守梭巡着，一直巡到天亮。他们当然要轮班的，大概每四小时一班。另外有一个工役，穿着灰布的丘八的服装，替我们做零碎的事务，如扫地、洗碗、开饭和预备热水、开水等等。他姓王，我们就叫他做"王同志"。这位"王同志"是当兵出身，据说前在北伐军里面曾经上战场血战过十几次，不过他说："打来的成绩归长官，小兵是没有分的。"他知道了我们被捕的原因之后，也很表示同情。

我们所住的病房是一排六间，上面已经说过。各房的门楣上有珐琅牌子记着号数。第一号和第六号的房间是看守和工役住的；第二号用为我们的餐室和看书写字的地方；第三号是沈王两先生的卧室；第四号是李沙两先生的卧室；第五号是章先生和我的卧室。餐室里有两张方桌，我们买了两块白台布把两个桌面罩起来，此外有几张有靠背的中国式的红漆椅子，几张骨牌凳。天气渐渐地寒冷起来，经检察官的准许后，我们自己出费装了一个火炉。我们几个人每日的时间多半都消磨在这个餐室里面。每个病房本来预备八个人住的，原有八个小木榻，现在为着我们，改用了两个小铁床，上面铺着木板，把原来的八个小木榻堆叠在一角。这样的小铁床，我们几个人睡在上面都还没有什么问题，不过不免苦了大块头的王造时先生！王先生的高度并不比我们其他的几个人高，但是他却是从横的方面发展；睡在这样的小铁床上面，转身是一件很费考虑的工作，一不留神，恐怕就要向地上滚！沈先生用的本来也是小铁床，后来他的学生来探望他，看见他们所敬爱的这位高年老师睡的是木板，很觉不安，买了一架有棕垫的木床来送给他。沈先生最初不肯用，说我们六人既共患难，应有难同当，他个人不愿单独舒适一些；后来经过我们几个人再三劝说，他才勉强收下来用。沈先生的学生满天下，对于他总是非常敬爱，情意殷勤，看了很令人感动。我一方面钦佩这些青年朋友的多情，一方面也钦佩沈先生的品德感动他的学生的那样深刻。

我们虽有一个浴池式的浴室，但是不知道什么地方出了毛病，屡次修不好，所以一次都未曾用过。我们大家每逢星期日的夜里，便在餐室里洗澡。用的是一个长圆式的红漆木盆。因为天气冷，夜里大家仍须聚在餐室里面，所以一个人在火炉旁大洗其澡的时候，其余几个人仍照常在桌旁坐着；看书的看书，写信的写信，写文的写文，有的时候下棋的下棋，说笑话的说笑话。先后次序用拈阄的办法。第一次这样"公开"洗澡的时候，王造时先生轮着第一，水很热，他又看到自己那个一丝不挂的胖胖的身体，大叫其"杀猪"！以他的那样肥胖的体格，自己喊出这样的"口号"，不禁引起了大家的狂笑！以后我们每逢星期日的夜里洗澡，便大呼其"杀猎"，虽则这个"口号"并不适用于每一个人。

（原载1937年4月上海生活书店《经历》）

临时的组织

我们所住的高等法院看守分所里的这个病室,因为是新造的,所以比较地清洁。墙上的白粉和墙上下半截的黑漆,都是簇簇新的;尤其侥幸的是,没有向来和监狱结着不解缘的臭虫。房前有个较大的天井,可以让我们在这里走动走动,也是件幸事。我们早晨七八点钟起身以后,洗完了脸,就都到这个天井里去运动。我们沿着天井的四周跑步。跑得最多的是公朴,可跑五十圈;其次是乃器,可跑二十五圈;其次是造时和我,可跑二十圈,虽然他后来减到十五圈,大概是因为他的肥胖的缘故;其次是千里,可跑十七圈,他很有进步,最初跑九圈就觉得过于疲乏,后来渐渐进步到十七圈。就是六十三岁的沈先生,也有勇气来参加;他最初可跑五圈,后来也进步到七八圈了。跑步以后,大家分道扬镳,再去实行自己所欢喜的运动。沈先生打他的太极拳,乃器打他的形意拳,千里也从乃器学到了形意拳,其余的都做柔软体操。早餐后,大家开始各人的工作。有的译书(造时),有的写文(乃器和我),有的写字(沈先生和公朴),有的温习日文(千里)。午饭后,略为休息,再继续工作。晚饭后，有的看书，有的写信，有的下棋。有的时候因为有问题要讨论，大家便谈做一团，把经常的工作暂搁起来；有的时候偶然有人讲着什么笑话，引得大家集中注意到那方面去，工作也有暂搁的可能。在准许接见的时期内，几于每天有许多朋友来慰问我们。本来只认识我们里面任何一个人的，进来之后也要见见其余的五个人；这样一来，经常的工作也要暂时变动一下，虽我们都很希望常有朋友来谈谈，换换我们的单调的生活。但是自从西安事变发生以后，竟因时局的紧张，自12月14日以后，完全禁止接见，连家属都不准接见，于是我们几个人竟好像与世隔绝了！直至我拿着笔写这篇文字的时候（民国26年的1月13日），还是处在这样与世隔绝的境域中，我们的苦闷是不消说的。

　　不幸中的幸事是我们共患难的有六个朋友，否则我们恐怕要孤寂得更难受。我们虽然是在羁押的时候，却也有我们的临时的组织。我们"万众一心"地公推沈先生做"家长"。我们都完全是纯洁爱国，偏有人要误会我们为"反动"，所以不用"领袖"，或其他含有政治意味的什么"长"来称我们所共同爱戴的沈先生，却用"家长"这个名称来推崇他；我们想无论如何，总没有人再能不许我们有我们的"家长"吧！此外也许还有两个理由：一个理由是我们这几个"难兄难弟"，在患难中的确亲爱得像兄弟一般；还有一个理由便是沈先生对于我们这班"难兄难弟"的爱护备至，仁慈亲切，比之慈父有过之无不及，虽则以他那样的年龄，而天真，活泼，勇敢，前进，却和青年们没有两样。除了"家长"之外，大家还互推其他几种职务如下：乃器做会计部主任，他原是一位银行家，而且还著过一本很精彩的《中国金融问题》，叫他来管会计，显然是可以胜任的。关于伙食、茶叶、草纸等等开支的财政大权，都握在他的掌中。造时做文书部主任，这个职务虽用不着他著《荒谬集》的那种"荒谬"天才，但别的不说，好几次写给检察官请求接见家属的几封有声有色的信,便是出于他的大手笔;至于要托所官代为添买几张草纸、几两茶叶,更要靠他开几张条子。公朴做事务部主任,稍为知道李先生的想都要佩服他的干事的干才。他所管的是好好贮藏亲友们送来的"慰劳品",有的是水果,有的是菜肴,有的是罐头食物,有的是糖饼,他尤其要注意的是今天吃午饭以前有没有什么红烧肉要热一下,明天吃晚饭以前有什么狮子头要热一下(虽则不是天天有肉吃)!大家看见草纸用完了,也要大声狂呼"事务部主任!"所以他是够忙的。千里是卫生部主任,他的职务是比较的清闲,谁敢偶然把香蕉皮和橘子皮随意抛弃在桌上的时候,他便要低声细语道:"卫生部主任要提出抗议了!"我被推为监察,这个名称怪大模大样的!我记得监察院院长似乎曾经说过,打不倒老虎,打死几只苍蝇也好;在我们这里既没有"老虎"可打,也没有"苍蝇"可欺,所以简直有"尸位素餐"之嫌,心里很觉得不安,便自告奋勇,兼任文书部和事务部的助理,打打杂。会计部主任和事务部主任常常彼此"捣乱",他们每天要彼此大叫"弹劾"好几次!

(原载1937年4月上海生活书店《经历》)

聚精会神的工作

现在请再回转来谈谈《生活》周刊。

关于《生活》周刊,我在"萍踪寄语"初集里也略为谈到,也许诸君已知道大概了。这个周刊最初创办的时候,它的意旨和后来的很不相同,只是要传播传播关于职业教育的消息罢了。当时我对于这件事并不感到什么兴趣,甚至并不觉得这周刊有什么前途,更不知道我和它后来曾发生那样密切的关系。在事实上当时看的人也很少。大概创办了有一年的光景,王志莘先生因入工商银行任事,没有时间兼顾,职业教育社因为我原担任着编辑股主任的事情,便把这个周刊的编辑责任丢在我的身上。我因为职务的关系,只得把它接受下来。当我接办的时候,它的每期印数约有二千八百份左右,赠送的居多,所以这个数量并不算多。我接办之后,变换内容,注重短小精悍的评论和"有趣味、有价值"的材料,并在信箱一栏讨论读者所提出的种种问题。对于编排方式的新颖和相片插图的动目,也很注意。所谓"有趣味、有价值",是当时《生活》周刊最注重的一个标语。空论是最没有趣味的,"雅俗共赏"的是有趣味的事实。这些事实，最初我是从各种英文的刊物里搜得的。当时一则因为文化界的帮忙的朋友很少很少，二则因为稿费几等于零，职业教育社同人也各忙于各人原有的职务，往往由我一个人唱独脚戏。最可笑的是替我自己取了六七个不同的笔名，把某类的文字"派"给某个笔名去担任！例如关于传记的由甲笔名专任，关于修养的由乙笔名专任，关于健康的由丙笔名专任，关于讨论的由丁笔名专任，关于小品文的由戊笔名专任，以此类推。简单说来，每个笔名都养成一个特殊的性格。这倒不是我的万能，因为我只能努力于收集合于各个性格的材料，有许多是由各种英文刊物里搜得的。搜求的时候，却须有相当的判断力，要真能切合于读者需要的材料。把材料搜得之后，要用很畅达、简洁而隽永的文笔译述出来。所登出的材料往往不是整篇有原文可据的译文，只是把各种相关联的材料，经过一番的消化和组织而造成的。材料的内容，仅有"有趣味"的事实还不够，同时还须"有价值"。所谓"有价值"，是必须使人看了在"进德修业"上得到多少的"灵感"（Inspiration）。每期的"小言论"虽仅仅数百字，却是我每周最费心血的一篇，每次必尽我心力就一般读者所认为最该说几句话的事情，发表我的意见。这一栏也最受读者的注意；后来有许多读者来信说，他们每遇着社会上发生一个轰动的事件或问题，就期待着看这一栏的文字。其次是信箱里解答的文字，也是我所聚精会神的一种工作。我不敢说我所解答的一定怎样好，但是我却尽了我的心力，有时并代为请教我认为可以请教的朋友们。

除了"唱独脚戏"的材料外，职业教育社的几位先生也常常做些文章帮忙。在这个初期里，毕云程先生做的文章也不少。关于国外的通讯，日本方面有徐玉文女士，美国方面有李公朴先生，都是很努力的。以上大概是最初两三年间的情形。

我对于搜集材料，选择文稿，撰述评论，解答问题，都感到极深刻浓厚的兴趣，我的全副的精神已和我的工作融为一体了。我每搜得我自己认为有精彩的材料，或收到一篇有精彩的文字，便快乐得好像哥仑布发现了新大陆似的！我对于选择文稿，不管是老前辈来的，或是幼后辈来的，不管是名人来的，或是"无名英雄"来的，只须是好的我都要竭诚欢迎，不好的我也不顾一切地不用。在这方面，我只知道周刊的内容应该怎样有精彩，不知道什么叫做情面，不知道什么叫做恩怨，不知道其他的一切！

《生活》周刊在这阶段的内容，现在看来显然有着很多的缺点，不过我所指出的是当时的这种工作已引起了我的兴会淋漓的精神，使我自动地也用着全副的精神，不知疲乏地干着。同时还有一位好友徐伯昕先生，也开始了他对于本刊事业的兴趣。我接办本刊后，徐先生就用全力帮助我主持本刊营业的事务，他和我一样地用着全副的精神努力于本刊的事业。孙梦旦先生最初用一部分的时间加入努力，后来渐渐地用着他的全部的时间。最初经常替《生活》周刊努力的职员就只是这三个人。

（原载1937年4月上海生活书店《经历》）

转 变

《生活》周刊所以能发展到后来的规模，其中固然有着好多的因素，但是可以尽量运用本刊自身在经济上的收入——尽量运用这收入于自身事业的扩充与充实——这也是很重要的一点。关于这一点，我在上次已经略为谈过了。所以能办到这一点，我们不得不感谢职业教育社在经济上的不干涉。但是还有一件更重要的事情，我尤其不得不感谢职业教育社的，是《生活》周刊经我接办了以后，不但由我全权主持，而且随我个人思想的进展而进展，职业教育社一点也不加以干涉。当时的《生活》周刊还是附属于职业教育社的，职业教育社如要加以干涉，在权力上是完全可以做的，我的惟一办法只有以去就争的一途，争不过，只有滚蛋而已。但是职业教育社诸先生对我始终信任，始终宽容，始终不加以丝毫的干涉。就这一点说，《生活》周刊对于社会如果不无一些贡献的话，我不敢居功，我应该归功于职业教育社当局的诸先生。

《生活》周刊初期的内容偏重于个人的修养问题，这还不出于教育的范围；同时并注意于职业修养的商讨，这也还算不出于职业指导或职业教育的范围。在这个最初的倾向之下，这周刊附属于职业教育社，还算是过得去的。也许是由于我的个性的倾向和一般读者的要求，《生活》周刊渐渐转变为主持正义的舆论机关，对于黑暗势力不免要迎面痛击；虽则我们自始就不注重于个人，只重于严厉评论已公开的事实，但是事实是人做出来的，而且往往是有势力的人做出来的；因严厉评论事实而开罪和事实有关的个人，这是难于避免的。职业教育社的主要职责是在提倡职业教育，本来是无须卷入这种漩涡里面去的，虽职业教育社诸先生待我仍然很好，我自己却开始感到不安了。不但如此，《生活》周刊既一天天和社会的现实发生着密切的联系，社会的改造到了现阶段又决不能从个人主义做出发点；如和整个社会的改造脱离关系而斤斤较量个人的问题，这条路是走不通的。于是《生活》周刊应着时代的要求，渐渐注意于社会的问题和政治的问题，渐渐由个人出发点而转到集体的出发点了。我个人是在且做且学，且学且做，做到这里，学到这里，除在前进的书报上求锁钥外，无时不皇皇然请益于师友，商讨于同志，后半期的《生活》周刊的新的进展也渐渐开始了。研究社会问题和政治问题，多少是含着冲锋性的，职业教育社显然也无须卷入这种漩涡里面去，我的不安更加甚了。幸而职业教育社诸先生深知这个周刊在社会上确有它的效用，不妨让它分道扬镳向前干去，允许它独立，由生活周刊社的同人组成合作社，继续努力。在这种地方，我们不得不敬佩职业教育社诸先生眼光的远大，识见的超卓，态度的光明。

　　生活周刊社以及由它所脱胎的文化机关，都是合作社的性质；关于这一点，我在《萍踪寄语》初集里面也曾经略有说明，在这里不想重述了。回想我和几位"患难同事"开始为文化事业努力到现在，我们的确只是以有机会为社会干些有意义的事为快慰，从没有想要从这里面取得什么个人的私利。我所以要顺便提出这一点，是因为社会上有些人的观念，看到什么事业办得似乎有些像样，便想到办的人一定发了什么财！

有些人甚至看得眼红，或更有其他不可告人的卑鄙心理，硬说你已成了"资本家"，或诬蔑你括了多少钱！他们不管在我们的合作社里，社员最大的股款不得过二千元，到了二千元就根本没有任何利息可拿，五百元以上的股本所得的利息（倘若有的话），比二百五十元以下的股本所得的要少一倍。这可以造成什么"资本家"或括钱的机关吗？我和一班共同努力于文化事业的朋友们，苦干了十几年，大家还是靠薪水糊口养家。我们并不觉得什么不满意，我们的兴趣都在文化事业的本身。像我这样苦干了十几年，所以能得到许多朋友们不顾艰难地共同努力，所以能够始终得到许多共同努力的朋友们的信任，最大的原因还是因为我始终未曾为着自己打算，始终未曾梦想替自己括一些什么。不但我这样，凡是和我共同努力于文化事业的朋友们都是这样的。

（原载1937年4月上海生活书店《经历》）

社会的信用

　　《生活》周刊突飞猛进之后，时时立在时代的前线，获得国内外数十万读者好友的热烈的赞助和深挚的友谊，于是所受环境的逼迫也一天天加甚。我参加蔡孑民、宋庆龄诸先生所领导的民权保障同盟不久以后，便不得不暂离我所爱的职务而作欧洲之游。在这时候的情形，以及后来在各国的状况，读者诸君可在《萍踪寄语》初集、二集和三集里面看到大概。我于前年9月初由美回国，刚好环游了地球一周，关于在美几个月考察所得，都记在《萍踪忆语》里面，在这里不想多说了。回国后主办《大众生活》反映全国救亡的高潮，现在有《大众集》留下了这高潮的影像。随后在香港创办《生活日报》，这在本书《在香港的经历》一文里可见一斑。自"九·一八"国难发生以来，我竭尽我的心力，随同全国同胞共赴国难；一面尽量运用我的笔杆，为国难尽一部分宣传和研讨的责任，一面也尽量运用我的微力，参加救国运动。

　　十几年来在舆论界困知勉行的我，时刻感念的是许多指导我的师友，许多赞助我的同人，无量数的同情我的读者好友；我常自策勉，认为报答这样的深情厚惠于万一的途径，是要把在社会上所获得的信用，完全用在为大众谋福利的方面去。我深刻地知道，社会上所给我的信用，绝对不是我个人所造成的，是我的许多师友、许多同人以及无量数的读者好友直接间接所共同造成的。因此也可以说，我在社会上的信用不只是我的信用，也是许多师友、许多同人乃至无量数的读者好友所共有的。我应该尽善地运用这种信用，这不只是对我自己应负的责任，也是对许多师友、许多同人乃至对无量数的读者好友所应负的责任。

我这信用绝对不为着我个人自己的、私的目的而用，也不被任何个人或任何党派为着私的目的所利用，我这信用只许为大众而用。在现阶段，我所常常考虑的是：怎样把我所有的能力和信用运用于抗敌救亡的工作？

我生平没有私仇，但是因为现实的社会既有光明和黑暗两方面，你要立于光明方面，黑暗方面往往要中伤你，中伤的最容易的办法，是破坏你的社会上的信用。要破坏你在社会上的信用，最常见的方法是在金钱方面造你的谣言。

我主持任何机关，经手任何公款，对于账目都特别谨慎；无论如何，必须请会计师查帐，得到证书。这固然是服务于公共机关者应有的职责，是很寻常的事情，本来是不值得提起的。我在这里所以还顺便提起的，因为要谈到社会上有些中伤的造谣阴谋，也许可供处世者避免陷害的参考。

也许诸君里面有许多人还记得，在马占山将军为抗敌救国血战嫩江的时候，《生活》周刊除在言论上大声疾呼，唤起民众共同奋斗外，并承国内外读者的踊跃输将，争先恐后地把捐款交给本刊汇齐汇寄前方。其中有一位"粤东女子"特捐所得遗产二万五千元，亲交给我收转。这样爱国的热诚和信任我们的深挚，使我们得到很深的感动。当时我们的周刊社的门口很小，热心的读者除邮汇捐款络绎不绝外，每天到门口来亲交捐款的，也挤得水泄不通；其中往往有卖菜的小贩和挑担的村夫，在柜台上伸手交着几只角子或几块大洋，使人看着发生深深的感动，永不能忘的深深的感动！当时我们的同事几于全体动员，收款的收款，算账的算账，忙得不得了，为着急于算清以便从早汇交前线的战士，我们往往延长办公时间到深夜。这次捐款数量达十二万元，我们不但有细帐，有收据，不但将捐款者的姓名公布（其先在本刊上公布，后来因人数太多，纸张所贴不资，特在"征信录"上全部公布，分寄各捐户），收据也制版公布，并且由会计师（潘序伦会计师）查账，认为无误，给与证明书公布。这在经手公款的人，手续上可说是应有尽有的了。但是后来仍有人用文字散布谣言，说我出国视察的费用是从捐款里括下来的！我前年回国后，听到这个消息，特把会计师所给的证明书制版，请律师（陈霆锐律师）再为登报宣布。但是仍有人故作怀疑的口吻，抹煞这铁一般的事实！这样不顾事实的行为，显然是存心要毁坏我在社会上的信用，但是终于因为我的铁据足以证明这是毁谤诬蔑，他们徒然"心劳日拙"，并不能达到他们的目的。

我们只要自己脚跟立得稳，毁谤诬蔑，是不足畏的。

（原载1937年4月上海生活书店《经历》）

惨淡经营之后

在贫民窟里办报馆，布置起来确是一件怪麻烦的事情！我曾经说过，我们的报馆所在地的利源东街，是夹在两条最热闹的街道的中间。在那两条最热闹的街道上，各店铺里的卫生设备是不成问题的，因为在地下都装成现成的沟筒，他们都可以装设抽水马桶和有自来水冲的白瓷小便斗。但是利源东街离这两条大街虽不过几步远，情形便大不同了。因为那条街上的住户根本没有力量享受卫生的设备，所以地下根本就没有什么卫生设备适用的沟筒。你独家要装设也可以，不过先要就马路的下面装设沟筒，从大街的地下沟筒接到屋里的地下来才行。这项工程至少要花掉一千多块港币，合华弊要近两千块大洋，这当然不是我们这样的穷报馆所出得起的，只得想都不去想它。那几天我常常到报馆里去视察修理工程的进行，屡次有"苦力"模样的不速之客跑来盘问，他讲的是广东话，我一窍不通，但是他却"锲而不舍"，找个懂广东话的朋友来翻译一番，才知道他为的是马桶问题。原来在那个贫民窟里倒马桶的生意，也有好几个人要像竞争国选那样地热烈，争取着"倒权"！他们的这种重要的任务，却也很辛苦，每夜1点钟的时候，就要出来到各户去执行"倒权"的；在取得"倒权"以前，还要经过一番激烈的竞争。在我们呢？马桶问题倒不及他们那样着急，因为我们把第二层的后间那个小厨房粉刷一番，叫木匠师傅用木板来隔成两个小间，买两个白瓷马桶，加些臭药水，还勉强过得去。所要设法解决的是小便所问题，我原想买个白瓷小便斗，装在自来水龙头下面，斗底下装一个管子，通到下层地下深处的泥里去；这样可以不必以后弄为尾间，稍稍顾到公众的卫生。主意打定之后，便和一位能讲广东话的朋友同跑到一家专卖白瓷抽水马桶和白瓷小便斗的公司里去接洽。那公司里的执事先生们听说是个报馆里要装白瓷小便斗，以为是一件很阔的生意经，很殷勤地特派一位"装设工程师"到我们的报馆里来设计，我们觉得却之不恭，只好让他劳驾。那位"装设工程师"一踏进我们的小厨房便摇头，他说在这里要装设白瓷小便斗，先要打样绘图呈请香港政府核准，领取执照，否则便是违法的行为，干不得！我问他，在那条街上一般住户都是在厨房的水沟里随意小便，使厨房和后弄都臭气薰蒸，是否也要呈请香港政府核准呢？他知道这是开玩笑的话，彼此付之一笑。但是小便所问题还是未得解决。最后只得雇泥水匠，用白瓷砖就水沟的洞口砌成一个方形的大斗，下面挖洞，每日由茶房负责倒水冲几次，由那里还是要流到后弄去，那也就无可如何的了。这在该处的泥水匠是一个新式的"工程"，做得不对，以致做了又拆，拆了又做，经过几次的麻烦，才算勉强完事。

当然，若要人不知，除非己莫为，天下事是终要水落石出的。在登记完毕以后，是谁在那里主办，终要被香港政府知道的。不过英国人素以"法治"自许，在法定的手续完毕之后，除非你的法律上犯了什么罪名，他们是不好意思随随便便取消你的登记的。最糟的是在登记的时候，他们如果已在疑心生暗鬼，便要干脆地不准许；在已经准许之后，却不致随随便便取消你的登记。这种"法治"的实质究有几何，姑且不论，但说来好笑，据说住在香港的一般广东老，遇着与人吵嘴的时候，他常要这样地警告对手的人："你不要这样乱来，这是个法治的地方呵！"无论如何，后来香港政府的警务处终于知道那个报是我在那里主办的；这不足怪，因为他们有侦探，这种情报当然是可以得到的。

这虽不致就取消我们的登记，但是既受他们的严重的注意，就不免要增加许多麻烦。他们要进一步抓到我们的把柄。有一次香港某银行的经理，因为香港政府禁止青年会民众歌咏会的事情去见警务司，刚巧我们的报上发表一篇鼓励这歌咏会的社论，那位警务司便再三向他诘问我为什么要在香港办报，并老实说他们无时不在严重地注意我。同时有朋友来告诉我，说警务处曾有公文到新闻检查处（香港政府设的），叫检查处每天要把检查《生活日报》时所抽去的言论和新闻汇送到警务处察阅。他们的意思以为已经检查过的东西不会有什么毛病，被检查抽去的东西便一定要露出马脚来，一旦被他们捉着可以借口的证据，那就可以开刀了！这可见我们当时所处的环境的紧张。但是事实究竟胜雄辩，他们的侦探，他们的检查员，费了许多工夫之后，所得到的最后结论却很妙，他们说："这只是几个读书人办的报，没有什么政治的背景！"倘若他们所谓"政治的背景"是指有什么党派的关系，那我们当然是丝毫没有，他们的话是完全对的；但是我们却未尝没有我们的背景！我们的背景是什么？是促进民族解放，推广大众文化！我们是完全立在民众的立场办报，绝对和任何党派没有关系，但是我们办报却也有我们的宗旨。我们的宗旨是要唤起民众，共同奋斗来抗敌救国。

但是我们总算侥幸得很，在他们的那个"最后结论"之下，我们少了许多不必要的麻烦。我们不但得到警务处的谅解，而且也得到新闻检查处的谅解。

但是这个意思却也不是说新闻检查处就一定没有麻烦。关于香港的新闻检查处，有它的很有趣的特别的情形，留待下次再谈。

（原载1936年9月6日上海《生活星期刊》第1卷第14号）

新闻检查

谈起香港的新闻检查,却有它的饶有趣味的别致的情形,虽则在我们主张言论自由的人们,对于新闻检查总觉得是一件无法欢迎的东西。

香港原来没有什么新闻检查处,自从受过海员大罢工的重大打击之后,惊于舆论作用的伟大,害怕得很,才实行新闻检查,虽明知和英国人所自诩的"法治"精神不合,也顾不得许多了。据我们的经验,香港新闻检查处有几种最通不过的文字,其一便是关于劳工问题,尤其是关于提倡劳工运动的文字。香港的新闻检查原在吃了工潮苦头之后才有的,他们最怕的当然是直接或间接和劳工有关系的文字。例如陶行知先生的《一个地方的印刷工人生活》那首诗,说什么"一家肚子饿,没有棉衣过冬,破屋呼呼西北风,妈妈病得要死,不能送终!"这些话是他们所最怕听的!至于那首诗的末段:"骂他他不痛,怨天也无用,也不可做梦。拳头联起来,碰!碰!碰!"那更是他们听了要掩耳逃避的话语!所以这首诗在香港完全被新闻检查处抽去,后来我们把它带到上海来,才得和诸君见面(见《生活星期刊》第十二号)。

他们不许用"帝国主义",所以各报遇着这个名词,总写作"××主义",读者看得惯了,也就心领意会,知道这"××"是什么。我们知道,在上海各种日报上还可以把这四个字连在一起用,这样看来,香港新闻检查似乎更严厉些;其实也不尽然,例如在上海有许多地方为着"敦睦邦交",只写"抗×救国";在那里,这"抗"字下的那个字是可以到处明目张胆写出来的。中国人在那里发表抗敌救国的言论倒比上海自由得多。这在我们做中国人的说来虽觉汗颜无地,但却是事实。《生活日报》开张的第一天,香港的日本领事馆就派人到我们的报馆里订报一份,好像公然来放个炸弹!但是我们后来对于抗敌救国的主张还是很大胆地发表出来。

他们不但检查新闻,言论同样地要受检查。有些报纸上的社论被他们完全抽去,因为夜里迟了,主笔先生走了,没有第二篇赶去检查,第二天社论的地位便是一大片雪白,完全开着天窗,这是在别处所未见的。有一天看见某报社论的内容根据四个原则,里面列举这四原则,但是在(一)下面全是接连着的几行××,在(二)、(三)、(四)各项下面也都同样地全是接连着的几行××!这篇东西虽然登了出来,任何人看了都是莫名其妙的。《生活日报》的社论还算未有过这样的奇观。我每晚写好社论之后,总是要等到检查稿送回才离开报馆。有一夜因检查搁置太迟,我想内容没有什么"毛病",先行回家,不料一到家,踏进门口,就得到报馆电话说社论被删去了一半!我赶紧猛转身奔出门,叫部汽车赶回报馆,飞快地写过半篇送去再试一下,幸得通过,第二天才得免开一大块天窗。其实我所要说的意思还是被我说了出来,不过写的技术更巧妙些罢了。不论他们删除得怎样没有道理,你都无法和他们争辩,都无法挽回。有一次我做了一篇《民众歌咏会前途无量》,结语是:"我们希望民众歌咏会普遍到全中国,我们愿听到十万百万的同胞集体的'反抗的呼声'!"这末了五个字是我引着香港青年会发起这歌咏会的小册子中的话,但是他们硬把"反抗的呼声"这几个字删去,成为"××××××",我看了非常的气,尤其是因为检查处的人也都是中国人,但气有什么用?

有时因为检查员没有看懂,有的话语也可以溜过去。据说某报有一次用了"布尔乔亚"这个名词,检查员看不懂,立刻打电话给那个报馆的主笔,查问这究竟是个什么家伙,答语说是"有钱的人"!有钱的人应该是大家敬重的,于是便被通过了!

广告虽不必检查,但报馆要依检查处的禁例,自己注意。例如登载白浊广告,"浊"字要用□的符号来代替,和生殖器或性交等等有关系的字样都要用□的符号来代替。据说他们的理由是:凡是你不可以和自己的姊妹说的,就不可以登出来。这理由可说是很别致的!说来失敬,帝国主义和白浊竟被等量齐观,因为在各报的广告上(大都是属于书籍的广告),也只可以用□□来代替"帝国"两个字。

(原载1936年9月20日上海《生活星期刊》第1卷第16号)

滑稽剧中的惨痛教训

　　做现代的中国人至少有一种特殊的权利,那就是睁着眼饱看以国事为儿戏的一幕过了又一幕的滑稽剧!寻常的滑稽剧令人笑,令人看了觉得发松,这类滑稽剧却另有妙用,令人看了欲哭无泪,令人惨痛!最近又有奉送热河的一幕滑稽剧刚在很热闹的演着。何以说是"滑稽"呢?

　　打算不抵抗而逃,这原也是一件虽不光明正大而总算是这么一回事,但心里早就准备三十六着的第一着,而嘴里却说得邦邦硬,别的要人们的通电演说谈话等等里的激昂慷慨其甜如蜜的好文章姑不尽提,也没有工夫尽提,就是这次逃得最快,逃得最有声有色的老汤,他除偕同张学良张作相等二十七将领通电全国,说什么"时至今日,我实忍无可忍,惟有武力自卫,舍身奋斗,以为救国图存之计,学良等待罪行间,久具决心……但有一兵一卒,亦必再接再厉。"(所以值得加密圈,因为讲得实在不错也!)并堂而皇之的特发告所属将士书,有"吾侪守土有责,敌如来犯,决与一拼,进则有赏,退则有罚,望我将士为民族争光荣,为热军增声誉"等语;后来又亲对美联社记者伊金士说:"非至中国人死尽，必不容日人得热河。"他临逃时还接见某外记者，正谈话间，老汤忽托词更衣，一去不返！

逃就逃，说的话算狗屁，也滑稽不到哪里去，他却逃得十分有声有色，竟把原要用来运输供给翁照垣将军所率炮队的粮食与炮弹用的汽车二百四十辆，及后援会的汽车十余辆扣留，席卷所住行宫里的宝物财产，带着艳妾，由卫队二千余人，蜂拥出城，浩浩荡荡的大队逃去！途中老百姓扶老携幼，哭声遍地，有要攀援上车的，都被车上兵士用皮鞭猛打下来！

军用的运输汽车既被扣留着大运其宝物财产，于是只得雇人力车参加征战，听说翁将军在前方迭电催请速运弹药，平方当局不得已，乃以代价雇大批人力车运往古北口，许多人力车前进虽不无浩浩荡荡之概，但和"速运"却是背道而驰的了！敌人以飞机大炮来，我们以人力车往，不是愈益显出了我国的军事当局对于军实有了充分的准备吗？

以号称十五万国军守热河，日兵一百二十八名长驱直入承德，甚至不够分配接收各官署机关，这也不得不算是一个新纪录！

这种种滑稽现象，说来痛心，原无滑稽之可言。身居军政部长的何应钦氏五日到津，谓"热战使人莫名其妙"，他都"莫名其妙"，无怪我们老百姓更"莫名其妙"了。此幕滑稽剧开演后，代理行政院长宋子文氏发表谈话，谓最大原因为器械窳劣，训练不良，准备毫无。我们也有同感，所不知者，"准备毫无"，应由谁负责罢了。

我们在这滑稽剧中所得的惨痛教训，即愈益深刻的感到只有能代表民众的武力才真能抗敌，把国事交给军阀和他们的附属品干，无论你存何希望，终是给你一个幻灭的结果。"置之死地而后生"，现在中国在"死地"上者决轮不到军阀和他们的附属品，像老汤的"宝物财产"，从前已宣传有一大批运到天津租界，（当时有的报上说他此举正是表示抗敌决心）此次还有二百余辆汽车的"宝物财产"可运，至少又有半打艳妾（参看本期杜重远先生的《前线通讯》）供其左拥右抱，这在他不但是决无自置"死地"之理，简直是尚待享尽人间幸福的人物——至少在他是算为幸福——只配挨"皮鞭猛打"的老百姓，和这类军阀乃至他们的附属品，有何关系？他们的最大目的就只为他们的地盘，私利，（老汤从前一面对国内宣言尽职守土，一面对日方表示抑制义军，本也为的是自己地盘，等到地盘无法再保，便逃之夭夭），什么国难不国难，关他们鸟事？

无论帝国主义者和军阀的势力，都不过在加紧的自掘坟墓，被他们"置之死地"的大众，为客观的条件所逼迫，必要起来和他们算账的。大众努力的程度，和他们解放的迟早是成正比例的，中途的挫折和困难，不但不应引起颓废或悲观，反应增强努力的勇气，增加猛进的速率。

（原载《生活》1933年3月11日第8卷第10期）

废 话

"最爱说废话的,要数一般要人……天天充满报纸的,大都是他们的废话——谈话、演讲、通电、宣言、等等——他们的目的,无非为出风头,表白自己,敷衍人民,攻讦仇敌,或其他私图。所说出的话尽管表面满漂亮——多数是笨的——然而全非由衷之言,令人一见而知其是空虚的,所以不但不能动人,反而使人肉麻。"这是一位先生最近在《独立评论》上《中国的废话阶级》一文里说的几句话。办日报的朋友们最苦痛的大概莫过于天天要把这类"全非由衷""使人肉麻"的废话,恭而敬之的记着登载出来,替他们做欺骗民众的工具。

"对日抵抗决心,始终一贯","抗日大计已早经决定",这已成为要人们的口头禅了,这一种好像呕出心血说的话;在充满了苦衷的要人们经常怪"阿斗"们不知体谅,殊不知这个症结所在实际不是"阿斗"们的过于愚蠢,却在今天放弃一地,明天又放弃一地的事实摆在面前,胜败原是兵家常事,本不能即作为是非的标准,也不能作为决心是否始终一贯和大计是否早经决定的测量器,不过在"准备反攻"和"防务巩固"等等话头闹得震天价响的当儿,事实上的表现却是"新阵地"源源而来(所谓"新阵地"者,即每放弃一地之后,退到后面一地的好名称),非"安全退出",便是打什么"退兵战"!(这些都是最近报上战讯专电中新出现的新战术名词。)所谓"决心",所谓"大计",非废话又是什么呢?话的废不废,最好的证明是拿事实来做证据。我们只须把报上所遇见的要人们的话和事实比较一下,便知道废话之多得可观!

说废话的人也许沾沾自喜,以为得计,其实废话和空头支票是难兄难弟;空头支票所能发生的结果是信用破产,废话所能发生的结果也并不能达到说话人所希望的目的——欺骗得过——惟一的结果也只是信用破产。俗语所谓"心劳日拙",实可用以奉赠最爱说废话的要人先生们。

(原载1933年4月29日《生活》周刊第8卷第17期)

爱与人生

天下极乐之根源莫如爱,天下极苦之根源亦莫如爱。然苟得爱之胜利,则虽极苦之中有极乐存焉。则谓爱亦极苦之根源,实表面之谈。谓爱为极乐之根源,乃真天地间万古不磨之真理也。其势力盖足支配芸芸众生,无有能越其界限者。得之则人生有价值,不得则人生无价值。知此则人生有乐趣,不知此则人生无乐趣。爱为人生之秘机,爱为人生之秘钥。人兽之别,即系乎此。

天地间爱之最真挚者有二,曰母子之爱与夫妇之爱。孟子谓三军可夺帅,匹夫不可夺志。母子之爱与夫妇之爱,虽赴汤蹈火,绝胫殊身,有不能损其毫末者。其精神直可动天地,泣鬼神,莽莽大地,芸芸众生,至德极善,天以逾此母子之爱占人之前半生,夫妇之爱占人之后半生。人之一生,盖为爱所抚养,爱所卫护,爱所浸润,爱所维持。人生无爱毋宁死,人生有爱虽死犹生。

母子之爱与夫妇之爱皆本诸天性,与有生俱来,不过表显有先后。其潜伏于本能中,则固其同为天地间最纯最洁之爱,根源即在乎此。

儿童终日与慈母相依，亲近抚爱，融和如春。无第三人离间其间。母子心目中，除爱外，无所用其顾忌，无所用其避嫌，无所用其抑制。故能存其天真，保其真爱。

夫妇之爱，其出于天性，与母子同。然在吾国则但见母子之爱，至于夫妇间则十八九皆冷淡如路人，与天性适相背驰，则又何哉。

吾固已言之，母子之爱占人之前半生，夫妇之爱占人之后半生。若仅得母子之爱而缺夫妇之爱，则谓大多数人仅生得一半。前半生有其生命，后半生虽生犹死，殆非过言。呜呼，何吾国死人之多也。吾为此惧，请为国人一采其致死之由。

最先由于基础之错误，正当婚姻应先有恋爱而后有夫妇。吾国之大多数婚姻固无所谓恋爱，即有恋爱亦往往在名分已定之后。其间出于不得已者居十之八九。此其遗憾，虽女娲再世，无力填补。夫人无愉快欣慰之怀，而希冀其常有和气迎人之笑容温语，固不可得。若虽有愉快欣慰之怀，乃非由衷心，出于勉强，则其表面即强作笑容，其实际盖吞声饮泣，有不足为外人道者。即有笑容温语亦暂而不久，伪多而真少也。明乎此，则吾国夫妇间何以冷淡如路人，其原因可不待辩而自明。盖本无所爱，不能强作爱之表现。犹之乎本无母子之情，而欲强一任何妇人视一任何儿童如己子，强一任何儿童视一任何妇人如己母，除于戏台上一时扮装之外，遍天地间不可得也。呜呼，彼本为路人又安怪其冷淡如路人哉。

其次由于腐儒之提倡陋俗。吾国腐儒所极力提倡之陋俗，足以摧残夫妇间之和气生气，使之灭息无复有余烬者，莫如"夫妇相敬如宾"及"举案齐眉"各谰言。吾人聚素心人促膝谈心于一室，无所拘束，无所顾忌，言笑自如，各畅所怀，行坐任意，举止自由，其快乐安慰较与新客同座，端坐拱手，唯诺随人，其相差岂可以道里计。然而吾人对于素心人之情谊，较与新客之情谊，又何若。今以夫妇之亲且爱，而劝其相敬如宾，已近囚狱，苟益以举案齐眉之行为，则径可以加以锣鼓与猴戏比其优劣矣。此虽为例不多，常人未必皆尝行此，然有腐儒举为鹄的以示模范，其流弊所及，足以丧尽能医众苦之真爱而有余。腐儒不足责，吾惟祷其速死。活泼有为之青年，安可不稍稍运其思想，一洗陋俗，而勿再为半死之人。当知"恭恭敬敬"、"客客气气"，皆为招待路人之良法。至于夫妇之间，则以融和怡悦为尊尚。

最后由于腐败之大家族环境，一人前半生所享受之母子之爱，无人间之，后半生所享受之夫妇之爱，则在吾国之陋俗，有多端之离间。其最甚者，莫如腐败之大家族环境。夫妇之爱，无论如何其受授及享用，皆绝对仅限于当局之二人，不容有第三人搀杂其间。吾信此实可为社会学中之一定律。欲保持此定律之价值及完备，其第一条件，在有小家庭制度。若在腐败之大家族环境内，则欲搀杂或破坏，最少亦有阻碍之力者大有人在。苟虐之翁姑固无论已。即叔伯妯娌亦居间阻碍。此数人而能与此小夫妇团结一气，则将二人之爱而推广扩充之，成为数人之爱。爱之本身，固尚自若，无如夫妇之爱无论如何绝对限于当局之二人。谓此为我所发明之社会学中定律，亦无不可。即当局愿让，旁人亦无福消受。旁人既无能消受，乃无时不肆其谗谤倾轧之伎俩。当局为避嫌计，不得不敛其爱之形迹。于是虽于彼此言笑之间，苟非在晏居之处，未有不存戒心者。而其尤当力戒以避人耳目者，莫甚于亲爱之态度。戒之既甚，易之者舍冷淡莫属。冷淡既久，爱之精神亦随之湮没。盖精神虽为表现之本，表现亦助精神之长存。久作愁眉哭脸之人，心境亦随之俱移。此则心理学家所证明，非区区一人之私言也。呜呼，腐败之大家族环境。庆父不去，鲁难未已。此恶不除，家庭永无改良之由。半死之人遍国中，永无超度之期矣。或曰，子喋喋言爱与人生，人生所贵亦在为人类"服务"Service耳。仅孜孜于爱之为言，何见之未广乎。曰，基督教之精粹在为人类服务，而其精义则以爱置于希望之前，人生得全其爱则学识道德及事业皆得其滋养而日增光辉,服务之凭藉亦全在乎此。子乃不揣其本而齐其末,殆亦半死之流亚欤。吾复何言。

（原载1922年3月《约翰声》第33卷第2号）

久仰得很！

　　说慌话是恶习惯，是不名誉的事；这是大家都知道的，但是在中国社交方面，有一种"当面说谎话"而犹自以为"有礼貌"！

　　当常遇着一位生人，无论是由自己问起"尊姓""大名"，或是由熟友介绍，第一次总要说一句"久仰得很"！这句话对于真有声望的人说，还说得去；但通常无论第一次遇着阿猫阿狗，总要说"久仰得很"！嘴里尽管这样说，心里到底"仰"不"仰"，似乎一点不管！

　　有一次我遇某校开校友会，欢迎该校新校长，开会之前，那位做主席的朋友，未曾问清那位新校长的"大名"，后来他立起来致开会词，大说"这位新校长是我们久仰得很的"。开会辞说完之后，他要想请新校长演说，叫不出他的"大名"，只得左右顾盼，窃问他的"大名"，窃问了还不够，还要张着喉咙宣言："这位新校长的大名，我还没有请教过，对不住得很！"连"大名"都没有听见过，居然"久仰得很"，不知道他到底"仰"些什么？

西俗第一次看见生人，常说"我见着你很愉快"，说这句话的人到底心里愉快不愉快，当然也很难说，但是比对于一点不知道的人大吹其"久仰得很"，似乎近情些。

（原载《生活》1927年10月2日第2卷第48期）

闲暇的伟力

"闲暇" 两个字,用再平常一点的话讲起来,就是"空的时候"。

金屑 在美国费列得费亚的造币厂地板上,常用造币材料余下小如细粉的金屑,看过去似乎是很细微不足道,但是当局想法把它聚集拢来,每年居然省下好几千圆的金洋!能用闲暇伟力的成功人,也好像这样。

短的闲暇 我们常听见人说:"现在离用膳时候只有五分钟或十分钟了,简直没有时候可以做什么事了。"但是我们试想世界上有多少没有良好机会的苦儿,竟利用许多短的闲暇,成功大业,便知道我们所虚掷的闲暇时间,倘若不虚掷,能利用,已足使我们必有所成。此处闲暇时间外的本来的工作时间尚不包括在内,可见闲暇的伟力,真非常人所及料!

格兰斯敦 格兰斯敦是英国最著名的政治家,他的法律的政治的名著,世界上研究法律政治的人无不佩服的。但是他一生无论什么时候,身边总带一本小书,一有闲暇的时候,就翻来看,所以他日积月累,学识渊博。大家只晓得他的学识湛深，而不晓得他却是从利用闲暇伟力得来。

法拉台　法拉台（Michael Faraday）是电学界极著名的发明家。他贫苦的时候是受人雇用着订书的，一天忙到晚；但是他一有一点闲暇，就一心一意做他的科学试验。有一次他写信给他的朋友说："我所需要的就是时间，我恨不能买到许多'写意人'的'空的钟头，甚至空的日子'。"但是有"空的钟头""空的日子"的"写意人"，反多一无贡献，和"草木同腐"，远不及"一天忙到晚"的法拉台，就在他能利用闲暇的伟力。

虽忙　一个人虽忙，每日只要能抽出一小时，如果用得其法，虽属常人也能精熟一种专门科学。每日一小时，积到十年，本属毫无知识的人，也要成为富有学识的人。

心之所好　尤其是年轻的人，在本有工作之外，遇有闲暇时候，总须有一种"心之所好"的有益的事做。这种事和他原有的工作有无关系，都不要紧，最要紧的是真正"心之所好"，有"乐此不疲"的态度。

现今　"现今"的时间，是我们立志可以作任何事的"原料"；用不着过于追想"已往"，梦想"将来"，最重要的是尽量地利用"现今"。

（原载1927年10月9日《生活》周刊第2卷第49期）

集中的精力

不分散精力于许多不同的事情,专心一志于一件最重要的事业,这是现今世界上要成功的人的一种极重要的需求。在这种需要集中注意集中精力的时代,凡是分散努力不能有所专注的人,绝无成功之望。

大不同 成功者与失败者大不同之点,并不在他们所做的工作的分量,是在乎他们工作的效率。有许多失败的朋友,他们所做的事并不少,讲到量的方面,与成功的人比起来,并无逊色。但是他们却是瞎做,不晓得利用机会,不晓得由失败里面获得教训;他的大毛病就是身手虽在那里做,精神上却没精打采的,并未曾用他全副精力,专注于此,所以虽然做了,徒然白费工夫。

无目的 这种人只晓得埋头苦做,你倘若问他目的何在,他就瞠目莫知所对。我们要知道,我们要寻得什么东西,心里先要存着要寻得这东西的观念,否则物且无有,何寻之有?环集于花上的昆虫,不止蜜蜂,但是采蜜以去的只有蜜蜂。

不但 用于工作集中的精力,不但宜用于工作,就是研究学问,非集中精力，一定像走马灯一样；就是游戏，也非集中精力去玩，不能获到休养身心的良果。

说得好 钦斯来（Charles Kingsley）说得好："我专心致志于一件事情的时候，好像在世界上只有这一件事。"惟其能如此，所以关于这事的前前后后，无不留心，无不竭精殚思，便做成有智力的工作（intelligent work），不是瞎撞的事情。

小孩子 你若教一个小孩子学走路，引诱他的眼睛望着一件特殊的东西，他便精力集中，望着这件东西走，特别稳妥，特别敏捷，你倘若在各方诱他叫他，他便分散注意力，上你的当，一失足便跌了下来。这件小事很可以说明集中精力的妙用。

艺术 试就艺术说，无论什么真正的艺术，明确的目标，是其中一个重要的特色。如果有一位画画的人，他把许多观念，同时都堆入一张帆布上画了起来，并无或轻或重之处，便是画成一张乱七八糟的画，决不能成为一位画家。真正的画家，却要利用种种的变异，把一个最主要的意思托现出来，好像其他许多景物，许多光线，许多颜色，都是向着那个主要的意思为中心，共同把他表现出来。

人生 人生也是如此，所以良好和融的生活，无论才能如何广阔，学识如何丰博，一生总须有一个做中心的大目标。在此目标之下，才能学识等等都好像是附属物，共同把他逐渐表现出来，陪衬出来。

（原载1927年10月16日《生活》周刊第2卷第50期）

敏捷准确

　　成功是一对父母产出的宁馨儿——敏捷与准确。无论哪一位成功的人物。他一生里面总有"一发千钧"、"稍纵即逝"的重要关头，当这种时候，倘若心里一游移不决，或彷徨失措，就要全功尽弃，一无所成！

　　错误　遇着事就敏捷去做的人，就是偶有错误，也必终抵于成功！一个因循耽误的人，就是有较好的判断力，也必终于失败。

　　救星　一个不幸做了"迟疑不决"的牺牲者，其惟一的救星是"敏捷的决断，果敢的行为"。

　　欺人　对事要敏捷，还要准确。与人交际时最寻常而却最神圣的准确是践约。与人约了一定的时候，临时不到或迟到，除有真正的万不得已的理由外，便是一件有意欺人的事情，在新道德方面是一件切忌的恶根性。

　　华盛顿　华盛顿做总统的时候，常于下午4点钟在白宫宴请国会议员，有的时候有几位新议员到得迟，到的时候看见总统已坐在那里吃，不舒服的意思形于神色，华盛顿便老实对他们说："我的厨子只问预约的时间到了没有，从来不问客人到了没有。"

拿破仑 拿破仑有一次请几位他的大将用膳，到了预约的时候，那几位大人还没有到，他一个人大嚼一顿。等他们来了，他已经吃完，离座对他们说："诸君，用膳的时候过了，我们立刻要去办公。"

信用 敏捷是信用之母。敏捷最能证明我们做事有序，做得好，使人信任我们的能力。至于确守时间的人，常是能够守信的人，也就是可恃的人。

（原载1927年10月23日《生活》周刊第2卷第51期）

随遇而安

一个人要有进取的意志,有进取的勇气,有进取的准备;但同时却要有随遇而安的工夫。

姑就事业的地位说,假使甲是最低的地位,乙是比甲较高的地位,依次推升而达丙丁戊等等。由甲而乙,由乙而丙,由丙而丁……中间必非一蹴而就,必经过一段历程。换句话说,由甲到乙,由乙到丙……的中间,必须用过多少工夫,费了多少时间,充了多少学识,得了多少经验,有了多少修养。

倘若未达到乙而尚在甲的时候,心里对于目前所处的境遇,就觉得没有乐趣,希望到了乙的地位才能安泰;到了乙,要想到丙,于是对于那个时候所处的境遇,又觉得没有乐趣,希望到丙的地位才能安泰……这样筋疲力尽的一辈子没有乐趣下去,天天如坐针毡,身心都觉没有地方安顿,岂不苦极!

所以我们一面要进取,一面对于目前所处的地位,要能寻出乐趣来,譬如在职务上有一件事做得尽美尽善,便是乐趣;有一事对付得当,又是乐趣。在甲的时候,有这种乐趣;在乙的时候,也有这种乐趣;岂不是一辈子做有乐趣的人?这便是随遇而安的工夫,这样的随遇而安是积极的,不是消极的。彻底明白了此中真谛,真是受用无穷!

（原载1927年11月13日《生活》周刊第3卷第2期）

坚毅之酬报

一个人做事,在动手以前,当然要详慎考虑;但是计划或方针已定之后,就要认定目标进行,不可再有迟疑不决的态度。这就是坚毅的精神。

大思想家乌尔德(William Wirt)曾经说过:"对于两件事,要想先做哪一件,而始终不能决定,这种人一件事都不会做。还有人虽然决定了一件事的计划,但是一听了朋友的一句话,就要气馁;其先决定这个意思,觉得不对,既而决定那个意思,又觉得不对;其先决定这样办法,觉得不对,既而决定那样办法,又觉得不对;好像船上虽然有了罗盘针,而这个罗盘针却跟着风浪而时常变动的;这种人决不能做大事,决不能有所成就,这种人不能有进步,至多维持现状,大概还不免退步!"

有一个报界访员问发明家爱迪生:"你的发现是不是往往意外碰到的?"他毅然答道:"我从来没有意外碰到有价值的事情。我完全决定某种结果是值得下工夫去得到的,我就勇迈前进,试了又试,不肯罢休，直到试到我所预想的结果发生之后，我才肯歇！……我天性如此，自己也莫名其妙。无论什么事，一经我着手去做，我的心思脑力，总完全和他无顷刻的分离，非把他做好，简直不能安逸。"

坚毅的仇敌是"反抗的环境"，但是我们要知道"反抗的环境"正是创造我们能力的机会。反抗的环境能使我们养成更强烈的抵御的力量；每战胜过困难一次，便造成我们用来抵御其次难关的更大的能力。

文豪嘉莱尔（Carlyle）千辛万苦的著成一部《法国革命史》。当他第一卷要付印的时候，他穷得不得了，急急忙忙地押与一个邻居，不幸那本稿子跌在地下，给一个女仆拿去加入柴里去烧火，把他的数年心血，几分钟里烧得干干净净！这当然使他失望得不可言状，但是他却不是因此灰心的人。又费了许多心血去搜集材料，重新做起，终成了他的名著。

就是一天用一小时工夫求学问，用了十二年工夫，时间与在大学四年的专门求学的时间一样，在实际经验中参证所学，所得的效益更要高出万万！

（原载1927年11月27日《生活》周刊第3卷第4期）

办私室

诸君听惯了"办公室"这一个名词,忽然看见这个题目叫做"办私室",也许疑为写错了字,或者是指洋房里面排着浴盆和抽水马桶的那个房间;其实既不是写错了字,也不是指那个与"方便"为缘的办私房间,是指虽称"办公"而实为"办私"的地方。

怎么叫做"办私"?开宗明义第一章即是安插私人。只要你做了一个什么"长",局长也好,校长也好,或只要做了什么"理",总理也好,协理也好,总之只要你做了一个独当一面有权用人的领袖,大领也好,小领也好,便得了无上机会去实行"举不避亲"的政策!舅老爷可任会计,姑老爷可任庶务,表老爷可任科长,侄少爷可任科员……真是人才济济,古人说"忠臣孝子出于一门",这至少也可以说是"各种饭桶出于一门"!外面的真正的专门人才虽多,其奈不是"出于一门"何!

常语有两句话,一句是"为人择事",一句是"为事择人";其实能为事择人,是要办某事而选用合于此事的人才,固然是很好的事情,就是因有了人才，寻得相当的事叫他去做，也不是什么不好的事情。所最可痛的是不管事情弄得怎样糟，只要是自己的亲戚弄得饭碗算数！

但是"办公室"到底是办公的地方，只有秉公办事始能令人心悦诚服，倘若硬把"办公室"一变而为"办私室"，便极容易引起暗潮，引起纠纷。有某机关的庶务先生，因为要拉一个私人做茶房，就原有的茶房里面拣出一个"弗识相"的开除掉，弄得全体"茶博士"宣布罢工，闹得乌烟瘴气！我又亲见某机关的领袖任事十余年，全取人才主义，从不用一私人，凡有什么难问题，或同事中有所争执的事情，他数言解决，众无怨言，因为大家都知道他是大公无私，全以当前的事实为评判的对象，自然使人易于谅解。这位领袖对于"办私"的机会虽不知道利用，但据他自己对我说，他因此对于"办公"方面却大为顺利。

做领袖的人要做全机关的表率，所以尤忌在办公室里"办私"。但是任何办公室，除了领袖，还有许多职员，而办公的职员也往往各办其私。西友某君有一次很诧异的问我说道："在外国银行里，各办事桌旁的办事员总是忙于办公，何以偶入中国的银行，往往看见许多人就办公桌上看报？"他这种话当然不能抹杀我国人办的许多银行，但是我们试冷眼观察，吾国办公机关里的职员，于办公时间内看了大报还看小报的人有多少？这种私而忘公的精神怎样的普遍！

听说外国国民看报的人比我国多得不知几何倍数，他们每日由家出外赴办公室的时候，往往利用在途中坐车的一些时间内把本日的报展开来看看，到了办公室便须认真的办公，他们真是笨伯！何以不知利用办公室里的办公时间来看看报呢？可见他们不及我国办事的聪明了！

我国办公事的人还有一种"办私"的好机会，就是滥用机关里的信封信笺，就在办公室里来写私人的信！

据梁实秋先生说他有一天接到一封从外国邮局寄来的信，那信封是免贴邮票的信封，在贴邮票的角上印着："如有以此信封作私用者，处以二百元之罚金。"这种事情，在咱们的聪明办公者们看起来，未免要笑他们不懂得"办私室"的妙诀，以为公私何必分得如此分明，未免"小题大做"了！

我有一位朋友在某机关里服务，他告诉我说他有一位同事差不多天天在办公室里用机关里的信封信笺大写其情书，他虽"挨弗着"拜读那些情意缠绵的情书内容，但偶尔把眼角斜过去偷瞧偷瞧，但见满纸"吾爱"！这也可以算是在办公室里极"办私"的能事了！谁家女郎，得到这样多情的如意郎君，所不堪闻问的是那间表面上号称"办公室"里的事务成绩！

我又听说外国的各种机关正在那里利用种种科学的原理来增加办公的效率，我国"办私室"的效率对于"办私"方面似尚不无成绩，也许可与讲究效率的外国并驾齐驱！我们中国社会事业所以难有进步，也许是有一部分因为这一方面的成绩太好了！太普遍了！

（原载1929年1月13日《生活》周刊第10卷第9期）

尽我所有

我们常看见有许多学英文的人，遇了用得着的时候，总怕开口，所以学校里有的请了外国人教英文，遇着师生聚会或宴会的时候，常有一堆学生躲来躲去，很不愿意和他同席，更不愿意和他多谈。这是什么缘故？也许是因为他觉得自己说得不好，怕出丑。其实你是外国人，西文是你的母音，我是中国人，本来不是说英语的，我懂得多少就说多少，能说得多好就说多好，如果说得差些，我总算"尽我所有"说了出来，有的不行的地方，有机会再学就是了，一些没有什么难为情！若本来自己不行，却扭扭捏捏、遮遮掩掩，试分析自己此时的心理，岂不是要表示我原是不错，不过不高兴说就是了！自己没有而要装做有，这便是不知不觉中趋于"伪"的一条路上去！天下作伪是最苦恼的事情，老老实实是最愉快的事情，"尽我所有"便是老老实实的态度，有了这种态度，岂但说什么英语心里无所畏，做什么都有无畏的精神，说英语不过是一种较为浅显的例罢了。

在校里做学生的时候，在课室里倒了霉被教师喊着名字，叫起来考问几句，胆小一些的仁兄，往往也吓得声音发抖，懂得两句的，只吞吞吐吐地答出了一句！这里面当然也有"撒烂污"的朋友，但是也有很冤枉的。既经懂了何以还有这样的冤枉？也是缺乏"尽我所有"的态度。有了这种态度，只要在自修的时候，"尽我所有"的能力用功，答的时候"尽我所有"的知识回答，既经"尽我所有"，于心无愧，如再不免"吃汤则"，所谓"呒啥话头"，用文绉绉的话便是所谓"夫复何言"，我害怕要吃，不害怕也要吃，怕他作甚！这样一来，心境上成了所谓"君子坦荡荡"，不至于做"小人常戚戚"了。

做学生对付功课需要这种"尽我所有"的态度，就是我们要求自身的发展，也何尝不需要这种态度。有人告诉我们说，我要升学没有钱，做不到，学生意心里又不愿，怎样好？他不知道我们要求发展只有以目前"所有"的境地做出发点，不能一步升天的！没有钱升学诚然是不幸，但是天上既不能立刻掉下钱来，学生意的人也不见得个个都无出息，也是事在人为，我们便须利用"尽我所有"的凭藉而往前做去，否则就是立刻急死也是无用的！而且我们深信果能抱着"尽我所有"的坚毅奋发的态度往前干，不怕困难的拼命的干，总有达到目的的日子！只怕我们不干！只怕我们不能"尽我所有"！

岂但无力升学的苦青年，社会无论什么人都有他们说不出的痛苦，说不出的不满意，最需要的也是这种"尽我所有"的态度，尽量利用我们所有的能力，所有的凭藉，无论或大或小，总是，"尽我所有"的往前干，干到不能干无可干时再说！有了这种态度，只望着前途，只望着未来，不知道什么是困难，不知道什么是危险，不知道什么是烦闷，不知道什么是失望，但知道"尽我所有"的往前干，干到不能干无可干再说！俗语所谓"做到哪里算哪里"，一个人本来不能包办一切，本来只能"尽我所有"，此外多愁多虑多烦多恼，都是庸人自扰的事情！

这种"尽我所有"的态度，岂但从个人事业的立场言是非常需要的，就是我们想到社会的改进方面，也要有这种态度。即就全国不识字的人民一端而言，约占全数百分之八十，而现在的德国和日本，全国不识字的人仅达百分之十，国民的知识程度相差如此之远，想到以全民为基础的民国前途，很容易使人气馁。但是我们决不能因"气馁"而能为国家增加丝毫的进步，也只有抱定"尽我所有"的态度，一人的力量能做多少即做多少，一团体的力量能做多少即做多少，一种刊物的力量能做多少即做多少，"尽我所有"的往前干！干一分是一分！干两分是两分！前途怎样辽远，我们不管！要"尽我所有"的向前猛进！

（原载1929年1月20日《生活》周刊第4卷第10期）

明哲保身的遗毒

富有阅历经验的老前辈，对于出远门的子弟常叮咛训诲，说你在轮船上或火车上，如看见有窃贼或扒手正在那儿偷窃别个乘客的东西，你不但不可声张，并且要赶紧把眼睛往旁急转，装作未曾看见的样子，免他对你怀恨。这样几句很平常的寥寥"训话"，很可以表示传统观念遗下来的"明哲保身"的精神。

有了这种精神浸润充盈于大多数国民的心理，于是大多数国民便只知有身，不知有正谊公道，不知有血气心肝，不知有国，不知有民族。所以当八国联军攻破京津时，顺民旗随处高悬；当联军占据北京时，该处绅士至请联军统帅瓦德西大看其戏，优礼迎迓；当天津尚在八国联军手里，该地绅士居然歌功颂德，鼓乐喧天的恭送匾额给德国将帅。所为者何：亦不外乎明哲保身而已矣！

对外存着这种明哲保身的态度，简直只要这条狗命可得忍辱含垢活着，国家尽管受侮，民族尽管受辱，都可以淡然置之，泰然安之，因为这种人所求者只不过明哲保身而已矣！对内存着这种明哲保身的态度，贪官污吏尽管横行，武人祸国尽管内乱，做国民的却尽管袖手旁观，各人只要一时苟延残喘，什么话都不敢说，什么意见都不敢提了。发了财的舆论机关，号称民众口舌，只要极简单的做几句模棱两可不着边际不痛不痒的社论或时评，所沾沾自喜者，每年老板可有二十万三十万的赢余下腰包，以不冒风险为主旨，拆穿西洋镜，亦不过明哲保身而已矣！

全国对内对外大家受着明哲保身的遗毒，以只顾自己一条狗命的苟延残喘为惟一宗旨，于是结果如何？在内则纵任少数人之倒行逆施，斫伤国脉，兵匪遍地，民不聊生，死于天灾者动辄以数百万人计，死于兵祸者动辄以数十万人计，这种死路都是大家但求明哲保身之所赐！在外仅就近事言，济南之变，白受日人惨杀的中国国民几何人？这种死路至少也是大多数国民对内对外人人但求明哲保身所直接间接酿成的惨剧！

最近上海由中国人开的大光明戏院开演侮辱中华民族的有声电影《不怕死》，洪深先生激于义愤，当场对观众演说，该院总经理中国人高镜清先生先则嗾使其所雇西人经理加以侮辱殴打，继则传唤其所恃西捕老爷加以拘捕管押，大概高先生也是深明中国人明哲保身的心理，自信很有把握，初不料洪先生却不是一个谙于明哲保身道理的人！我并觉得我国不谙明哲保身的人太少了，所以引起上面所说的一大拖感触，以为做今日内忧外患的中国人，应该人人养成不怕死的精神，为主持正谊公道，为力争国家民族的荣誉生存，就是一死也心甘意愿。其实做今日的中国人已经生不如死，就是这样的死去，反可以救救以后未死将死的许多惨苦同胞。我们要人人铲除明哲保身的遗毒；要把自己个人的生命看得轻，所属民族的荣存看得重；否则生不如死，何贵乎生？

历史上杀身成仁慷慨赴义的志士先烈，他们心性里最缺乏的成分是明哲保身的遗毒，最充分的是不怕死的精神——为主持正谊公道，为力争国家民族的荣誉生存不惜一死的精神。我国人受明哲保身的遗毒太多了，四万五千万国民里面具有这种不怕死的精神者能渐渐增加若干人，即中国起死回生的希望能渐渐增加若干程度。

（原载1930年3月16日《生活》周刊第5卷第14期）

忘　名

"三代下惟恐不好名"，一个人知道好名，他便要顾到清议，想到舆论，不敢肆无忌惮，不要脸的人当然更是不要名的人，所以好名原来不是一件什么坏的事情，有的时候也许是一种很有效的兴奋剂，督促着人们向正当的路上前进。所以我们对于好名的人，并不要劝他们一定要把好名心去掉，不过要劝他们彻底明白"名者，实之宾也"，要"实至名归"的名才靠得住。像因发明"相对论"而名震寰宇的德国科学家安斯坦，他的名是实实在在的有了空前的发明，引起科学界的钦服，才有这样的结果，并不是由他自己凭空瞎吹出来的。你看据他的夫人说，他生平是极怕出风头的，极怕有人替他作广告的，甚至有人把他的相片登在报上，他见了竟因此不舒服了两天。可见他的名是他的确有实际的事业之自然而然的附属产物，并不是虚名，在他当初原无所容心。惟其有"实"做基础的"名"，才有荣誉之可言；若是有名无"实"的"名"，别人依你的"名"而要求你的"实"，你既然是本无所谓"实"，当然终有拆穿的时候，于是不但享不着什么荣誉，最后的结果，只有使你难堪得无地自容的"丑"。俗语谦词有所谓"献丑"，不肯务"实"而急急于窃盗虚声的人，便是拼命替自己准备"献丑"，这是何苦来！

我们并不劝好名的人不要好名，只希望好名的人能在"实"字上用工夫，既如上述：但是照我个人愚妄之见，一个人要享受胸次浩大的愉快心境，要不为"患得患失"的愁虑所围困，则热中好名远不如太上忘名。

我们试彻底想一想看，"名"除了能满足我们的虚荣心外，有多大的好处？我常以为我们各个人的价值是在能各就天赋的特长分途对人群作相当的贡献，作各尽所能的贡献，我有一分实际能力，干我一分能力所能干的事；我有十分实际能力，干我十分能力所能干的事。有了大名，不见得便把我所仅有的一分能力加到十分；没有大名，不见得便把我所原有的十分能力缩到一分。我但知尽我心力的干去，多么坦夷自在，何必常把与实际工作无甚关系的名来扰动吾心？

美国著名飞行家林德白因飞渡大西洋的伟绩而名益噪，乃至他随便到何处，都有新闻记者张望着，追询着，甚至他和他的新夫人度蜜月，都要千方百计的瞒着社会，暗中进行，以避烦扰。这是大名给他的好处！

美国前总统现任大理院院长的塔虎脱，最近因为生了病，动身到加拿大去养病。他原已病得走不大动，坐在一个有轮的靠椅上，用一个人推到火车站去预备上火车。他既是所谓名人，虽在养病怕烦之中，仍有许多新闻记者及摄影者包围着大摄其影，虽然经他再三拒绝，还是不免，他临时气急了，勉强跑出了椅子，往火车上钻，一面摇着手叫他们不要跟上。这也是大名给他的好处！

我们做无名小卒的人，度蜜月也好，养病也好，享着自由自己不觉得，谁感觉到他们的许多不便利？

身前的名对于我们的本身已没有什么增损，身后的名则又如何？杜甫梦李白诗里说"千秋万岁名，寂寞身后事"，死后是否有知，我们未曾死过的人既无从知道，又何必斤斤于"寂寞"的"身后事"？况且身后的名，于我们的本身又有什么增损？例如生在二千四百七十二年前的孔老夫子，他自有他的价值，他生时自有他的贡献，后来许多帝王硬把他捧成"独尊"，现在有许多人硬要打倒他；或誉或毁，纷纷扰扰，他在死中是否知道？于他本身又有什么增损？

蔡子民先生有两句诗说："纵留万古名何用？但求霎那心太平，"我觉得可玩味。我们倘能问心无愧，尽我心力对社会有所贡献，此心便很太平，别人知道不知道，满不在乎！有了这样的态度，便享受得到胸怀浩大的愉快心境，便不至为"患得患失"的愁虑所围困，所以我说热衷好名远不如太上忘名。

（原载1929年10月6日《生活》周刊第4卷第45期）

呆　气

我们寻常大概都知道敬重"勇气"和敬重"正气"。昔曾子谓子襄曰："子好勇乎？吾尝闻大勇于夫子矣：自反而不缩，虽褐宽博，吾不惴焉；自反而缩，虽千万人，吾往矣！"这是从理直气壮中所生出的勇气。孟子说："我善养吾浩然之气。"有人问他什么叫做浩然之气，他说："难言也，其为气也，至大至刚，以直养而无害，则塞于天地之间；其为气也，配义与道，无是，馁也。"这是天地间的浩然正气。但是我意以为非有几分呆气，勇气鼓不起来，正气亦将消散；因为"虽千万人，吾往矣"！非有几分呆气的人决不肯干；"以直养而无害"，亦非有几分呆气的人也不肯干。试想富贵不能淫，威武不能屈，贫贱不能移，不是呆气的十足表现吗？

研究任何学问，欲求造诣深邃者，也不可不有几分呆气。据传发明地心吸力学说的牛顿，有一天清晨正在潜思深究的有味当儿，他的女仆预把鸡蛋置小锅旁备他自煮作早餐，他一面沉思，一面把手上的一只表放入锅内滚水中大煮特煮，这不是呆气的表现吗？又据传说电学怪杰爱迭生结婚之日，与新夫人同车经过他的实验所，把夫人暂停在门外，自己跑进去取什么东西，不料进去之后，忘其所以，竟在一张桌上大做其实验，把夫人丢在外面许久，最后由新夫人进去找了出来，才一同回家去，这又不是呆气的表现吗？大概研究学问非研究到有了呆气的境域，钻得不深，求得不切，只有皮毛可得，彼科学家思创造一物，发明一理，当其在未创造未发明之前，人莫不讥为梦想，甚乃狂易，认为徒耗光阴，结果辽远，而彼科学家独能不顾讥笑，埋头研究，甚至废寝忘食，甘之如饴，非有几分呆气为后盾，岂能坚持得下去。

　　委身革命事业以拯救同胞为己任者，也不可不有几分呆气。彼革命志士，思为国家谋幸福，为人民除痛苦，而当其未达到谋幸福除痛苦之前，无一兵一卒之力，无弹丸凭藉之地，在他人见之，未尝非纸上谈兵，痴人说梦，认为必不可以实现，然卒以彼大革命家之规谋计划，冒万险，排万难，忍人之所不能忍，为人之所不敢为，刀斧不足以惧其心，穷困不足以移其志，置身家性命于度外，而登高一呼，万方响应，翕然从风，固为万流景仰，但在流离颠沛之际，非有几分呆气为后盾，岂能坚持得下去？诚以凡事非有几分呆气来应付，处处只计及一己利害，事事顾虑前途得失，无丝毫之主见，无丝毫之冒险精神，迟疑不前，越趄不进，永在彷徨歧路之间而已。

　　此外欲能忠于职务，亦非具有几分呆气不可。在办公室中但望公毕时间之速到，或手持公事而目注墙上所悬时计者，大概都是聪明朋友的把戏，事业交在这种人手上是永远办不好，这是可以保险的。因为他所缺乏的就是忠于职务视公务如己事的呆气。降而至于交友，也以具有几分呆气的朋友为靠得住。韩退之所慨叹的"士穷乃见节义"，朋友穷了，仍不忘其友谊，此事非有较高程度之呆气者不办！

　　我们寻常的心理，大概无不喜闻他人之誉我聪明，且亦时欲表现其聪明；又无不厌闻他人之称我为呆子，而并不愿自认为呆子。初不料呆气也有那么大的好处！

（原载1931年5月16日《生活》周刊第6卷第21期）

纸上自由

我国俗语有句话叫"纸上谈兵",我觉得英国和法国的"民主政治"倘若比专制的国家有不同的地方,最大的特点可以说人民的确已得到"纸上自由"了。这所谓"纸上自由",也可以说是"嘴巴上的自由"。

要明白这特点,需要相当的说明。

法国的报纸,无论极左的报或极右的报,对于政府的批评指摘,都尽量地发挥;法国社会党的机关报和共产党的机关报,对政府更往往抨击痛骂得体无完肤,从来没有因言论开罪当局而有封报馆、捕主笔的玩意儿。议员在议院里当面斥责政府要人,那更是司空见惯的事情。

号称"巴立门的母亲"的英国,为欧洲"民主政治"国家的老大哥;关于"纸上自由"或"嘴巴上的自由",也可算是发挥到淋漓尽致了。尽管听任你在文学上大发挥,尽管听任你在嘴巴上大发挥,但在行动上,这资本主义的社会制度好像铜墙铁壁似的,却不许你越雷池一步!

英国自命为"君子人的国家",有许多报纸上的言论,都是雍容尔雅,委婉曲折的,但是像工党机关报《每日先驱报》对于现任首相麦克唐纳之冷嘲热讽,甚至瞎寻他的开心,往往有很令人难堪之处。独立工党机关报之《新导报》和共产党机关报之《工人日报》,对于统治阶级之严厉的评论,明目张胆宣言非打倒现政府,非推翻现统治阶级,一切问题都无从解决。这在专制或军阀官僚横行的国家,直是大逆不道,老早把"反动"的尊号奉敬,请贵报馆关门,请贵主笔大尝一番铁窗风味,或甚至非请尊头和尊躯脱离关系不可!但在英国不但这种报纸尽管继续不断地发挥他们的高论宏议,就是研究社会主义的机关,或共产党的出版机关所编行的书籍,直呼现统治阶级为强盗,也得照常发售,从没有听见政府当局说他们有反动嫌疑,非搜查没收不可。

还可举个具体的例子。英国是个君主立宪的国家,一般人民对于英皇还不得不有虔敬的态度,各戏院里末了时还都须唱着"上帝佑我皇"的歌调。去年11月22日"巴立门"举行开幕典礼,训辞中提到经济恐慌和失业问题,有"我的人民继续情愿忍受牺牲"之语,共产党机关报之《工人日报》在第二日的报上,不但在言论里极尽揶揄,并且登一个恶作剧的插图。把英皇画成一个矮子,手上捧着一大张"皇上演辞",下面注着上面所引的那句话。英皇后面,一个高大的警察和首相麦克唐纳扶持着一个"失业新律",是准备在议会通过以压迫工人的,再后面便是一大堆工人群众示威高呼"一致摧毁'全家总收入调查法,'"及"打倒造成饥饿和战争的政府!"等口号。这种实际情形和"继续情愿忍受牺牲"的"皇上演辞",适成相反的对照!尤其是把"皇上"画成那副尊容!但是《工人日报》照常公开发行,并没听见它得到了什么大不敬的罪状。"皇上"的威风比我国的任何军阀官僚都差得远了!所以我说,"纸上自由"可算是发挥到淋漓尽致了。

英国"巴立门"里的"嘴巴上的自由",记者在"巴立门的母亲"

一文里已略为提起。上面所谈的最近"巴立门"开幕的那一天，还有一个件事情颇有记述的价值。那天举行开幕典礼的时候，英皇在贵族院里刚才把演辞说完，听见有一人大声问道："关于取消'全家总收入调查法'和失业救济费折扣两事，究竟怎么样？"大胆这样向英皇问着的是独立工党议员麦阁温（J.McGovern）。他接着喊道：

"你们是一群懒惰好闲的寄生虫，靠着别人所创造的财富过活。外面人民是正在挨着饿，你们应该觉得自己羞耻吧。"

当时与会的许多贵族们和议员老爷们都相顾惊愕，麦阁温大喊之后，从容步出会场，典礼也随在静默中收场。后来这位独立工党的议员还是继续做他的议员，没有听见他得到什么大不敬的罪名。这种新闻，如在我们贵国，早给检查新闻的老爷们扣留，不许刊登，但在英国，各报仍在第二天照事实登出，《曼彻斯特导报》并在社论中警告政府，谓麦阁温的行为虽卤莽，但人民的困苦，实其背景云云。所以我说，"嘴巴上的自由"可算是发挥到淋漓尽致了。

这当然是处身军阀官僚横行的国家里面的人民所垂涎三尺的权利，因为在这样的人民，只有受压迫剥削的份儿，连呻吟呼冤都是犯罪的行为！

但是进一步讲，终究还仅是"纸上自由"！在行动上，统治阶级的爪牙——警察、侦探等……也就防范得厉害。有位朋友在伦敦某处演讲，演毕后，有位共产党员顺便开着一辆破旧的自备汽车送他回家，就有警察暗随在后，把他的住址抄下，第二天便向他的房东盘问得很详细。又如在伦敦专售共产主义书报的工人书店，外面就常有便衣暗探注意买书的人的行踪。有一次我和伦敦报界某西友在某菜馆里午餐谈话，我们所谈的是关于英国新闻事业的情形，但因为他是共产党员，不久就有侍者偷偷地来关照，说外面有警察注意着。他们简直好像布满着天罗地网似的！

1934年1月25日，伦敦

不堪设想的官化

　　近有一天在友人宴席间遇着上海银行界某君，听他谈起官化的乌烟瘴气，又引起我来说几句不中听的话。

　　这位某君也者，原是上海银行界里一个红人儿，最近被任为不久即可开幕的官商合办性质的某银行的总经理。这个银行本拟国立的，已有了什么筹备处，堂哉皇哉官办的银行筹备处难免有一个大优点，就是官化！官化的最大优点是安插冗员，养成婢颜奴膝一呼百诺吃饭拿钱不必做事的好风气。最近这个正在筹备中的银行招了若干商股，变成官商合办的性质。在招商股的时候，因为官的信用太好了，恐怕商人不信任而不肯投资，乃用拉夫手段把某君拉去做一个开台戏的跳加官。某君被拉之后，跑到官办的筹备处去瞧瞧，但见一切筹而未备，却用了许多冗员，不但冗员而已，并用了几十个冗茶房（即仆役），冗的空气总算不薄，既是够得上"冗"字的美名，当然没有什么事干，不过一大堆的奔走唱诺而已。某君想不办则已，要办只得将官办的筹备处和要办的银行划开，他不管筹备处，只管依照银行的严格办法，另行组织起来。有许多冗员来见他，做出做官的样子，俯首垂手弯背，有椅不敢坐，开口总理，闭口总理，无论何事，不管是非，总是唯唯喏喏连答几个"是"字。这在做惯了官、摆惯了臭架子的官僚，当然听了像上海人所谓"窝心"（适意也），不过这位不识抬举的某君却只重办事的真效率，听了那样娇滴滴的柔声反而觉得刺耳怪难过！看了那样百媚横生的姿态反而觉得触眼怪难受！还有许多人拿着要人的荐条，某君一概不看，有的竟说是部长叫他来见的，某君老实不客气的说这里用人是以办事能力为标准，部长和这里是没有关系的。他几日来天天要抽出大部分的时间来见客，都是要这样对付一班阔人背后的饭桶，简直好像和他们宣战！

有所不为而后有为。某君原有他自己的银行事业，对于那个银行的总经理可干可不干，所以不为官化毒气所包围，那个银行的前途有些希望，也许就在这一点。

由官化的人物主持的官化的机关，好像霉了的水果，没有不溃烂的。无论何事，由这种人办起来，公款是不妨滥支的，私人是不妨滥用的，至于办事的效率却是他脑袋里始终连影子都不曾有过的东西。

（原载1929年12月1日《生活》周刊第5卷第1期）

四P要诀

据说在美国对于人的观察，很通行所谓四P要诀。 Personality，译中文为"人格"；第二P为Principle，可译为"原则"或"主义"；第三P为Programme，可译为"进行程序"或"计划"；第四P为Practicability，可译为"可以实行"或"可行"。原文这四个字都有P字为首，故称四P。就是说要观察人，第一要注意他的"人格"怎样，第二要注意他的"主义"怎样，第三要注意他的有无"计划"或怎样，第四要注意他的计划是否"可行"。他们以为对人能仔细考察他的四P，思过半矣。

不过我们倘略加研究，便觉得所谓"人格"，人人看法不同。在统治者看来，往往觉得奴性并无背于人格；在革命者看来，和罪恶妥协都是人格的破产。从前认女子殉夫或上门守节是女子的无上的好人格，现在却不值得识者之一笑。这样看来，所谓"人格"，还该需要一种新标准。我以为人格的新标准，应以对社会全体生活有何影响为中心；对于社会全体生活有利的便是好的，对于社会全体生活有害的便是坏的。例如压迫者榨取者之欢迎"奴性",是要利用多数人以供少数人享用的工具,这于全体生活是有害无利,是很显然的,关于第二P的"主义",也可以这同样的标准做测量的尺度。

第三P和第四P合起来讲,有了"计划"还要"可行",这便是说计划要能对准现实,作对症下药的实施,不是徒唱高调的玩意儿。但是有时"计划"之"可行",虽为识见深远者所预见,往往为眼光浅短者所无从了解,嚣然以高调相识,为积极进行中的莫大障碍。在这种情况之下,便靠实有真知灼见者之力排众议,以坚毅的精神,和困难作殊死战。等到成绩显然,水落石出,盲目的反对或阻碍有如沸汤灌雪,立见消融。所以第四P的辨别判断,尤恃有超卓的识见,对于现实须具有丰富缜密的观察。

(原载1932年12月3日《生活》周刊第7卷第48期)

统治者的笨拙

19世纪末叶的俄国,在青年里所潜伏着的革命种子已有随处爆发的紧张形势,而当时统治者的横暴残酷,也处处推促革命狂潮的奔临。

"……到了19世纪的末了,形势一天一天的愈益紧张了。1897年,有一个大学女生名叫玛利亚(Maria Vetrova),被拘囚于彼得保罗炮台,在该处她在神秘的情况中自杀。当道对于她的死,严守了十六天的秘密,然后才通知她的家属,说她将火油倒在自己身上,把她自己烧死。大家都疑心这个女生的死是由于强奸和强暴而送命的,这件事变更为学生界愤怒的导火线……"(见《革命文豪高尔基》第十八章"革命的前夕")俄国革命便由统治者在这样压迫青年自掘坟墓中酝酿起来。

其实这种惨酷的现象,不仅当时的俄国为然,世界上黑暗的国家,统治者对于革命的男女青年的摧残蹂躏,也一样的惨酷,不但惨酷而已,而且还要用极卑鄙恶劣的手段,造作种种蜚语,横加侮辱,以自掩饰其罪恶。这种手段当然是极端笨拙愚蠢的,因为略明事理及知道事实的人决不会受其欺骗；在统治者自身，徒然暴露其心慌意乱，倒行逆施，增加大众的愤怒和痛恨罢了。

（原载1933年7月8日《生活》周刊第8卷第27期）

走　狗

"走狗"这个名称，大家想来都是很耳熟的。说起"走"这件事，并不是狗独有，猪猡会走，自称"万物之灵"的人也会走，何以独有"走狗"特别以"走"闻名于世？飞禽走兽，飞是禽的本能；走是兽的本能；这原是很寻常的事实，并不含有褒贬的意味。但是"走狗"的徽号，却没有人肯承认——虽则这个人的行为的的确确地是在表示着他是一位道地十足的走狗，换句话说，被人称为走狗，大概没有不认为是一件大不名誉的事情。你倘若很冒昧地对你的朋友当面说"老兄是个走狗"，无疑地是得不到什么愉快的反应的。这又是什么道理呢？

玩狗是西洋女子的一件很普遍的消遣的事情——这些女子当然是属于有闲阶级的。中国的"阔"女子中也有很少数的染着这样的"洋气"。听说中国某著名外交官的太太便极爱养狗，养了十几只小哈吧狗，她的丈夫贵为公使，有时和她出门带着秘书，一等秘书二等秘书三等秘书等等要很小心谨慎地替她抱狗，恭恭敬敬地侍候着。但这在中国，究竟寥寥可数，所以我们未曾做过著名外交家的娇贵太太的随从者，对于玩着狗的游戏，究竟不易得到"赏鉴"的机会。依记者"萍踪"所到，在英国看见太太小姐们拖着狗在公园里或小山上从容闲步的很多。我在伦敦有一次住宅的附近有一个很广大的草原（Hamps Terd Heath）遇着星期日，在这里游行的男女老幼非常的多，你在这里可以看见许多妇女手里拖着一只小狗。有许多把拉狗的皮带解下，让狗自由地随着。在这种地方，我才无意中仔细看出走狗的特色。你可常看到这种随着的小狗，它的主人可随便地带着它玩，无不如意。它的主人把一只皮球往前远抛，它就兴会淋漓地往前跑，拼命把那个皮球抓着衔回来给它的主人；它的主人再抛，它再跑，再拼命抓着球衔回来。有的没有带着皮球，只要拾着一根树枝，也可以这样抛着玩。这大草原上有池塘，有的狗主人领着狗走进池边，把一根树枝抛在池里远处，呼唤着狗去衔回来，这狗也兴会淋漓地往小池里钻，拼命游泳过去，很吃力地把那根树枝衔回来，主人顾盼着取乐。至于这主人是怎样的人，平日干的什么事，叫它干的是什么事，有什么意义，有什么效果，在这疲于奔命的走狗，并没有什么分别，只要你豢养它，它就对你"唯命是听"。自号"万物之灵"的人类里面的走狗，最大的特色，无疑地也是这个和狗"比美"的美德。其实"衣冠禽兽"的人类中的"走狗"较真的走狗，还要胜一筹的，是真的走狗除非是疯狗，至多是供人玩玩，有的在乡村里还能担负守夜的责任，"衣冠禽兽"中的"走狗"却要帮着豢养他（或它）的主子无恶不作，越"忠实"越"兴会淋漓，就越糟糕！在这种地方也可以说是人不如狗，不要再吹着什么"万物之灵"了。

（原载《大众生活》1935年11月23日第1卷第2期）

领导权

近来常听见有人提起"领导权"这个名词，也常听见有人说某某或某派要抢领导权云云，好像领导权是可由少数人任意操纵，或私相授受似的。这种人的心目中所认为领导权，只想到领导者，只知道有立于领导地位的少数个人，把大众抛到九霄云外！于是他们便存着一个很大的错误观念，以为领导权是从少数人出发，大众只是受这少数人所"领导"。随着这个错误的观念，他们又有着一个很大的误解，常常慨叹于中国大众的没有力量，梦想着好像可以忽然从天空中掉下来的"领袖"，然后由这个"全知万能""生而知之"的"领袖"来"领导"大众；以为大众只配受这样高高在上和大众隔离的"领袖"所领导！

其实领导权在表面上似乎是领导着大众，而在骨子里却是受大众所领导，大众才是领导权所从来的真正的根源。

我在莫斯科时细看他们的革命博物馆，看到革命进程中每一个运动的事实的表现，都觉得领导中心之所以伟大，全在乎能和当时大众的要求呼应着打成一片；换句话说，领导中心是受着大众的领导，也只有受着大众领导的中心才能成其为领导中心。

　　谁都不能否认列宁和他的一群是苏联革命的领导中心。他在1917年发动革命时所提出的标语是土地、面包、和平。当时克伦斯基政府无力应付经济危机，仍和协约国进行帝国主义争夺的战争，对于民生的艰苦，农民土地问题的急切待决，都毫不顾及。而列宁在当时所提出的三大主张：土地归农民，工厂归工人，不参加帝国主义的战争，恰恰反映着当时大众的迫切要求；接着主张"一切权力属于苏维埃"，又是达到这三大主张的惟一途径。列宁在当时能根据大众的真正要求和可以达到这真正要求的途径努力干去，这不是很显然地是受着大众所领导吗？这不是很显然地表示他的领导权不是和大众隔离而是发源于大众的吗？所以在表面上列宁和他一群似乎是在那里领导着大众向着正确的路线前进，而在骨子里却是他和他的一群受着大众的要求所领导而向前迈进着。他的伟大是在于他能认清大众的要求和用来达到大众要求所必由的正确路线，并不是离开大众而能凭着什么领导权而干出来的。而且在他认清大众的要求和用来达到大众要求所必由的正确的路线后，也还要靠着大众自身的共同奋起斗争的力量而才能获得成功的，并不是抛开大众的力量而能由少数人孤独着干得好的。其实果然能依着大众的要求而努力的，决不会得不到大众的共同奋斗的力量；怕大众力量抬头，用种种方法压迫大众力量的抬头，正足以证明这些人为的是他们自己和他们的一群的利益，所以提防大众如防家贼似的！和大众既立于相反的地位，摧残蹂躏大众之不暇，还说得上什么领导大众呢？果要领导大众吗？必须受大众的领导！

　　　　　　　　　　（原载1936年1月25日《大众生活》第1卷第11期）

个人的美德

有一位老前辈在某机关里办事,因为他的事务忙,那机关里替他备了一辆汽车,任他使用。有一天他对我说,他想念到中国有许多苦人,在饿寒中过可怜的日子,觉得非常难过,已把汽车取消,不再乘坐了。我问他什么用意,他说改造社会,要以身作则。他这样做是要把自己的俭苦来感化别人的。我说我很怀疑这种"感化"的实效究竟有多少,因为许多"苦人"根本就坐不起汽车,用不着你去感化;至于上海滩上的富翁阔少,买办官僚,决不会因为你老不坐汽车,他们也把汽车取消。就是我这样出门只能乘乘电车,或有的地方没有电车可乘,因为要赶快,不得不忍心坐上把人当牛马的黄包车,也无法领略你老的"感化"作用。他听了没有话说。

就一般说,这位老前辈算是有着他的个人的美德,但他要想把这"个人的美德"的"感化"作用来"改造社会",便发生我在上面所说的困难了。他真正要想改造社会,便应该努力促成一种社会环境,使白坐汽车的剥削者群无法存在,劳苦大众在需要时都有汽车可坐,这才是根本的办法；但是这种合理的社会环境是要靠集体的力量实际斗争得来的，决不是像"取消汽车，不再乘坐"的"个人的美德"所能由"感化"而造成的。

有人羡称列宁从革命时代到他握着政权以后，只有着一件陈旧破烂的呢大衣，连一件新大衣都没有，叹为绝无仅有的个人的美德，好像要想学列宁的人只须学他始终穿着一件破旧的大衣便行！其实列宁并非有意穿上一件破旧的大衣来"感化"什么人，他的伟大是在能领导大众为着大众革命，在努力革命中忘却了自己的衣服享用，恰恰是无意中始终穿着一件破旧的大衣。倘若不注意他为解放大众所积极进行的工作，而仅仅有意于什么个人美德的感化作用，那就等于上面那位老前辈的感化论了。无疑地列宁决不是要提倡穿着破旧的大衣，他所领导的革命成功之后，劳苦大众不但无须穿着破旧的大衣，而且因社会主义建设的着着成功，大家还都得穿上新的好的大衣！

我在德国的时候，听见有人不绝口地称赞希特勒的俭德，说他薪俸都不要，把它归还到国库里。我觉得他的重要任务是所行的政策能否解决德国人民的经济问题，是否有益于德国的大众，倒不在乎他个人的薪俸的收下或归还。老实说，像我们全靠一些薪俸来养家活命的人们，便无从领受这样"个人的美德"的"感化"。

我们的意思，当然不是反对个人的美德，更不是说奢侈贪污之有裨于社会，不过鉴于有一班人夸大"个人的美德"对于改造社会的效用，反而忽略或有意模糊对于改造现实所需要的积极的斗争。

（原载1936年2月26日《大众生活》第1期第16期）

民众的要求

民众所要求的是真正的彻底的抗敌救国，但怎样知道是真正的彻底的抗敌救国呢？至少有两个条件：一个是开放民众的救国运动；还有一个是在救国目的未达到以前，绝对没有妥协的余地。

民族解放运动的最后胜利不是仅靠军事所能获得的。两个侵略国的掠夺战争和被侵略国对于侵略国的抗战，是不能相提并论的，主要的异点是前者偏重军事的对抗力量，后者却靠一致拼死自救的策略。因为这个缘故，在被侵略国的基本力量是在军事和民众的力量打成一片。所谓军事和民众的力量打成一片，却有特殊的意义，不可忽视的。遇着全国民众所托命的国家民族临到极危殆的时候，大家为着救死而共同团结起来努力奋斗，这是自发的必然的运动，在握有政权、军权者诚然也志在真正出全力为垂危的国家民族争取最后一线的生机，和民众救国运动所奔赴的目标是同一的，这两方面便自然地会打成一片。在这种的形势之下，当局者不但不怕民众救国运动，而且渴求民众救国运动的自动勃发，和军事的力量相辅相成。因为这个缘故，所以民众救国运动的解放，是真正的彻底的抗敌救国的第一块试金石、第一个象征。在民众方面，诚然要实现真正的彻底的抗敌救国，第一步必须争取民众救国运动的自由权。

抗敌救国是最伟大的，也是最艰苦的事业，需要坚决久持百折不回的努力奋斗，这固然是不消说的。但是为什么要坚决久持百折不回的努力奋斗？为的当然不是任何个人或任何集团的利益，却是要使得全国民众所托命的国家民族获得自由平等的地位；在这个目的未达到以前，不应该妥协。这理由是很显然的，真正的目的既在抗敌救国，在敌未退而国未救以前，为着什么要妥协呢？所以是否真正的彻底的抗敌救国，要看是否中途妥协。中途决不妥协，那才是真为着抗敌救国而迈进，否则便表示另有其他的动机。这可说是第二块试金石。

常听到有人发生疑问：某某在心里是要抗敌救国吧？某某在动机上是另有问题吧？无可捉摸的心，无形可见的动机，诚然无法加以评判，但是事实上的表现却是有凭有据的客观材料。注意客观事实的进展，应用这两块试金石，正确的评判不是不可能的。

（原载1936年6月8日香港《生活日报》第2号）

《狱中杂感》序

　　杜重远先生是一位精明干练的事业家,他一向不注重做文章,甚至不相信他自己能做文章。当我主持《生活》周刊笔政的时候,他为着抗敌救国运动,四方奔走呼号,我约他在工作余下的一些时间,偷闲替《生活》周刊写一些通讯,他总是很谦逊地推说不会写,后来经我再三催请,他才写一点。但是不鸣则已,一鸣惊人,我觉得他愈写愈好,他自己也越写越起劲。正是因为他富有实践的经验,不是为做文章而做文章,所以他的作品感人特别地深,使读者得到的益处特别地厚。

　　我深信读者诸君从这本书里可以看出杜先生是一个血性男子;我把杜先生视为我的最好的一个朋友,就因为他是一个血性男子。因为他是一个血性男子,所以他对于救国运动能始终不懈地向前干去;因为他是一个血性男子,所以他不但自己能那样干,并且能吸动许多人一同干去。

　　此外我知道杜先生的性格是嫉恶如仇,从善如流。他对于朋友们的意见,最能虚心倾听,一觉到你所说的是合于真理,他就慨然赞同,毫无成见。

　　我们希望杜先生为国努力，前途无量，这本书里所表现的只是他的未来事功的沧海之一粟罢了。

韬奋记于生活星期刊社

从现实做出发点

"理想为事实之母",这句话好像是很合于真理的,尤其是因为很耳熟的一句成语,我们往往不加思索地把它认为确切不变的真理。其实我们如仔细思量一番,便知道这句话有着语病,因为很容易使人误会,以为理想是可以超越现实而凭空虚构的,不想到自古以来任何大思想家的理想,都有他的现实的社会背景,都有事实之母,而不是凭空产生的。由事实产生的理想,再由这理想而影响到后来的事实,这诚然是谁也不能否认的,由这样的观点看去,说"理想为事实之母",这句话原也讲得通,但是还不可忘却一个很重要的条件,那便是要在现实上运用这个理想,必须从现实做出发点,必须顾到当前的客观的事实,不是能够抛开你当前的现实而可以立刻或很顺利地实现你的理想。

哲学家的重要任务是要改变世界,而不是仅仅用种种方法解释世界。人类是能够改造历史的。所以我们要推动历史巨轮的前进,不可屈服于现实,必须负起改造现实的使命,但是要改造必须从现实做出发点,不能抛开现实而不顾,这是很显然的。例如你要改造一所屋子,你必须根据这所屋子的种种实际的情形设计，无论如何是不能抛开这所屋子而不顾的。

我们倘若能常常牢记着我们是要从现实做出发点，便不至犯近视病的苦闷，悲观，为艰苦所克服的等等流弊。

我们闭拢眼睛静思我们理想中的中国，尽管是怎样的自由平等，愉快安乐，但是你要实现这个理想，必须从现实的中国做出发点；现实的中国不能这样完全的，是有着许多可悲可痛的事实，是有着许多可耻可愤的事实，我们既明知现实的中国有着这种种的当前事实，又明知要改造中国必须从现实做出发点，便须准备和这种种事实相见，便须准备和种种事实斗争，这是意中事，是必然要遇着的；从事实做出发点的斗争，决不是没有阻碍的，有阻碍便必然地有困难，解决困难也必然要经过艰苦的历程，这是意中事，也必然要遇着的。其实中国如果是已像我们理想中的那样完全了，那就用不着我们来改造；改造时如没有阻碍，没有困难，那也用不着我们来斗争。倘若你一方面要改造中国，要排除阻碍，解决困难；一方面却因中国的糟而苦闷，悲观，怕见阻碍，怕遇困难；这不是自相矛盾吗？这矛盾所给与你的痛苦，是因为未曾注意要从现实做出发点！如果我们注意我们必须从现实做出发点，我们既不能像孙行者的摇身一变，脱离这个现实的世界，翻个筋斗到天空里去，那末我们只有向前干的一个态度，只有排除万难向前奋斗的一个态度。为什么呢？因为我们必须从现实做出发点，现实就根本是有缺憾的，必然是不完全的，必然是有着许多不满意的，甚至必然是有着许多事实令人痛心疾首的，我们既不能逃避现实，就不能逃避这种种，就只有设法来对付这种种；一个人或少数人来对付不够，就只有设法造成集体的力量来对付。

现在有不少青年有志奋斗，但同时却有许多逃不出苦闷的圈子。苦闷是要消磨志气的（虽则在某一场合也可以推动奋斗），所以我们要注意：我们必然地要从现实做出发点。

（原载1936年7月5日香港《生活日报星期增刊》第1卷第5号）

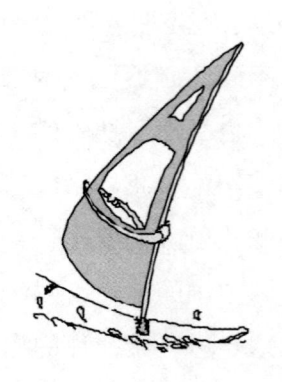

青年"老学究"

我真料想不到居然做了几个月的"老学究"！这在当时的我当然是不愿意做的。一般青年的心理也许都和我一样吧，喜走直线，不喜走曲线，要求学就一直入校求下去，不愿当中有着间断。这心理当然不能算坏；如果有走直线的可能，直线当然比曲线来得经济——至少在时间方面。但是我们所处的实际环境并不是乌托邦，有的时候要应付现实，不许你走直线，也只有走曲线。我当时因为不能继续入校，心理上的确发生了非常烦闷悒郁的情绪；去做几个月的"老学究"，确是满不高兴、无可奈何的。不过从现在想来，如有着相当的计划，鼓着勇气往前走，不要自馁，不要中途自暴自弃，走曲线并不就是失败，在心境上用不着怎样难过；这一点，我很诚恳地提出来，贡献于也许不得不走着曲线的青年朋友们。拿破仑说"胜利在最后的五分钟"，这句话越想越有深刻的意味，因为真正的胜利要看最后的分晓，在过程中的曲折是不能即作为定案的。我们所要注意的是要作继续不断的努力，有着百折不回的精神向前进。

我当时在最初虽不免有着烦闷悒郁的情绪，但是打定了主意之后，倒也没有什么，按着已定的计划向前干去就是了。

我的那位东家葛老先生亲自来上海把我迎去。由上海往宜兴县的蜀山镇，要坐一段火车，再乘小火轮，他都一路很殷勤地陪伴着我。蜀山是一个小村镇，葛家是那个村镇里的大户，他由码头陪我走到家里的时候，在街道上不断地受着路上行人的点头问安的敬礼，他也忙着答谢，这情形是我们在城市里所不易见到的，倒很引起我的兴趣。大概这个村镇里请到了一个青年"老学究"是家家户户所知道的。这个村镇里没有邮政局，只有一家杂货铺兼作邮政代理处，我到了之后，简直使它特别忙了起来。

我们住的虽是乡村的平屋，但是我们的书房却颇为像样。这书房是个隔墙小花厅，由一个大天井旁边的小门进去，厅前还有个小天井，走过天井是一个小房间，那便是"老夫子"的卧室。地上是砖地，窗是纸窗，夜里点的是煤油灯。终日所见的，除老东家偶然进来探问外，只是三个小学生和一个癞痢头的小工役。三个小学生的年龄都不过十一二岁，有一个很聪明，一个稍次，一个是聋子，最笨；但是他们的性情都很诚挚笃厚得可爱，每看到他们的天真，便使我感觉到愉快。所以我虽像入山隐居，但有机会和这些天真的儿童朝夕相对，倒不觉得怎样烦闷。出了大门便是碧绿的田野，相距不远的地方有个山墩。我每日下午5点钟放课后，便独自一个在田陌中乱跑，跑到山墩上了望一番。这种赏心悦目的自然界的享受，也是在城市里所不易得到的，即比之到公园去走走，并无逊色。有的时候，我还带着这几位小学生一同出去玩玩。

在功课方面，这个青年"老学究"大有包办的嫌疑！他要讲解《论语》、《孟子》，要讲历史和地理，要教短篇论说，要教英文，要教算学，要教书法，要出题目改文章。《论语》、《孟子》不是我选定的，是他们已经读过，老东家要我替他们讲解的。那个聋学生只能读读比较简单的教科书，不能作文。夜里还有夜课，读到9点钟才休息。这样的儿童，我本来不赞成有什么夜课，但是做"老夫子"是不无困难的，如反对东家的建议，大有偷懒的嫌疑，只得在夜里采用马虎主义，让他们随便看看书，有时和他们随便谈谈，并不认真。

我自己是吃过私塾苦头的，知道私塾偏重记忆（例如背诵）而忽略理解的流弊，所以我自己做"老学究"的时候，便反其道而行之，特重理解力的训练，对于背诵并不注重。结果，除了那位聋学生没有多大进步外，其余的两个小学生，都有着很大的进步。最显著的表现，为他们的老祖父所看得出的，是他们每天做一篇的短篇论说。

我很惭愧地未曾受过师范教育，所以对于怎样教小学生，只得"独出心裁"来瞎干一阵。例如作文，每出一个题目，必先顾到学生们所已吸收的知识和所能运用的字汇，并且就题旨先和他们略为讨论一下。这样，他们在落笔的时候，便已有着"成竹在胸"、左右逢源"的形势。修改后的卷子，和他们讲解一遍之后，还叫他们抄一遍，使他们对于修改的地方不但知其所以然，并且有较深的印象。

（原载1937年4月上海生活书店《经历》）

深夜被捕

我对于国事的立场和主张,已很扼要地谈过了。这不仅是我一个人的主张,有许多热心救国的朋友们也都有这同样的主张;这不仅是我和我的许多朋友们的主张,我深信这主张也是中国大众的公意的反映。于是我们便以国民的地位,积极推动政府和全国各方面实行这个救亡的国策。我们自问很坦白、很恳挚,除了救国的赤诚外,毫无其他作用,但是出乎意外的是我和六位朋友——沈钧儒、章乃器、李公朴、王造时、史良和沙千里诸先生——竟于民国25年11月22日的深夜在上海被捕!

在被捕的前两三天,就有朋友传来消息,说将有捕我的事实发生,叫我要特别戒备。我以胸怀坦白,不以为意,照常做我的工作。我这时的全部的注意力都集中在绥远的被侵略,每日所焦思苦虑的只是这个问题。本年11月22日下午6点钟我赶到功德林参加援绥的会议,到会的很多:银行界、教育界、报界、律师界等等,都有人出席。我于11点钟才离会,到家睡觉的时候已在当夜12点钟了。我上床后还在想着下一期《生活星期刊》的社论应该做什么题目,所以到了1点钟模样才渐渐睡去。睡得很酣，不料睡到2点半的时候，忽被后门的凶猛的打门声和我妻的惊呼声所惊醒。我在床铺上从睡梦中惊得跳起来，急问什么事。她还来不及回答，后门打得更凶猛，嘈杂的声音大叫其赶快开门。我这时记起前两三天朋友的警告，已明白了他们的来意。我的妻还不知道，因为我向来不把无稽的谣言——我事前认为无稽的谣言——告诉她，免她心里不安。她还跑到后窗口问什么人。下面不肯说，只是大打其门，狂喊开门。她怕是强盗，主张不开。我说这是巡捕房来的，只得开。我一面说，一面赶紧加上一件外衣，从楼上奔下去开门。门开后有四个人一拥而入，其中有一个法国人，手上拿好手枪，作准备开放的姿势。他一进来就向随来的翻译问我是什么人，我告以姓名后，翻译就告诉他。他表示惊异的样子，再问一句："他是邹韬奋吗？"翻译再问我一句，我说不错，翻译再告诉他。他听后才把手枪放下，语气和态度都较前和缓得多了。我想他想象中的我也许是个穷凶极恶的强盗相，所以那样紧张，后来觉得不像，便改变了他的态度。他叫翻译对我说，要我立刻随他们到巡捕房里去。当时天气很冷，我身上只穿着一套单薄的睡衣，外面罩上一件宽大的外衣，寒气袭人，已觉微颤，这样随着他们就走，有些忍受不住；因为翻译辗转麻烦，便问那位法国人懂不懂英语，他说懂。我就用英语对他说："我决不会逃，请你放心。我要穿好衣服才能走，请你上楼看我穿好一同去。"他答应了，几个人一同上了楼。他们里面有两个是法租界巡捕房政治部来的，就是上面所说的那位法国人和翻译；还有两个是市政府公安局的侦探。上楼后我问那个法国人有什么凭证没有，他拿出一张巡捕房的职员证给我看。我一面穿衣，一面同那法国人和翻译谈话。谈话之后，他们的态度更和善了，表示这只是照公安局的嘱咐办理，在他们却是觉得很抱歉的。那法国人再三叫我多穿上几件衣服。公安局来的那两位仁兄在我小书房里东翻西看，做他们的搜查工作。我那书房虽小，堆满了不少的书报，他们手忙脚乱地拿了一些信件、印刷品和我由美国带回的几十本小册子。这两位仁兄里面有一位面团团的大块头，样子倒很和善，对我表示歉意，说这是公事，没有办法，并笑嘻嘻地对我说："我在弄口亲眼看见你从外面回家，在弄口走下黄包车后，很快地走进来。我想你还不过睡了两小时吧！"原来那天夜里，他早就在我住宅弄口探察，看我回家之后，才通知巡捕房派人同来拘捕的。我问他是不是只拘捕我一个人，他说有好几个。我想一定有好几个参加救国运动的朋友们同时遭难了。我心里尤其思念着沈钧儒先生，因为沈先生六十三岁了，我怕他经不住这种苦头。我除穿上平常的西装外，里面加穿了羊毛绒的里衣裤，外面罩上一件大衣，和四位不速之客走出后门。临走时我安慰了我的妻几句话，并轻声叫她于我走后赶紧用电话告知几位朋友。出了弄口之后，公安局的人另外去了，巡捕房的两个人用着备好的汽车，陪着我乘到卢家湾法巡捕房去。到时已在深夜的3点钟了。我刚下车，由他们押着走上巡捕房门口的石阶的时候，望见已有几个人押着史良女律师在前面走，离我有十几步路，我才知道史律师也被捕了。

（原载1937年4月上海生活书店《经历》）

立场和主张

黑暗势力的陷害方法，除在经济方面尽其造谣的能事外，还有一个最简便的策略，那便是随便替你戴上帽子！这不是夏天的草帽，也不是冬季的呢帽，却是一顶可以陷你入罪的什么派什么党的帽子！其实戴帽子也不一定是丢脸的事情，有害尽苍生的党，有确能为大众谋幸福的党；前者的帽子是怪可耻的，后者的帽子却是很光荣的。但是这不过就一般说，讲到我个人的实际情形，一向并未曾想到这个帽子问题；再直截了当地说一句，我向来并未加入任何党派，我现在还是这样。我说这句话，并不含有褒贬任何党派的意味，只是说出一件关于我个人的事实。但是同时却不是说我没有立场，也不是说我没有主张。我服务于言论界者十几年，当然有我的立场和主张。我的立场是中国大众的立场；我的主张是自信必能有益于中国大众的主张。我心目中没有任何党派，这并不是轻视任何党派，只是何党何派不是我所注意的；只须所行的政策在事实上果能不违背中国大众的需求和公意，我都肯拥护；否则我都反对。我自己向来没有加入任何党派，因为我这样看法：我的立场既是大众的立场，不管任何党派，只要它真能站在大众的立场努力，真能实行有益大众的改革，那就无异于我已加入了这个党了，因为我在实际上所努力的也就是这个党所要努力的。

我虽有明确的立场和主张，但是因为有着这样的看法，所以向来未曾加入任何党派。现在呢？现在是整个民族生死存亡万分急迫的时候，除少数汉奸外，大多数的中国人都在挣扎着避免沦入亡国奴的惨劫。在这个时候，我们要积极提倡民族统一阵线来抢救我们的国家，要全国团结御侮，一致对外，我更无须加入任何党派，只须尽我的全力促进民族统一阵线的实现，因为这是抗敌救亡的惟一有效的途径。民族统一阵线或称联合阵线，或称民族阵线，名词上的差异没有什么关系，最重要的是我们要彻底了解这阵线的意义和它对于抗敌救亡的关系。所谓民族统一阵线是：全国人民，无论什么阶级，无论什么职业，无论什么党派，无论有什么信仰的人们，都须在抗敌救亡这个大目标下，团结起来，一致对付我们民族的最大敌人。在这个民族阵线之下，全国的一切人力、财力、物力，都须集中于抗敌救亡。为保障民族阵线的最后胜利，凡是可以增加全国力量的种种方面，都须千方百计地联合起来；凡是可以减少或分散全国力量的种种方面，都须千方百计地消灭或抑制下去。无论任何个人和个人，任何集体和集团，纵然在已往有过什么深仇宿怨，到了国家民族危亡之祸迫于眉睫的时候，都应该把这深仇宿怨抛弃不顾，联合彼此的力量来抢救这个垂危濒亡的国家民族。

这不是空论；这是中国在当前危迫时期内的大众在主观方面的急迫要求，也是侵略国的严重压迫和残酷进攻在客观方面所造成的需要。这是现阶段中国前途的大势所趋，我们只须本着这个认识，以国民的立场，各尽各的力量，从种种方面促其实现，前途是有绝对胜利的把握的。如有逆着这个大势而自掘坟墓的，必然要自趋灭亡，绝对不能阻碍这个大势的推进。我们所要努力的是在积极方面促进这个伟大运动的实现。

再就具体一些说，民族统一阵线的第一个条件是必须停止一切内战，全国团结起来，枪口一致对外。武力虽非抗敌救亡的惟一工具，但无疑地是最重要的一种工具。外患如此急迫，中国人如以仅有的武力消耗于内战，即是减少对外的力量，即是间接增强侵略国加速沦亡中国的力量。为增强整个中国抗敌救亡的实力计，停止一切内战是有绝对的必要。第二个条件是要解放民众救国运动。军力必须和民力配合起来，才有动员全国力量一致对外的可能。所以关于民众救国的组织和救国言论的自由，必须有切实的开放和保障。

关于民族统一阵线的研究，我在所著的《坦白集》里已有较详的讨论，在这里只提出尤其重要的话来说一下。这是我就大众的立场，根据大众的利益，断然认为是当前抗敌救亡的最重要的主张。只须能尽我的微薄的力量，推进或促成这个主张的实现，任何个人的艰险，是在所不辞的。

当然，我们对于国事的主张是要根据当前的现实，我在这里所提出的，只是专就抗敌救亡的现阶段的中国说。

（原载1937年4月上海生活书店《经历》）

两看的比较

书我所欲也，电影亦我所欲也，二者常可得兼，这倒是我自己的一件幸事。依区区的经验，看书和看电影很有可以比较的地方：

我们在看电影之前，往往先要看看报上各家影戏院的广告，但是有时广告上的戏目虽很动人，你真的跑去一看，却"呒啥好看"，甚至"一塌糊涂"，高兴而往，败兴而返，于是乎颇觉得报上的广告靠不住。在下大概只于星期日下午有暇看着电影，星期日西文报纸有电影特刊，对各片内容都有较详的说明，我其先也作为参考，但他们因广告营业关系，对各戏院不得不敷衍，篇篇说明都是说好，一律的都好，便寻不出好坏的真相来，也没有什么信用。犹之乎一个朋友，你和他商量事情，你这样他说好，你那样他也说好，唯唯诺诺无所不好，这样便是一位等于没有脑子的朋友，于你是丝毫没有益处的。于是我只有另辟途径，寻出比较可恃的两法，一是认定几个可看的"明星"，是我所信任的某某几个明星主演的，大概总不至如何使我失望；二是有些欣赏程度大概相同而说话又靠得住的朋友先去看过，对我说很可以看看，我知道他尝试过了，便放心去看，大概也不至上当，因为要上当的已经被他捷足先上了，我便可以不必再蹈覆辙。（以上所说是指美国影片，国产电影至今引不起我的兴趣。）

讲到看书，也有相类的地方。有的时候，广告上所公布的书名未尝不引起我们购买之心，尤其是大擂大鼓的登大广告，某名人题签啊，某要人作序啊，说得天花乱坠，更易动人，你真的去买一本看看，也许内容大糟而特糟，你虽大呼晦气，但是腰包却已经挖过了。你要先看看各报上的书评吗？往往就是坏的也都是好的，也令人无从捉摸，因为有许多是应酬书业机关或著作人的。（《新月》月刊里的《书报春秋》却是有声有色，是一个例外，但是每期因限于篇幅，批评的本数当然还不够满足我们的"读书欲"。）西文的书籍，就是一本很寻常的教科书，你在序文里就可以看出，大都经过好几位有学问的人的校阅，校订，或指正的，著者特于序末志谢，可见他们对于读者很负责任。我国的著作大家好像个个都是大好老，大都是很能独立的著述，用不着请教人的，横竖倒霉的是读者，你买的时候他的大著总已印好出版，只要能出版发售，什么事他都可以不管了，至于翻译的作品，妙的更多，译者对于原书似乎可以不必有彻底的了解，对于这门学术似乎更不必有过深切的研究，只须拿起笔，翻开字典，逐句的呆译下去，看了就译，译了就印，印了就卖，卖了就令读者倒霉！所以像我这样经不起白挖腰包任意挥霍的读者也只得用看电影的方法：认定几个比较可靠的作者（倒不一定是名人），或常请教可靠的朋友介绍介绍。

当然，出了一个新脚色，无论是明星，或是译著家，有时我也要作初次的尝试，但如果尝试一次上了当，以后便不敢再请教。这样看来，以著述问世的人，不对读者负责似乎是仅害了读者，其实还是害了自己，因为他好像一与世人见面，就把自己嘴巴乱打了一阵，将来的信用一毁无余了。

（原载1929年8月18日《生活》周刊第4卷第38期）

能与为

"能其所为"与"为其所能"而能合并,在个人在社会都是莫大的幸事;初虽未能,肯学习而做到能,则由"为"而"能",亦尚可有为;最下者虽"能"而不"为",或不能而妄"为"。

一人事业上之成就与其能力为正比例;且自文明进步,分工愈精,则能力之专门化亦愈密,能于此者未必亦能于彼,故与事业之成就为正比例的能力,尚须注意其所专者是否适合于其所为。果有相当的能力,而此相当的能力又适合于所做的事业,其效率之增高,业务之发展,实意中事,在社会方面之兴盛繁荣,全恃此种事业获得此种人材;在个人方面之感觉兴味与愉快,亦全恃此种人材有机会尽心竭力于此种事业。此即所谓"能其所为"与"为其所能"合而为一。故有志于某种事业者,与其临渊羡鱼,毋宁退而结网,结网无他,即当对于此某业所需要之能力先加以充分的准备。昔人所谓"水到渠成",所谓"左右逢源",都是有了充分准备以后的亲切写真。

能力之养成,常有待于实际应付问题与处理事务时之虚怀默察,及领悟窍诀。故"学"与"为"常可兼程并进,互有裨益。在此原则下,虽最初有所未能,或能而未精,只须肯存心学习,未尝不可由"为"而"能",古往今来有不少对社会有重大贡献的人物,虽未有领受正式教育之机会,而犹能利用其天赋,由困知勉行而卓然有所树立者,都是由这条路上走出来的。不过要走得上这条路,一下走不到康庄大道,必须不厌曲径小路之麻烦;换句话说,即勿因事小而不屑为,当知"百尺高楼从地起",天下决无一蹴即成之事,亦未有一学即能之业,无不从一点一滴的知识经验积聚而成,若小事尚不能为,安见其能为大事?

尤可悯者为虽"能"而不"为",一种事业所以能有特殊超卓的成绩,全恃从事者能以满腔热诚全副精力赴之。若因循苟且,敷衍暇逸,即有能力,无所表现,虽有能为之能,等于不能,虽有可能,永为不可能。这种毛病,不在相当知识之无有,实在良好品性之缺乏——尤其是服务的精神与忠于所业的态度,还有一个大病根,便是畏难。这种人仅见他人之成功,而不知他人之成功实经过无数次之失败,实尝过无数次之艰苦。常人但见成功之际之愉快,不见苦斗时代之紧张;但闻目前的欢声,岂知已往的慨叹?任何事业的成功史中必有一段伤心史,诚以艰苦困难实为成功必经的阶段,尤以创业者为甚,虽已有"能",在创业时期中必须靠自己打出一条生路来,艰苦困难即此一条生路上必经之途径,一旦相遇,除迎头搏击外无他法,若畏缩退避,即等于自绝其前进。

不能而妄为,其为害超过于虽能而不为,盖一则消极的无所成而已,一则积极的闯祸。此类人既不屑学习,又不自量力,好虚荣而不顾实际,善大言而不知自惭,阻碍贤路,贻害社会,决无自省之日,徒有忮求之心,怨天尤人,永难觉悟。自知未能者尚可使其能,实际无能而自以为有能或甚至自以为有大能,轻举妄动,虽至失败而尚不知其致败之由,乃真无可救药。

(原载1931年5月9日《生活》周刊第6卷第20期)

工作的大小

工作有没有大小的分别？就一般的观念说，工作似乎是有大小的分别。我们很容易想到大人物做大事，寻常人做小事。这种观念里面，也许含有个人的虚荣心的成分，虽则没有人肯这样坦白地承认。但是有的人要想做大事，不满意于做小事，不一定出于个人的虚荣心，也许是出于很好的动机，希望由此对于社会有较大的贡献；依他看起来，大事的贡献较大，小事的贡献较小，因为要对社会有较大的贡献，所以不愿做小事，只想做大事。这个动机当然是很可嘉的。我们当然希望社会上人人都有较大的贡献，于是对于能够有较大贡献于社会的人们，特别欢迎。

不过什么样的事可算做大？什么样的事只能算小？什么样的贡献可算做大？什么样的贡献只能算小？这却是所谓仁者见仁，智者见智，不易有一致的见解。

我们如在军界做事，就一般人看来，也许要觉得做大将是比做小卒的事大。但是我觉得做丢尽了脸的不抵抗的大将，眼巴巴地望着民族敌人今天把我们的民族生命割一刀，明天把我们的民族生命刺一枪，而不能尽一点军人卫国的天职，做这样的不要脸的大将，实在还不如做十九路军淞沪抗战时的一个小卒。在这样的场合，一个小卒的工作对于国家民族的贡献反而大，一个大将的贡献不但是小，而且等于零！

也许你要驳我，说对民族敌人不抵抗的不要脸的大将，当然是太不要脸，对国家民族不能有什么的贡献，这诚然是不错，但是如做了真能抗敌卫国的大将，那便有了较大的贡献了。这样看来，大将的工作仍然是比小卒的工作大，大将的贡献仍然是比小卒的贡献大。

我承认这话确有一部分的理由，不过我们要知道一个军队要能作战，倘若全军队都是大将，人人都做指挥官，这战事是无法进行的；反过来说，倘若全军队都是小卒，如同一盘散沙，没有人指挥或领导，那么这战事也是无法进行的。所以在抗敌卫国的大目标下，大将和小卒在与敌作战的军队里虽各有其机能，但是同有贡献于国家民族是一样的，在本质上，工作的大与小，贡献的大与小，原来就没有什么分别的。硬看做工作有大小，贡献有大小，这只是流俗的看法罢了。

宜于做大将的材料，我们赞成他做大将；宜于做小卒的材料，我们也赞成他做小卒。从本质上看来都没有什么大小高低之分，我们所要问的只是他们为着什么做。

（原载1936年6月18日香港《生活日报》第12号）

有效率的乐观主义

有一个名词，个个人的脑子里都应该有的；个个人的心里都应常常想到，常常念着的，这就是"乐观主义"。一个人的目的愈远，计划愈大，他的工作所经过的途径也愈远；在前进的时候，有许多愁虑、困难、穷苦、失望，都是当然要碰到的。乐观主义的人，就是不怕这些恶魔，反而振起精神，抱着希望，向前干去！倘被恶魔所屈服，便亡了；倘能战胜恶魔，便是胜利！

凡是要做得好的事情，都不是随随便便就行的，都不是容易的。你自己要立于什么地位？要达到什么地步？情愿付什么代价？你所希望的地位或地步总在那里，不过必须先付足了代价的人，才能"如愿以偿"。沿着大成功的一条路上，有许多小失败排列着，最后的成功是在能用坚毅的精神，伶俐的眼光，从这许多小失败里面寻出教训，尽量地利用它，向前猛进。而这种"寻出"和"尽量的利用"，惟有抱乐观主义的人才能够办到。

牛顿发明地心吸力学说的时候，全世界人反对他；哈费（Harvey）

发明血液循环学说的时候，全世界人反对他；达尔文宣布进化律的时候，全世界人反对他；白尔（Bell）第一次造电话的时候，全世界人讥诮他；莱特（Wrihgt）初用苦工于制造飞机的时候，全世界人讥诮他。讲到孙中山先生，最初在南洋演讲革命救国的时候，有一次听的人只有三个。这许多人都要抱着乐观主义，极强烈的乐观主义，使他们能战胜全世界的糊涂、盲从、冷酷、恐怖、怨恨、反抗。而且工作愈伟大，所受的反抗也愈厉害，简直成为一种律令，对付这种厉害的反抗，最重要的工具是乐观主义。

有许多人以为乐观主义的人不过是"嘻皮笑脸"，"随随便便"，"一切放任"，"撒撒烂污"，"得过且过"，"唯唯诺诺"。请君切勿误信这种谬说。真正的乐观主义的人是用积极的精神向前奋斗的人，是战胜愁虑穷苦的人。这类的苦境，常人遇着，要"心胆俱碎"，"一蹶而不能复振"的；只有真正乐观主义的人才能努力奋斗，才敢努力奋斗！所以讲到乐观主义还不够，要有"有效率的乐观主义"才行。

（原载1927年4月24日《生活》周刊第2卷第25期）

英文的学习

关于英文的学习，我不能忘却在南洋公学的中院里所得到的两位教师。后来虽有不少美籍的教师在这方面给我许多益处，但是这两位教师却给我以初学英文的很大的训练和诀窍，是我永远所不能忘的厚惠。在这国际交通日密、学术国际化的时代，我们要研究学问，学习一两种外国文以作研究学问的工具，在事实上是很有必要的，所以我提出一些来谈谈，也许可以供诸君的参考。

我所要说的两位英文教师，一位是在中学二年级的时候教授英文的黄添福先生。他就是拙译《一位美国人嫁与一位中国人的自述》的那本书里的男主人公。他大概是生长在美国，英文和美国人之精通英文者无异；英语的流利畅达，口音的正确，那是不消说的。他只能英语，不会说中国话。做中国人不会说中国话，这就某种意义说来，似乎不免是一件憾事，但是仅就做英文教师这一点说，却给学生以很大的优点。当然，倘若只是精通英文而不懂教授法，还是够不上做外国文的良师。黄先生的教授法却有他的长处。他教的是英文文学名著，每次指定学生在课外预备若干页，最初数量很少，例如只在两三页，随后才逐渐加多。我记得在一年以内，每小时的功课，由两三页逐渐加多到二十几页。上课的时候，全课堂的同学都须把书本关拢来，他自己也很公平地把放在自己桌上的那本书关拢起来。随后他不分次序的向每一个同学询问书里的情节，有时还加以讨论。问完了每个同学之后，就在簿子上做个记号，作为平日积分的根据。他问每个同学的时候，别的同学也不得不倾耳静听，注意前后情节的线索，否则突然问到，便不免瞠目结舌，不知所答。在上课的五十分钟里面，同学们可以说没有一刻不在紧张的空气中过去，没有一刻不在练习听的能力。

除听的能力外，看的能力也因此而有长足的进展，因为你要在课堂上关拢书本子，随时回答教师关于书内情节的问句，或参加这些情节的讨论，那你在上课前仅仅查了生字，读了一两遍是不够的，必须完全了然全课的情节，才能胸有成竹，应付裕如。换句话说，你看了你的功课，必须在关拢书本之后，对于书内的情节都能明白。这样的训练，对于看的能力是有很大的益处。我和同学们最初却在心里有些反对，认为教师问起文学的内容好像和什么历史事实一样看待，使人费了许多工夫预备。但是经过一年之后，觉得自己的看的能力为之大增，才感觉到得益很大。

还有一位英文良师是徐守伍先生。他是当时的中院主任，等于附属中学的校长；当我们到了四年级的时候（当时中学是四年制），他兼授我们一级的英文。他曾经在美国研究经济学，对于英文也很下过苦功。他研究英文的最重要的诀窍是要明白英文成语的运用。这句话看来似乎平常，但在初学却是一个非常重要而受用无穷的秘诀。徐先生还有一句很直率而扼要的话，那就是你千万不要用你自己从来没有听过或读过的字句。这在中国人写惯中国文的人们，也许要觉得太拘泥，但是仔细想想，在原理上却也有可相通的。我们写"艰难"而不写作"难艰"，我们写"努力"、"奋斗"而不写作"奋力"、"努斗",不过是由于我们在不知什么时候、什么地方听过或看过这类的用法罢了。初学英文的人,在口语上或写作上往往有"捏造"的毛病,或把中国语气强译为英文,成为"中国式的英文"!要补救这个毛病,就在乎留意不要用你自己从来没有听过或读过的英文字句。在积极方面,我们在阅读的时候,便须时常注意成语的用法。成语的用法不是仅仅记住成语的本身就够的,必须注意成语所在处的上下文的意思。我们在所阅读的书报里,看到一种成语出现两三次或更多次数的时候,如真在用心注意研究,必能意会它的妙用的。我们用这样的态度阅读书报,懂得成语越多,记得成语越多,不但阅读的能力随着增进,就是写作的能力也会随着增进。

黄先生使我们听得懂、听得快、看得懂、看得快,偏重在意义方面的收获;徐先生使我们注意成语的运用,对于阅读的能力当然也有很大的裨益,尤其偏重在写作能力的收获。

我觉得这两位良师的研究法可通用于研究各种外国文。

(原载1937年4月上海生活书店《经历》)

我们的"家长"

我现在要谈谈我们的"家长"。

稍稍留心中国救国运动的人，没有不知道有沈钧儒先生其人。我认识沈先生还在前年（1935）12月底组织上海文化界救国会的时候。我记得那时是文化界救国会开着成立大会，沈先生做主席。我那时还不知道他的年龄，也不详细知道他的平常，只看见他虽有着长须，但是健康的体格，洪亮的声音，热烈的情绪，前进的意识，都和青年没有两样。后来我因为参加救国会，和沈先生来往比较多一些，我更深深地敬爱沈先生的为人。最近因共患难，更有机会和他接近，更加深了我对于他的敬爱。他不但是我所信任的好友，我简直爱他如慈父，敬他如严师。我生平的贤师良友不少，但是能这样感动我的却不多见。我现在要很简要地介绍这位赤诚爱国的"老将"的历史。

沈先生号衡山，浙江嘉兴人，生长在苏州。七八岁时入家塾，十六岁进秀才，三十岁中举人，三十一岁中进士。但是沈先生却忽然脱离了科举的束缚，就在这一年到日本去进法政大学求学。他三十四岁时回国，在北京办过短时期的日报，几个月后回到浙江。当时立宪运动正在发展，他便在浙江筹备地方自治，筹备咨议局，当选为副议长。同时兼任浙江的两级师范监督（即校长），鲁迅先生就在这个时候在该校教授理科。后来他加入孙中山先生所领导的同盟会，辛亥革命成功后，他担任浙江教育司司长，后来辞职应选国会议员（因官吏不得应选）。袁世凯称帝，沈先生奋起反对洪宪，几为所害，回到南方。广州的护法政府成立的时候，他到广州，任参议院议员，兼总检察厅检察长。后来护法政府取消，北京政府改组，他北上重任参议院议员，兼该院秘书厅的秘书长（时在民国11年）。后来曹锟贿选，沈先生也是激烈反对的一人。民国15年回到南方，参加国民革命，组织苏、浙、皖三省联合会，反对孙传芳。同时冬季受蒋介石氏（这时做总司令）委任组织浙江临时省政府，中经反动的军队反攻，处境非常危险。民国16年浙江全在国民政府统辖之下，分政务和财务委员会，分科无厅，除主席一人和秘书长一人外，其余四科的科长也由省府委员分任。沈先生当时任政务委员兼秘书长。"清党"后因误会被拘七天，到南京后因谅解恢复自由。回到上海以后，法学院因副校长潘大道被刺，聘沈先生担任该校教务长，直到现在。民国17年起并执行律师职务，被选任上海律师公会常务委员，已有五年多了。

　　我们看了这样的经过事实，虽尽管说得简单，但已可看出沈先生二三十年来总是立于国家和民众的立场，作继续不断的奋斗，一直到现在还是丝毫不懈地向前迈进。他参加过辛亥革命，参加过护法之役，又参加过国民革命。他曾有过三反：反对袁世凯称帝，反对曹锟贿选，反对孙传芳阻碍国民革命。他在行动上实行这"三反"的过程中，冒着出生入死的危险，都在所不顾。我们一方面感到沈先生政治经验——革命经验——的丰富，一方面感到沈先生百折不回的毅力。现在这位赤诚爱国的"老将",又用着同样的精神,参加当前的最艰危阶段的救国运动了!我们为着民族解放的前途,要竭诚爱护我们的这位"老将"!

我觉得陶行知先生的《留别沈钧儒先生》一首诗,很能说出这个意思,我现在就把它写在这里:

（一）

老头,老头!
他是中国的大老;
他是同胞的领头。
他忘记了自己的头,
要爱护别人的头。
惟一念头,
大家出头。

（二）

老头,老头!
他是中国的大老;
他是战士的领头。
冒着敌人的炮火,
冲洗四十年的冤仇。
拼命争取,
民族自由。

（三）

老头，老头！
他是中国的大老；
他是大众的领头。
他为老百姓努力，
劳苦功高像老牛。
谁害老头？
大众报仇。

（四）

老头，老头！
他是少年的领头。
老年常与少年游，
老头没有少年愁。
虽是老头，
不像老头。

在这首诗的后面，陶先生还加有一段附注，也很值得介绍：

沈钧儒先生，六十三岁的老翁，上海领导救国运动，亲自参加游行示威，走四五十里路，不觉疲倦。今年"一二八"到庙行公祭沪战无名英雄，我曾追随先生参加游行。现读"永生"，见一照片，知为公祭"五·卅"烈士之影，前排有个老少年，仔细看来，知道是先生，回寓即想写一首诗表示敬意。但行色匆匆，诗思不定，到新加坡前一日才写成。现飞寄先生请览，并致联合战线敬礼。

这段附注里的"老少年"三字，我觉得是形容沈先生的最好的名词。沈先生这次在上海被捕之后，曾在捕房的看守所里冰冷的水门汀上静坐了一夜——在那样令人抖颤的一个寒夜里！但是这种苦楚在他是丝毫不在乎的。自从我和沈先生同被拘捕以来，每看到他那样的从容，那样的镇静，那样的只知有国不知有自己的精神，我不由得受到了很深的感动；反顾我自己这样年轻人，为着爱国受些小苦痛，真算是什么！这样一来，我的心也就安定了许多。

沈先生有四个儿子和一个女儿，都是很贤孝的，他们父子间的亲爱，也是令人歆羡不置的；沈先生伉俪情爱极笃，他的夫人去世以后，他于慈父之外，还兼有着慈母的职务。他的大儿子是留学德国的医生，二儿子是留学德国的土木工程师，他们两位都在国内为社会服务了；三儿子在日本学习商业管理，四儿子在德国学习电机，女儿在金陵女大理科。以沈先生的地位，尽可以做"老太爷"享福了，但是这位"老少年"为着救国运动，宁愿含辛茹苦，抛弃他个人的一切幸福。

我们不但要学沈先生的为国牺牲的精神，还要学他的至诚的爱；他以至诚的爱爱他的子女，以至诚的爱爱他的祖国，以至诚的爱爱他的朋友，以至诚的爱爱他的同志！我深深地感觉到沈先生的全部生命都是至诚的爱造成的！

我为着中华民族解放的前途，虔诚地为我们的"家长"祝福。

（原载1937年4月上海生活书店《经历》）

文学精品选

邹韬奋精品选

通讯

海上零拾

记者自7月14日上船迄今两星期了，在这汪洋大海的孤舟上，对于国内时事消息完全隔离，直等于一个瞎子或聋子。同行中有某君说过几句颇妙的话，他说出国旅行于健康上很有好处，这句话听去似很平常，但是他再解释下去的话却颇特别，他说在国内最损害健康的事情莫过于每天的看报！所看到的关于国事的种种新闻，无论是关于外交，或是关于内政，总是使你看了不免"发昏章第十一"；如在饭后看了，便有害于你的消化，如在睡前看了，往往使你发生失眠症，这都和你的健康有害；出国之后，好了，什么都不看见，什么都不知道，吃饭也容易消化，睡觉也容易舒畅。这位朋友从前是到过外国留学的，他说在外国看报，最怕的是看到关于中国的新闻，因为偶而遇着，不是某军阀和某军阀又打起仗来了，便是什么地方又发生了绑票案子，使你看着白白地生了一顿气，别无结果。某君的这些话似乎都能言之成理，照他这样说，记者现在是再快乐没有的了。但事实上却不然，因为你尽管耳不闻目不见，糟糕的国事和凄惨状况仍然存在，并不因此而消灭，而且一出国门，置身异地，夹在别国人里面，想念到自己国内的乌烟瘴气，所感到的苦痛只有愈益深刻。所以在途中所感到的苦闷，和在国内每日看着呕气的报纸并没有两样。

船将要离开孟买的时候，发生了一件气人的事情。船停泊在码头，时有印人拿着一大堆西文的各种杂志到船上兜售。我正坐在甲板上一个藤椅里静悄悄地闲看着，忽然从吸烟室里走出一对英籍夫妇，后面跟着他们的一个十六七岁袒胸露臂的女儿。那个英国妇人气愤地询问着谁曾看见一个售卖画报的印度人，说他曾在船上无人处碰了她的女儿；正在这个当儿，刚巧有一个售画报的印度人走过，便被那英国人不管三七二十一，举起手就打，那印度人抱头而逃。其实上船售卖画报的印度人有好几个，挨打的是否就是"碰"的那一个，就是"碰"了，是怎样"碰"的，是否出于有意，都不可知，只因为他既不抵抗，只知道逃，也就稳得了他的罪名了！

二等舱中有叶葆亨君，福建莆田人，系爪哇侨商，亲送他的一个十八岁的儿子赴德学习化学工程和一个十九岁的女儿赴德学习医科，听说记者也在船上，特来晤谈。据说爪哇大宗商业都在华侨掌握中，对祖国原极热心，淞沪抗日之战，以三十万人侨胞所在的爪哇一处，捐款达八百余万元，其踊跃输捐，可以想见，但现在侨胞对国事却已觉得心灰意冷了！

叶君对国内的教育，尤为沉痛的批评，他说荷兰人对于青年的科学知识，异常认真，尤其是算学、理化等科，教授非常严格，在小学中对这类基本自然科学还没有充分合格，即不许入中学，中学升大学亦然。他去年回福州一趟，见号称大学的某校，其所用课本的程度仅及荷人所办的初中，如此徒鹜虚名，不求实际，他叹为徒然误人子弟。叶君所慨叹的事实，记者虽不知其详，但我国教育之徒鹜表面，关于基本知识之马虎，使学者缺乏缜密切实的科学训练，实属无可为讳的现象，不过记者老实告诉他，这也不是局部的问题。现在的国事弄得这样糟，青年们触目惊心，时时受到悲痛的刺激，怎样能使他们安心于什么实学？其次，在现在的状况下，就是有了真才实学，用到什么地方去？有哪一件真属建设的事业容纳得了若干人材？况且封建势力的遗毒弥满于各处——尤其是和政治有多少牵连的事业，有了狐亲狗戚的靠山，阿猫阿狗都得弹冠相庆，否则什么都无从说起！实际的环境如此，要想用空言劝告青年如此这般，岂不等于石沉大海，于事实上哪有丝毫的效用？

同行中有位出声如雷鸣的旅伴，记者曾在通讯里提过他，因为关于他的故事不无幽默的意味，所以还是把他当作无名姓妥当。这位"雷鸣"先生，在漫漫长途中倒供给我们以不少的有趣的谈资。他除有"大太太"外，还有一位"二太太"，他的"大太太"，听他的口气，大概是个土老儿，"二太太"却是个千娇百媚的女学生，因留在家里，使他怀念不置，动不动就想到"二太太"，大家也常常提起"二太太"和他说笑。这里却有个小小的难题，他的"大太太"无论如何不愿正式离婚，此事未办妥，"二太太"总觉得在名义上不称心，于是这位"雷鸣"先生天天感到心神不宁，三番五次的和我商量，一定要我替他想个办法。我说依现行法律，女子一嫁就有法律上的保障，除她和你同意办到协议离婚外，你倘无法律上认可的充分理由，实想不出什么办法。他气极了，悻悻地说："好！我就算多养一只狗就是了！"他这句话虽近乎戏语，但却使我得到一个很深的感触，就是呆板的法律所能为妇女——在经济上不能自立的妇女——保障的，至多是物质生活的勉强维持，无法救济精神上的裂痕。

7月31日上午，佛尔第号船上，

8月3日到苏彝士付寄

月下中流——经苏彝士河

我们原定办法,由意轮船公司招待搭客往埃及首都开罗游览,愿去的每人缴费六镑半,汽车、火车及午晚餐食等在内,3日上午由苏彝士城出发,可于当晚10点钟到塞得港(Port Said)上原船继续前行。六镑半合华币在百圆左右,为数不能算小,但同行的好几位都觉得机会难得,不愿错过;我也觉得在小学时读历史,就看到书本上画着埃及金字塔和人首狮身"Sphinx"的像,虽行囊悭涩,到此也硬着头皮随众报名缴费。满心以为四千年的胜迹即在目前,不料2日下午得到取消的消息,虽省了百圆,却感到无限的失望和惆怅,也许此生就永远没有第二次的机会,因为我回国时想走陆路。

8月3日下午6点钟,船到苏彝士城,仅停1小时,不靠岸,有几只送客登轮的小火轮和几只小船泊在佛尔第号的船旁,十几个阿拉伯人爬上来兜售报纸、画片及其他杂物,搭客都拥聚在甲板上购买,我也买了两打关于开罗名胜及苏彝士河的景物相片,寄给本刊。

记者此次虽很失望地未曾到开罗去游览,但3日夜里经过苏彝士河的情形，却给我以悠然意远的印象。此时一轮明月高悬，蔚蓝的青天净洁得没有丝毫的渣滓，清风吹来，爽人心脾，搭客们多聚在船头特高的甲板上远瞩纵览。只见船的两边都是一望无际的沙漠，右为亚洲，左为非洲，离船大都不过十几尺或几尺。船头前排着两盏好像巨眼的大电灯，射出耀目的光线，使前面若干距离内的河身好像一片晶莹洁白的玉田。在狭隘的运河中特别显得庞大的船身徐徐地向前移进，假如不看前面而仅望左右，又恍若一辆奇大无比的汽车在广阔无垠的沙漠上缓缓前驶似的。这夜记者在甲板上凭栏静眺，直看到12点钟，才进到卧室里去睡觉，在睡梦中还好像明月清风，随我左右。

沟通红海和地中海，缩短欧亚海行路线的这条苏彝士运河，经法人勒赛普斯（Ferdinand de Lesseps）和无数工人十四年的辛勤劳力，中间战胜过无数次的破坏和种种困难，才于1869年11月17日正式开幕，距记者于月夜静寂中通过此河的今日，已六十四年了。这条运河长八十八里，阔从一百码至一百七十五码，原来估价需二万万法郎，后来用到四万万法郎，约等于一千四百万金镑，合现价在二万万圆以上了。一半资本在法国募得，其他一半几全为当时埃及总督塞氏（Mohommed Said）所买，后来他把股子卖给英国政府，于是英政府在管理上便握有大权了。（当时塞氏赞助勒赛普斯的计划甚力，现在苏彝士河尽头的塞得港，意即"塞氏港"，就是为纪念他而取名的。）

说到起意要建造苏彝士运河的，颇有趣的是要轮到法国一世之雄的拿破仑。他在1798年进攻埃及时，忽想到要造一条运河通红海，便任命一个工程师名叫勒伯尔（Monsieur Lepere）的视察并报告研究的结果。这个工程师奉命执行了，他的报告虽承认这个计划有种种的利益，但是宣言红海和地中海的水面不平等，要在地中海沿岸筑海港是一件不可能的事情，于是作罢。不料这就隐隐中种了今日苏彝士河的种子。在此37年后（1836年）勒赛普斯被任为亚历山大的代理领事，到该埠时，所乘的船因查疫停顿，搭客不得即行上岸，他于无聊中展阅朋友送给他的几本书，里面有一本是勒伯尔的笔记，竟引起他对建造这条运河的浓厚兴趣，终靠他百折不回的努力，造成在亚欧航行上开辟新纪元的苏彝士运河。

8月4日晨走完了苏彝士河而达到塞得港。有半天的停泊，虽不靠岸，但意轮公司有小火轮运送搭客上岸及回船，也很便利。记者便和同行的张、周、郭、李诸君同上岸一游。道路很平坦广阔，房屋虽属洋房式子，而且一来就是五六层，但在前面总是用木料造成突出的一部分，好像露台似的，围满着各种花样的窗户。街上遇着的都是穿着长袍戴着和土耳其人一样的帽子的男子，妇女除极少数穿西装的以外，大多数是头披黑纱，鼻以下部分也用黑纱围着，额前还挂着一个黄色木制像小塔的装饰品垂到鼻上。这也可见该处妇女解放还在什么程度了。

我们参观了一个回教教堂，里面地上用草席铺着，正殿用绒毯铺着地，到门口时须在鞋上套着草包似的套鞋，才得进去。听说一般人民每天须到各教堂洗手洗脚祷告五次。该教堂里有个引导参观的人，对我们大讲教义，引到里面一个狭弄里的时候，向我们要钱，给一个先令，不肯休，加一个，才了事。我们都觉得虽听他讲了一些教义，却被他敲了一个竹杠！在教堂里最注目的，是那班祷告者跪在地上高举两手，用足劲儿向下拜的那副神气。我们出门时望望脚上所套着的那双草包式的套鞋，倒也觉得奇特，便用所带的摄影机拍了两张照。

我们五个人共乘着一辆马车，做了一番马路巡阅使（塞得港满街马车，汽车极少）。其实塞得港没有什么名胜可看，原也只有几条街市供游客兜几个圈子。此外还值得一记的有两件东西：一个是巍然屹立河边的勒赛普斯的铜像，连座共高五十七尺；一个是一百八十四尺高的石造灯塔，夜里每十秒钟显露强烈白光一次，在海上二十哩距离以内都看得见。

1933年8月5日，上午，佛尔第号船上

海程结束

今天（8月6日）下午2点钟，佛尔第号可到意大利的布林的西（Brindisi），算是到了意大利的第一商埠，明天中午可到该国名城威尼斯（Venice），那时记者离船上岸，此次近三万里的海程便告一结束了。佛尔第号定于8月12日由意开行，9月5日可到上海，记者的这篇通讯刚巧可由这同一的船寄加上海，这也是最迅速的一法。记者此次乘这只船出去，《海程结束》的这篇通讯又可乘这只船回来，可说是无意中的怪有趣的凑巧。

在这将要离船的前一天，我想把在船上的零星观感随便地提出来谈谈。

记者过印度洋和阿拉伯海时，因遇着飓风，吃了几天大苦头，好像生了病一样，对什么都兴味索然。自从8月1日以来，尤其是昨今两天，气候温和，日霁风清，船身平稳，我的脑部治安完全恢复，又活动起来了，对船上的各种人，各种事物，冷眼旁观，也饶有趣味——船每到一埠，便有一批人离船登岸，同时又有一批人上来，好像实验室里用完了一批材料,时时有新材料加入供你放在显微镜下看看,或试验管里试试。

　　在船上可供你视察的,有各国各种人同时"陈列"着任你观看。记者此次所遇着的除几个同国人外,有意大利人、德国人、英国人、美国人、法国人、奥国人、荷兰人、比利时人、印度人,乃至爪哇人、马来人等等(不过日本人一个都没有,有人说他们非本国的船不坐)。架子最大、神气最足的要推英国人,他们最沉默、最富有不睬人的态度,无论是一个或是几个英国人坐在一处,使你一望就知道他们是"大英帝国的大国民"!最会敷衍的要算美国人,总是嬉皮笑脸,充满着幽默的态度。大概说起来,各国或各民族的人,或坐谈,或用膳,都喜与本国或本种人在一起,这也许是由于语言风俗习惯的关系。在孟买下船后,来了几十个印度籍的男女,大多数是天主教中人,赴罗马朝见教皇去的。他们很少和西人聚谈,有一边的甲板上全被他们坐满了,看过去就好像是印度区似的。里面有好几个"知识分子",对记者谈起被压迫民族的苦痛,都很沉痛,每每这样说道:"我们是在同样的政治的船上啊!"(他们都是用英文和记者谈,原句是:"We are in the same political boat!")中国在实际上不是帝国主义的殖民地吗?所以记者对他们这句话只有悲慨,没有什么反感。

　　谈起船上的印度人,还有一件似乎小事而实含有重要意义的事情。在二等舱里有三四个印度搭客(记者所乘的是"经济二等",略等于他船的三等,这是非正式的二等),都是在印度的大学毕业,往英国去留学的,有的是去学医,有的是去学教育。他们里面有一个在浴室里洗浴刚才完了时,有一个英人搭客跑进来,满脸的不高兴,对着浴盆当面揶揄着说道:"牛肉茶!"(beef-tea!)意思是讥诮印人的龌龊,其实就是存心侮蔑他。从此这几个印人都不愿到浴室里去,但他们"饮泣吞声"的苦味可以想见了!

据记者观察所得，大概在东方有殖民地的西人，尤其是亲身到过他们在东方殖民地的西人，对东方民族贱视得愈显露。他们大概还把自己看作天人，把殖民地的土人看作蝼蚁还不如！船上有一个在印度住了二十几年的英国工程师，和记者有过一次谈话，便把印度人臭骂得一钱不值。

有从爪哇赴欧的华侨某君，谈及爪哇情形颇详。爪哇荷人约二十万人，华侨约三十万人，土人有三千五百万人，最有意思的是他说住在阔绰旅馆的荷人，每人每日生活费需二十五盾（每盾合华币二圆），而土人每日每人的生活费只需一角（十角一盾），这样，一个荷人一日的生活费竟等于二百五十个土人一日的生活费了！又据说该地政府对于人口检查最严的是知识分子和书籍，如果你是个什么大学毕业生，那就必须关在拘留所里经过一番详慎的审问查究，尤其怕得厉害的是××主义，因为三千五百万的土人如受了煽动，起来反抗，那还了得！他说最好你什么书都不带，只带一本"圣经"，那就很受欢迎！这位侨胞自称是个教徒，他这句话大概是含育赞美"圣经"的意味，但在我们看来，对于这样独受特别欢迎的"圣经"就不免感慨无穷了！

8月4日下午船由塞得港开行后，忽然增加了五百左右的男女青年，年龄自八岁至二十岁，女子约占两百人，男女分开两部分安顿。青年总是活动的，在甲板上叫嚣奔跑，成群结队的乱闯着，好像无数的老鼠在"造反"，又好像泥堆上的无数蝼蚁在奔走汹涌着。原来他们都是在埃及的各学校里的意大利青年，是法西斯蒂的青年党员，同往罗马去参加该党十周年纪念的。男的都穿着黑衫，女的只穿白衫黑裙。这班男女青年的体格，大概都很健康，一队一队女的，胸部都有充分发达的表现，不像我国女子还多是一块板壁似的，不过说到他们的真实信仰，却不敢说。记者曾就他们里面选几个年龄较大的男青年谈谈，有的懂法文，有的懂英文，问他们是不是法西斯蒂党员，答说是；问他们什么是法西斯主义,答不出;不过他们都知道说墨索里尼伟大,问他们为什么伟大,也答不出;只有一个答说,因为只有墨索里尼能使意大利富强;我再问他为什么,又答不出!其实法西斯主义究竟是什么,就是它的老祖宗墨索里尼自己也不很了解,不能怪这班天真烂漫的青年。

1933年8月6日,上午,佛尔第号船上,
7日到威尼斯付邮

威尼斯

8月6日下午4点钟佛尔第号到意大利的东南海港布林的西，这算是记者和欧洲的最初的晤面。该埠不过因水深可泊巨轮，没有什么胜迹可看，船停仅两小时，记者和几位同行的朋友却也上岸跑了不少的路。像样的街道只有一条，其余的多是小弄，在海边上虽正在建筑一个高大的纪念塔，但我们在街上所见的一般普通人民多衣服褴褛，差不多找不出一条端正的领带来。我们穿过好几处小弄，穷相更甚。有好几处门口坐着一个老太婆，门内挂着花布的帘子，时有少妇半裸着上身探首帘外向客微笑，或曼声高唱；她们用意所在，我们大概都可以猜到。

8月7日下午到世界名城之一的威尼斯。同行中有李汝亮君和郭汝楠君（都是广州人）赴德留学，李君的哥哥李汝昭君原已在德国学医，特乘暑假到威尼斯来接他的弟弟和他的老友郭君，并陪他们游历意大利。记者原也有游历意大利重要各地的意思，便和他们结作旅伴，同行中赴德学医的周洪熙君（江苏东台人）听说在8月底以前，意大利在罗马举行法西斯十周年纪念展览会三个月，火车费可打三折，也欣然加入，于是我们这五个人便临时成了一个小小的旅行团。到威尼斯时，李汝昭君已在码头相迎，我们便各人提着一个手提的小衣箱上岸，介绍之后，才知道李君的哥哥也是本刊的一位热心读者，这个小小的旅行团也可以说是一小部分的"《生活》读者旅行团"了。我们先往一个旅馆里去过夜，两李一郭住一个房间，记者同周君住一个房间，第一天便开始游览。有伴旅行，比单独一人旅行，至少可多两种优点：一是费用可以比较地经济；二是兴味也可以比较地浓厚。

在太平洋未取地中海的势力而代之的时候，威尼斯实为东西商业贸易上最重要的一个城市，在世界史上出过很大的风头，现在是意国的一个重要的商埠和海军军港，在港口禁止旅客摄影，同时也是欧美旅客集之地。该城不大，约二十五哩长，九里宽。第一特点是河流之多，除少数的几条街道外，简直就把河当作街道，两旁房屋的门口就是河，仿佛像涨了大水似的。我国的苏州的河流也特多，有人把我国的苏州来比威尼斯，其实苏州的河流虽多，还不是一出门口就是河。以这小小的威尼斯，除有一条两百尺左右阔的大运河（Canal Grande），像S字形似的贯穿全城外，布满全城的还有一百五十条小运河，上面架着三百七十八条桥（大多数是石造的，下有圆门），我觉得这个城简直就可称为"水城"。除附近的一个小岛利都（Lido）上面有电车外，全城没有一辆任何形式的车子，只有小艇和公共汽船；小艇好像端午节的龙船，两头向上跷，不过没有那样长，里面有漆布的软垫椅，可坐四个人至六个人，船后有一个摇桨，在水上来来去去，就好像陆地上的马车。公共汽船的外形也好像上海马路上的电车或公共汽车，船上的喇叭声和上海的公共汽车的喇叭声一样。我们在画片上所见的威尼斯的景象，往往是两旁洋房夹着一条运河，上面驾着一条圆门的桥，河上一个小艇在荡漾着，这的确是威尼斯很普遍的景象。

除许多运河外，有若干街道都是用长方形的石头铺成的，有的只有五尺宽，路倒铺得很平，因为没有任何车辆，所以石头也不易损坏，在这样的街道上接踵摩肩的男男女女，就只有两脚车——步行——可用。街道虽窄，两旁装着大玻璃窗的种种商店却很整洁。街上行人衣冠整洁的很多，和布林的西的很不同。原来大多数都是由欧美各国来的游客，尤其多的是来自号称"金圆国"的阔老。

威尼斯最使游客留恋的是圣马可广场（Piazza di San Marco）和该场附近的宏丽的建筑物。该广场全系长方形的平滑的石头铺成的，有的地方用大理石，长有一百九十二码，阔自六十一码至九十码，三面都有雄伟的皇宫包围着，最下层都开满了咖啡店和各种商店，东边巍然屹立着圣马可大教堂（San Marco），内外只大理石的石柱就有五百余根之多，建于第9世纪。该广场上夜里电灯辉煌，胜于白昼，游客成群结队，热闹异常。在圣马可广场附近的有大侯宫（Palazzo Ducale）一座，亦建于第9世纪。宫前有大广场，宫的对面咖啡馆把藤制的椅桌数百只排在沿路，坐着观览的游客无数。圣马可大教堂的右边有圣马可钟楼（Campanile di San Marco），三百二十五尺高，建于第9世纪末年。里面设有电梯，登高一望，全城如在脚下。此外还到威尼斯城的东南一小岛名利都的看了一番，该处有世界著名的游泳场。游泳场后面的花草布置得非常美丽，游泳而出，在街上走的男女很多，女子多穿着大裤管的裤子，上面穿着薄的衬衫，有的就只挂着一条这样的大裤子，上半身除挂裤的两条带子外，就老实赤膊，在街道上大摇大摆着，看上去好像她这条裤子都是很勉强挂着似的！

自然，这班男女并不是一般意大利人民，多是本国和欧美各国的少数特权阶级，只有他们才有享用这样生活的可能。该处既为有闲阶级而设，讲究的餐馆和旅馆的设备齐全，都是不消说的。

威尼斯的景物美吧？美！记者在下篇所要记的佛罗伦萨也有它的美，但这是意大利五六百年乃至千余年前遗下的古董，我们还不能由此看出该国有何新的建设成绩。我们在许多人赞美不置的威尼斯，关于大多数穷人的区域，也看了一番，和在布林的西所见的也没有什么两样。记者于9日就离开威尼斯而到佛罗伦萨去。

1933年8月11日，上午，在罗马记

佛罗伦萨

记者于8月9日午时由威尼斯上火车,下午5时37分才到充满了古香古色的佛罗伦萨(Florence),为中部意大利最负盛名的一个城市。在中世纪罗马方盛的时代,佛罗伦萨是它的主要的文化中心;意大利的语言、文学以及艺术,都在此地发达起来的。所以现在该处所遗存的无数的艺术作品和在与历史发生联系的纪念建筑物,其丰富为世界所少见,于是佛罗伦萨也成为吸引世界游客的一个最有趣味的名城。

佛罗伦萨的雄伟的古建筑和艺术品太多了,记者又愧非艺术家,没有法子详尽地告诉诸友,对于艺术特有研究的朋友,最好自己能有机会到这种地方来看看。

记者在二十年前看到康有为著的《欧洲十一国游记》的《意大利》一书,就看到他尽量赞叹意国的全部用大理石建造的大教堂。此次到佛罗伦萨才看到可以称个"大"字的教堂(La Cattedrale di Sonta Maria del Fiore),建于13世纪,有五百五十四尺深,三百四十一尺阔,三百五十一尺高,门用古铜制成,墙和门都有名人的绘画或雕刻,外面炎热异常，走进去立成秋凉气候。在那样高大阴暗的大堂里，人身顿觉小了许多。"大殿"上及许多"旁殿"上插着许多白色长蜡烛，燃着的却是几对灯光如豆的油灯。宗教往往利用伟大的建筑来使人感到自身的微小，由此引起他对于宗教发生崇高无上的观念，其实艺术自艺术，宗教自宗教，不能假借或混淆的。

在威尼斯和佛罗伦萨的较大的教堂前都悬有英、德、法、意四国文字的通告，列举禁例。尤其有趣好笑的有关于妇女的，例如说凡是妇女所穿的衣服袖子在臂弯以上的不许进去，颈上露出两寸以上肉体的不许进去，裙和衣服下端不长过膝的不许进去，衣服穿得透明的不许进去，大概所谓摩登女子到此都多少要发生了困难问题，这也许只好怪上帝不赞成摩登女子了！男子的禁例就只是要脱帽，自由得多。

在各教堂里所见跪着祷告的不是老头子，就是老太婆，找不出一个男青年或女青年，我觉得这是可以注意的一点。

佛罗伦萨的古气磅礴的雄伟建筑物，大概不是教堂，就是城堡。城堡都是用巨石筑成，高四五层六七层不等，上面都有像城墙上的雉堞似的东西。有许多这样的城堡都成了大商店，不过古气磅礴的石墙仍保存着。此外有最大的城堡（Palazzo Vecehio），里面藏着许多名油画，墙上和天花板上都是。城堡内部的曲折广深，尤令人想见最初建造时工程的浩大。这种封建时代的遗物，不知含着多少农奴的血汗！

10日午时离佛罗伦萨，乘火车向罗马进发，直到夜里11点半才到目的地。因车上人挤，大家立了数小时。我们在佛罗伦萨参观时都是按照地图奔跑的，在火车上又立了数小时，都弄得筋疲力尽，同行的周君喃喃地说"如再这样接连跑，只有'跷辫子'了！""跷辫子"不是好玩的！所以我们到罗马后，决议第二天的上半天放假，俾得恢复元气后，下半天再开始奔跑。关于到罗马后的记述也许可比这一篇较有意义些，当另文奉告，现在还有几个杂感附在这里。

（一）截至记者作此文时，游了意国的四个地方，即布林的西、威尼斯、佛罗伦萨和罗马。不知怎的他们对于黄种人就那样地感到奇异，走在街上，总是要对我们望几眼，有的还窃窃私议，说我们是日本人，同行中有的听了很生气，但既不能对每人声明，也只有听了就算了。他们何以只想到日本而不会想到中国？有人说他们觉得所谓中国人，就只是流落在国外的衣服褴褛的中国小贩，衣冠整洁的黄种人便都是日本人。这种老话，我在小学时代就听见由外国留学的人回来说起，不料过了许多年，这个观念仍然存在——倘若上面的揣测是不错的话。但是我想倘若仅以衣服整洁替中国人争气，这也未免太微末了。

（二）意大利的妇女职业已较我国发达——虽则听说比欧洲其他各国还远不能及。在旅馆里，在饭馆里，在普通商店里，职务由妇女担任的很多。记者在威尼斯邮局寄信时，见全部职员都是女子担任。她们大多数都是穿着黑色的外衣，领际用白色的镶边，都很整洁。旅馆的"茶房"几乎全是女子，有的是半老徐娘，有生得比较清秀的，看上去就好像女学生，每天客人出门后，她们就进房收拾，换置被单等物。

（三）记者所住过的几个旅馆，觉得和中国的旅馆有一大异点，就是很安静，没有喧哗叫嚣的情形。执事的人也很少，账房间一两个人，其余就不大看见人影，就是电梯也可以由客人自开，像按电灯开关似的，要到第几层就用手指按一按那个扑落，电梯就会自动地开到那一层。就是各商店里的伙计，人数也很少，不过一两人，不像我国的商店，有许多往往像菩萨或罗汉似的一排一排列在柜台后面。其实这种异点，在上海中西人的商店里已略可见到了。

二十二，八，十二，夜，记于罗马

世界公园的瑞士

　　记者此次到欧洲去，原是抱着学习或观察的态度，并不含有娱乐的雅兴，所以号称世界公园的瑞士，本不是我所注意的国家，但为路途经过之便，也到过该国的五个地方，在青山碧湖的环境中，惊叹"世界公园"之名不虚传。因为全瑞士都是在翠绿中，除了房屋和石地外，全瑞士没有一亩地不是绿草如茵的，平常的城市是一个或几个公园，瑞士全国便是一个公园；就是树荫和花草所陪衬烘托着的房屋，他们也喜欢在墙角和窗上栽着或排着艳花绿草，房屋都是巧小玲珑，雅洁簇新的（因为人民自己时常油漆粉刷的，农村中的房屋也都如此）。墙色有绿的，有黄的，有青的，有紫的，隐约显露于树草花丛间，真是一幅美妙绝伦的图画！

　　记者于8月17日下午12点离开意大利的米兰，2点钟到了瑞士的齐亚索，便算进了"世界公园"的境地。由此处起，便全是用着电气的火车（瑞士全国都用电气火车，非常洁净），在火车上遇着的乘客也和在意大利境内所看见的"马虎"的朋友们不同，衣服都特别的整洁，精神也特别的抖擞，就是火车上的售卖员的衣冠态度也和"马虎"派的迥异，这种划若鸿沟的现象，很令冷眼旁观的人感到惊讶。由此乘火车经过阿尔卑斯山（Alps）下的世界有名的第二山洞（此为火车经过的山洞，工程艰难和山洞之长，列世界第二），气候便好像由燥热的夏季立刻变为阴凉的秋天。在意大利火车中所见的东一块荒地西一块荒地的景况，至此则两旁都密布着修得异常整齐的绿坡，赏心悦目，突入另一种境界了。所经各处，常在海平线三四十尺以上，空气的清新固无足怪，还观积雪绕云的阿尔卑斯山的山峰矗立，俯瞰平滑如镜的湖面映着青翠欲滴的山景，无论何人看了，都要感觉到心醉的。我们到了琉森湖（Lake of Lucerne）的开头处的小埠佛露哀伦（Fluelen），已在下午5点多钟，因打算第二天早晨弃火车而乘该处特备的小轮渡湖（须三小时才渡到琉森城，即该湖的一尽头），所以特在湖滨的一个旅馆里歇息了一夜。这个旅馆开窗见湖面山，设备得雅洁极了，但旅客却寥若晨星，大概也受了世界经济恐慌的波及。

　　这段路本来可乘火车，但要游湖的，也可以用所买的火车连票，乘船渡湖，不过买火车票时须声明罢了。我们于18日上午9时左右依计划离佛露哀伦，乘船渡湖。这轮船颇大，是专备湖里用的，设备很整洁，船面上一列一列的排了许多椅子备旅客坐。我们在船上遇着二三十个男女青年，自十二三岁至十七八岁，由一个教师领导，大家背后都背着黄色帆布制的行囊，用皮带缚到胸前，手上都拿着一根手杖，这一班健美快乐的孩子，真令人爱慕不置！他们乘一小段的水路后，便又在一个码头上岸去，大概又去爬山了。最可笑的是那位领导的教员谈话的声音姿态，完全像在课堂上教书的神气，又有些像演说的口气和态度，大概是他在课堂上养成的习惯。在沿途各站（在湖旁岸上沿途设有船站，也可说是码头），设备也很讲究，上船的游客渐多，大都是成双或带有幼年子女而来的。有三个五十来岁发已斑白的老妇人，也结队而来，背上也负着行囊，手上也拿着手杖，有两个眼上架着老花眼镜，有一个还拿着地图口讲指划，兴致不浅。这也可看出西人个人主义的极致，这类老太婆也许有她们的子女，但年纪大了各走各的路，和中国的家族主义迥异，所以老太婆和老太婆便结了伴。这种现象，我后来越看越多了。

船上有一老者又把我们当作日本人，他大概是有搜集各种邮票的嗜好，问我们有没有日本的邮票，结果他当然大失所望！

我们当天12点3刻就乘船到了琉森城，这是瑞士琉森邦（瑞士系联邦制，有二十二邦）的最为游客所常到的一个城市，在以美丽著名的琉森湖的末端。我们上岸略事游览，即于下午4点钟乘火车往瑞士苏黎世邦的最大的一个城市（也名苏黎世，人口二十万余人），一小时左右即到。该城丝的出产仅次于法国的里昂，布疋和机械的生产很盛，是瑞士的主要的经济中心地点，同时也是由法国到东欧及由德国和北欧往意大利的交通要道。该处有苏黎世湖，我们到后仅能于晚间在湖滨略为赏鉴，于第二日早晨，我们这五个人的小小旅行团便分散，除记者外，他们都到德国去。记者便独自一人，于上午10点04分，提着一个衣箱和一个小皮包，乘火车向瑞士的首都伯尔尼进发，下午1点35分才到。在车站时，因向站上职员询问赴伯尔尼的月台（国外车站上的月台颇多，以号码为志），他劝我再等一小时有快车可乘，我正欲在沿途看看村庄情形，故仍乘着慢车走。离了团体，一个人独行之后，前后左右都是黄发碧眼儿了。

团体旅行和个人旅行，各有利弊。其实在欧洲旅行，有关于各国的西文指南可作游历的根据，只须言语可通，经济不发生问题（团体旅行，有许多可省处），个人旅行所得的经验只有比团体旅行来得多。记者此次脱离团体后，即靠着一本英文的《瑞士指南》，并温习了几句问路及临时应付的法语，便独自一人带着"指南"，按着其中的说明和地图，东奔西窜着，倒也未曾做过怎样的"阿木林"。

记者到瑞士的首都伯尔尼后，已在8月19日的下午，租定了一个旅馆后，决意在离开瑞士之前，要把关于游历意大利所得的印象和感想的通讯写完，免得文债积得太多，但因精神疲顿已极，想略打瞌睡，不料步武猪八戒，一躺下去，竟不自觉地睡去了半天，夜里才用全部时间来写通讯。20日上午7点钟起身后继续写，才把《表面和里面——罗马和那不勒斯》一文写完付寄。关于瑞士，我已看了好几个地方，很想找一个在当地久居的朋友谈谈，俾得和我所观察的参证参证，于是在9点后姑照所问得的中国公使馆地址，去找找看有什么人可以谈谈，同时看看沿途的胜景。一跑跑了三小时，走了不少的山径，才找到挂着公使馆招牌的屋子，规模很小，尤妙的是公使一人之外，就只有秘书一人，阍人是他，书记是他，打字员也是他，号称一个公使馆，就只有这无独有偶的两个人！（不过还有一个老妈子烧饭。）问原因说是经费窘迫。（日本驻瑞的公使馆，除公使外，有秘书及随员三人、打字员两人、顾问〔瑞士人〕一人及仆役等。）记者揿电铃后，出来开门的当然就是这位兼任阍人等等的秘书先生，他是一位在瑞士已有十三四年的苏州人，满口苏白，叫苦连天。我们一谈却谈了两小时之久，所得材料颇足供参考，当采入下篇通讯里。可是我却因此饿了一顿中餐。

　　8月21日下午乘2点20分火车赶日内瓦，4点50分到。在该处除又写了《离意大利后的杂感》一文外，所游的胜景以日内瓦湖为最美。但是这样美的瑞士，却也受到世界经济恐慌的影响。其详当于下篇里再谈。

8月25日，记于巴黎

巴黎的特征

记者于8月23日夜里由日内瓦到巴黎，提笔作此通讯时已是9月6日，整整过了两个星期，在这时期内，一面自己补习法文（昨据新自苏联回巴黎的汪梧封君谈，在苏联欲接近一般民众，和他们谈话，外国语以德语最便，其次法语，英语最难通行），一面冷静观察，并辗转设法多和久住法国的朋友详谈，所得的印象和感想颇多，容当陆续整理报告。现在先谈谈巴黎的特征。

讲到巴黎的特征，诸君也许就要很容易地联想到久闻大名的遍地的咖啡馆和"现代刘姥姥"所宣传的什么"玻璃房子"。遍地的咖啡馆确是巴黎社会的一个特征，巴黎街上的人行道原来很阔，简直和马路一样阔，咖啡馆的椅桌就几百只排在门口的人行道旁，占去人行道的一半，有的两三张椅子围着一只小桌子，有的三四张椅子围着一只小桌子，一堆一堆的摆满了街上；一到了华灯初上的时候，便男男女女的坐满了人，同时人行道上也男男女女的熙来攘往，热闹异常，在表面上显出一个繁华作乐的世界。在这里可以看到形形式式的"曲线美"，可以看到男女旁若无人似的依偎蜜吻,可以看到男女旁若无人似的公开"吊膀子"。这种种行为,在我们初来的东方人看来,多少存着好奇心和注意的态度,但在他们已司空见惯,不但在咖啡馆前,就在很热闹的街上,揽腰倚肩的男女边走边吻,旁人也都像没有看见,就是看见了也熟视无睹。但我们在"繁华作乐世界"的咖啡馆前,也可以看见很凄惨的现象!例如衣服褴褛、蓬发垢面的老年瞎子,手上挥着破帽,破喉咙里放出凄痛的嘎噪的歌声,希望过路人给他几个"生丁"(一个法郎等于一百生丁);还有一面叫卖一面叹气的卖报老太婆,白发瘪嘴,老态龙钟;还有无数花枝招展、挤眉弄眼向人勾搭的"野鸡"。有一次记者和两位朋友同在一个咖啡馆前坐谈,有一个"野鸡"不知看中了我们里面的哪一个,特在我们隔壁坐位上(另一桌旁)花了一个半法郎买了一杯饮料坐了好些时候,很对我们注视,后来看见我们没有人睬她,她最后一着是故意走过我们桌旁,掉下了手巾,俯拾之际,回眸对我们嫣然一笑,并作媚态道晚安,我们仍是无意上钩,她才嗒然若丧的走了。她这"嫣然一笑"中含着多少的凄楚苦泪啊!(不过法国的"野鸡"却是"自由"身体,没有什么老鸨跟随着,可是在经济压迫下的所谓"自由",其实质如何,也就不言而喻了!听说失业无以为生的女工,也往往陷入这一途。)

至于"现代刘姥姥"所宣传的"玻璃房子",并不是有什么用玻璃造成的房子,不过在有的公娼馆里,墙上多设备着镜子,使几十个赤裸裸的公娼混在里面更热闹些罢了(因为在镜子里可显出更多的人体)。据"老巴黎"的朋友所谈的这班公娼的情形,也足以表现资本主义化的社会里面的"事事商品化"的极致。这种公娼当然绝对没有感情的可言,她就是一种"商品",所看见的就只是"商品"的代价——金钱。有的论时间而计价钱,如半小时一小时之类,到了时间,你如果"不识相",执事人竟可不客气地来打你的门!不过有一点和"野鸡"一样,就是她们也是有着所谓"自由"身体,并没有卖身或押身给"老鸨"的事情；可是也和"野鸡"一样，在经济压迫下的"自由"，其真义如何也可想见，在表面上虽似乎没有什么人迫她们卖淫，尽可以强说是她们"自由"卖淫，实际还不是受着压迫——经济压迫——才干的？这也便是伪民主政治下的借来作欺骗幌子的一种实例！世间变相的"公娼"和"野鸡"正多着哩！

据在这里曾经到过法国各处的朋友说，咖啡馆和公娼馆，各处都有，不过不及巴黎之为尤盛罢了。

记者因欲探悉法国的下层生活，曾和朋友于深夜里在街道上做过几次"巡阅使"，屡见有瘪三式的人物，臂膊下面夹着一个庞大的枕头，静悄悄地东张西望着跑来跑去，原来这些都是失业的工人，无家可归，往往就在路旁高枕而卧，遇着警察，还要受干涉，所以那样慌慌张张似的。法国在各帝国主义的国家中，受世界经济恐慌的影响，比较的还小，据我们所知道的，法国失业工人已达一百五十万人，但法当局讳莫如深，却说只有二十四万人（劳工部最近公开发表注册领救济费者），最近颇从事于修理各处有关名胜的建筑和机关的房屋，以及修理不必修的马路等等，以期稍稍容纳失业工人，希冀减少失业人数装装门面，但这种枝节办法能收多大的效用，当然还是个问题。向政府注册的失业工人每月原可得津贴三百法郎，合华币六十圆左右，在我们中国度着极度劳苦生活的民众看来，已觉不错，但在生活程度比我们高的法国，这班工人又喜欢以大部分的收入用于喝酒，所以还是苦得很，而且领了若干时，当局认为时期颇久了，不管仍是失业，突然来一个通知，把津贴停止，那就更尴尬了。这失业问题，实是给帝国主义的国家"走投无路"的一件最麻烦的事情。

但是在法国却也有它的优点，为产业和组织落后的殖民地化的国家所远不及的，记者当另文叙述奉告。

1933年8月6日，晚，记于巴黎

瑕瑜互见的法国

　　资本主义的国家原含有种种内在的矛盾，它的破绽随处可以看见，但是平心而论，它也有它的优点，不是生产落后、文化落后的殖民地化的国家所能望其项背的。例如记者现在所谈到的法国，第一事使人感到的便是利用科学于交通上的效率。在法国凡是在五千户以上的城市，都可由电车达到；在数小时内可使全国军队集中；巴黎的报纸在本日的午后即可布满全国（关于法国报业的情形，当另文记之）；本国的信件，无论何处，当天可以达到；巴黎本市的快信，一小时内可以达到。巴黎的交通工具，除汽车、电车及公共汽车外，地道车的办法，据说被公认为全世界地道车中的第一。这是研究市政的人告诉我的，我虽未曾乘过全世界的地道车，但据亲历的经验，对于巴黎地道车办理的周到，所给乘客的便利和工程的宏伟（有在地下挖至三层四层的地道，各层里都有车走），觉得实在够得上我们的惊叹。全巴黎原分为二十区（arrondissement），有十三条的地道车满布了这二十区的地下，成了一个很周密的地道网。你在许多街道上，常可看见路旁有个长方形的大地洞，宽约七八尺，长约十二三尺，三面有铁栏杆围着，一面有水门汀造的石级下隆，上面有红灯写着"Metro"（即"地道车"）的字样，这就是表示你可以"钻地洞"去乘地道车的地方。撑着红灯的柱子上就挂有一个颜色分明、记载明晰的地道车地图，你一看就知道依你所要到的地方，可由何处乘起，何处下车。走下了石级之后，便可见这种地下车站很宽大，电灯辉煌，有如白昼，墙壁都是用雪白的磁砖砌成的，你向售票处（都是用女子售票）买票后，有椅子备你坐着等车，其实不到五分钟必有一列车来，你用不着怎样等候的。这种地道车都是用电的，每到一列总是五辆比上海电车大半倍的车子，里面都很整洁，中间一辆是头等，外漆红色，有漆布的弹簧椅，头尾各二辆是普通的，外漆绿色，里面布置相类，不过只是木椅罢了。车站口有个地道车地图，上面已说过；车站里还有个相同的地图，入车站所经过的路及转角都有大块蓝色珐琅牌子高悬着，上面有白字的地名，你要由何处起乘车，即可照这牌子所示的方向走去上车。乘车到了那一站，也有好几块这样的地名牌子高悬着给你看。在车里面还有简明的图表高悬着，使你一看就知道所经过的各站及你所要到的目的地。他们设法指示乘客，可谓无微不至，所以除了瞎子和有神经病的先生们外，无论是如何的"阿木林"，没有不能乘地道车的。有的地方达到目的地车站时，因"地洞"较深，怕乘客步行出"洞"麻烦，还有特备的大电梯送你上去。这种地道车有几个很大的优点：（一）车价便宜，头等每人一个法郎十五生丁（法国一个法郎约合华币二角，一个法郎分为一百生丁），普通的每人七十生丁，每晨在9时以前还可仅出八十五生丁买来回票（因此时为工人上工时间，特予优待）。（二）买一次票后，只须不钻出"地洞"之外，你在地道里随便乘车到多远的地方都可以。（三）各条地道纵横交叉，你可以随处换车，以达到你的目的地为止。因为车辆多，这种换车很迅速，不像在上海等电车，往往一等一刻钟或半小时。我们做旅客的只要备有一小本地道车地图，上面有各街道，有各条地道车，"按图索骥"，即路途不熟，什么地方都可去得。记者在这里就常以"阿木林"资格大"钻地洞"，或访问，或观察，全靠这"地洞"帮忙（汽车用不起，电车、公共汽车价也较昂，且非"老巴黎"不敢乘）。

除交通便利外，关于一般市民享用的设备，有随处可遇的公园，无论如何小的地方，都有花草和种种石像雕刻的点缀，使它具有园林之胜。马路的广阔坦平更不必说，像上海的大马路，在巴黎随处都是。此外如市办的浴室，清洁价廉，每人进去买票只须一个法郎（另给酒钱约二十五生丁），就可使用一条很洁净的浴巾（肥皂须自带，临买票时如买肥皂，五十生丁一小块），被导入一个小小的浴室里去洗莲蓬浴。这种浴室虽有房间数十间，只楼下柜台上用一个女售卖员，楼上用一个男子照料，简便得很。进去洗澡的男的女的都有。记者在巴黎洗的就是这样简易低廉的澡，因为我过不起阔老的生活。

当然，如作深一点的观察，资本主义的社会里常会拿这样的小惠来和缓一般人民对于骨子里还是剥削制度的感觉和痛恨，但比之连小惠都说不上的社会，当然又不同了。

其次是他们社会组织比较地严密。每人一生出来就须在警局注册，领得所谓"身分证"（Carte D'identité），以后每年须换一次，里面详载姓名、住址、父母姓名、本身职业及妻子（如有的话）等等情形，每人都须随身带着备查。每人的这种"身分证"都有三份，一份归管理户口的总机关保存（大概是内政部），一份归本人保存，一份是流动的，就存在这个人所在地的警局里，如遇有迁居，须报告警局在证上填注新址并盖印。如遇有他往的时候，亦须先往该警局通知，由该警局把这份"身分证"寄往他所新迁的所在地的警局存查。外国人居留法国的，也须领有这种"身分证"。这样一来，每人的职业及行动，都不能有所隐瞒，作奸犯科当然比较的不容易。在中国户口的调查还马马虎虎，这种更严密的什么"身分证"更不消说了。

不过从另一方面想来，这种严密的办法，其结果究竟有利有害，也还要看用者为何类人。在极力挣扎维持现有的不合理的社会的统治者，反而可藉这样严密的统治方法来苟延他们的残喘。但是这是用者的不当，社会的严密组织的本身不是无可取的。

1933年9月15日夜，记于巴黎

在法的青田人

关于在欧洲的我国的浙江青田人，记者在瑞士所发的通讯里，已略有谈及，到法后所知道的情形更比较地详细。这班可怜虫的含辛茹苦的能力，颇足以代表中国人的特性的特征！而眼光浅近，处于被侮辱和可怜的地位，其情形也不亚于一般的中国人。我每想到这几点，便不禁发生无限的悲感。

据熟悉青田人到欧"掌故"的朋友谈起，最初约在前清光绪末年，有青田人某甲因穷苦不堪（青田县为浙江最苦的一个区域，人民多数连米饭都没得吃），忽异想天开，带着一担青田所仅有的特产青田石，由温州海口而飘流至上海，想赚到几个钱以维持生活，结果很不得意，不知怎的竟得由上海飘流到欧洲来，便在初到的埠头上的道路旁，把所带的青田石雕成的形形式式的东西排列出来。欧人看见这样从未看见过的东西，有的也被唤起了好奇心，问他多少价钱，某甲对外国话当然是一窍不通，只举出几个手指来示意，这就含混得厉害了！有时举出两个手指来，在他也许是要索价两毛钱，而"阿木林"的外国人也许就给他两块钱。这样一来,他便不久发了小财。这个消息渐渐地传到了他的本乡,说贫无立锥之地的某某,居然到海外发了洋财了,于是陆陆续续冒险出洋的渐多,不到十年,竟布满了全欧!最多的时候有三四万人,现在也还有两万人左右,在巴黎一地就近两千人。洋鬼子最初虽不注意青田石的这项生意,而且是神不知鬼不觉的漏进来的,没有什么捐税,我国的青田人才得从中取些小利,后来渐渐知道源源而来,便加上捐税,听天由命的中国人在这方面的生意经便告中断,但人却来了,自问回中国去还更苦,于是便以各种各色的小贩为生。他们生活的俭苦,实在是欧洲人所莫名其妙,认为是非人类所办得到的!现在巴黎的里昂车站(Gare de Lyon)的附近有几条龌龊卑陋的小巷,便是他们业集之处。往往合租一个大房间,中间摆一张小桌子,其余的地板上就是铺满着的地铺。穷苦和龌龊往往是结不解缘的好朋友,这班苦人儿生活的龌龊,衣服的褴褛,是无足怪的,于是这些地方的法国人便都避之若蛇蝎,结果成了法国的"唐人街",法国人想到中国人,便以这班穷苦龌龊、过着非人生活的中国人做代表!有人怪这班鸠形鹄面的青田小贩侮辱国体,但是我们平心而论,若国内不是有层出不穷的军阀官僚继续勇猛的干着"侮辱国体"的勾当,使民不聊生,情愿千辛万苦逃到海外,受尽他人的蹂躏侮辱,这班小百姓也何乐而为此呢?他们这班小贩这样说,每日提箱奔跑叫卖,只须赚得到一个法郎(就法国说),就是等于中国的两毛钱,每月即等于中国的六块钱,倘能赚得到三个法郎,每月即有十八圆,这在他们本乡青田固不必想,即在今日的中国,在他们这样的人,也谈何容易!所以他们情愿受尽外人的践踏侮辱,都饮泣吞声的活着,因为他们除此以外更想不到什么活路啊!

在巴黎的青田小贩所以会业集于里昂车站的附近,还有一个理由:因为他们大多是由海船来的,由马赛上岸到巴黎,这是必经的车站。这班人由中国出来,当然没有充足的盘川,都是拚着命出来的,到了马赛，往往腰包就要空了，尽其所有，乘车到里昂车站，到了之后是一个道地十足的光棍，空空如也，在马路上东张西望，便有先到的青田人（他们也有相当的组织）来招待他去暂住在青田人办的小客栈里，青田小贩里面也有发小财的（多的有二三十万的家资），便雇用这种人去做小贩，他便从中取利。所以在这极艰苦的事情里面，也还不免有剥削制度的存在！这种小贩教育程度当然无可言，不懂话（指当地的外国语），不识字，不知道警察所的规章，动辄被外国的警察驱逐毒打，他们受着痛苦，还莫名其妙！当然更说不到有谁出来说话，有谁出来保护！呜呼中国人！这是犬马不如的我们的中国人啊！

这班青田人干着牛马的工作，过着犬马不如的非人的生活，但是人总是人，疲顿劳苦之后也不免想到松动松动的娱乐。巴黎是有名的供人娱乐的地方，但在这班小贩同胞们，程度决够不上，无论咖啡馆也罢，跳舞场也罢，乃至公娼馆也罢，他们决没有胆量进去问津，于是他们里面比较有钱的人便独出心裁，开办赌场，打麻将抽头，精神上无出路的小贩们便都聚精会神于赌博，白天做牛马，夜里便聚起来大赌而特赌，将血汗得来的一些金钱都贡献给抽头的老板们！这几个开赌场的老板们腰包里丰富了，便大玩其法国女人，一个人可包几个女人玩。最后的结果是小贩们千辛万苦赚得的一些血汗钱仍这样间接地奉还大法兰西！

这班可怜虫过的是不如犬马的生活，同时也是盲目的生活、无知的生活。往往因为极小的事情，彼此打得头破血流！前几个月里有因赌博时五十生丁（约等中国的一角钱）问题的极小事故，两个人大打其架，不但打得头破血流，竟把一个人打死了！法国警察发现了这个命案，当然要抓人，听说这个"打手"在同乡私店里多方躲藏，至今尚未抓到。

这班青田人有的由海船不知费了多少手续偷来的，有的甚至由西伯利亚那面走得来的，就好的意义说，这不能说他们没有冒险的精神，更不能说他们没有忍苦耐劳的精神，但是有这样的精神而却始终不免于"犬马"的地位,这里面的根本原因何在,实在值得我们的深刻的思考。

1933年9月29日,记于巴黎

由巴黎到伦敦

记者提笔写这篇通讯的时候,到伦敦已有一个多月了,因为预计所已寄出的文稿,还可供《生活》许多时候继续的登载,所以到今天才动手续写通讯,但这一个多月的时间却也支配得很忙。大概上半天都用于阅览英国的十多种重要的日报和几种重要的杂志,下半天多用于参观,或就所欲查询的问题和所约的专家谈话,晚间或看有关所查询问题的书籍,或赴各种演讲会(去听不是去讲),或约报馆主笔谈话,或参观报馆夜间全部工作,每天从床铺上爬起来,就这样眼忙、耳忙、嘴忙,忙个整天。

记者系于9月30日上午10点钟由巴黎动身,当日下午4点55分到伦敦。由巴黎到伦敦须渡英吉利海峡(English Channel),原有四条路线可走,而以走加来(Calais)和多维尔(Dover)一条路线,所经海峡距离最短。记者在事前就听见朋友说起,经过英吉利海峡虽为时仅两小时左右,但风浪极大,无论怎样富于旅行经验的人,却不得不吃些苦头;记者因怕晕船,不必要的苦头可免则免,所以就选走这条海峡距离最短的路——先由巴黎乘火车到加来（法境），由该处离火车乘轮渡海峡，达多维尔（英境），然后再乘火车到伦敦。到通济隆买票的时候，才知道要走这条路，由巴黎到加来的火车只有头二等，没有三等，这个竹杠只得让他们敲一下了。轮上，因预得朋友的警告，说三等晕得更厉害，千万要坐二等，我也只得照办，不过从多维尔到伦敦的一段火车却仍坐了三等。

下午2点钟开始渡海峡，一到船上，阴云密布，凛风吹来，气候就特别冷起来，许多男女老幼搭客身上都穿了冬天厚呢大衣，我却只穿了一件春季夹大衣，可是此时满心准备着大尝一番晕船苦楚，危坐待变，身上虽似乎有些发抖，却不觉得怎样冷。船上原有大菜间供搭客们吃中饭，但一则因为这种地方价钱都特别昂贵，二则因为准备晕船，不宜果腹，所以我便打定主意叫自己的肚子饿一顿。记者饿着肚子坐着待变的时候，一面纵览同船的许多老的、少的、男的、女的，形形式式的搭客；一面却另有一种感触，觉得我所以肯、所以能不怕怎样大的风浪在前面，都鼓着勇气前进，只有应付的态度，没有畏避的态度，就只因为我已看定了目的地——所要达到的明确的对象——又看定了所要经的路线。此事虽小，可以喻大。

但是事情却出乎意料之外！我睁着眼巴巴地望着海面，准备着狂风怒涛的奔临，却始终未来；等到船将靠岸，随着大众从第二层甲板跑到最高一层甲板时，大风骤作，有许多太太小姐们的裙子随着大衣的衣裾被风吹得向上纷飞，她们都在狂笑中用手紧紧地拉着，一不留神，大腿和臀部都得公开一下，引得大家哄笑。还有许多"绅士"们的帽子也被大风吹得满地（甲板上）滚，搭客们就这样笑做一团，纷纷上岸。

由瑞士到法国时，火车驶入法境后，仅由法国海关人员在火车上略为翻看搭客的箱子（火车同时仍在继续前行），此次由法到英，上岸后却须到海关受一番盘查。他们把本国人（英）和外国人分做两起，经两个地方出入。凡是本国人，只须看一看护照就放过。一大堆外国人（其中以法国人占多数，中国人就只记者一人）便须于呈验护照后，由海关人员十几人各在一张桌旁，向客人分别查问。有个海关人员问到记者时，问我来英国干什么，我说我是个新闻记者，现在欧洲旅行考察。他很郑重地问："你不是来找事做的吗？"我开玩笑地答他道："我是来用钱，不是来赚钱的！"他听了笑起来，问我钱在哪里，我刚巧在衣袋里有一张汇票，便很省便地随手取出给他看一看，他没有话说，只说如在英居住过了三个月，须到警察局登记，说完就在我的护照上盖一个戳子。后来我仔细看一下，才知道这戳子上面还郑重注明："准许上岸的条件，拿此护照的人在英国境内不得就任何职业，无论有薪的，或是无薪的。"总之他们总怕外国人来和他们抢饭吃就是了——这大概也是他们失业恐慌尖锐化的一种表现。

离了海关，提着衣箱赶上火车，于拥挤着的人群中勉强找得一个座位，便向伦敦开驶。英国火车的三等比意大利的好得多了，六个人一个房间，有厚绒的椅子，椅下还有弹簧，我国火车的二等还比他们不上，三等更不消说了。车行不久后，天气放晴，气候也和暖起来了，向左右窗外看看，乡间房屋多美丽整洁，比法国的乡间好，和在瑞士乡间所见的仿佛。途经一个很大的墓地，几百个十字架式的墓碑涌现于鲜花青草间，异常清丽，但见东一个西一个妇女穿着黑衣垂首跪在碑前，想象她们不知洒了多少伤心泪！

到后因已承朋友先为租好了一个人家的房间，便搬进去住。伦敦的街道，大街固然广阔平坦，就是住宅区的比较小的街道，也都是像上海静安寺路或霞飞路那一样的光滑、平坦、整洁。住宅大都三层楼，门口都是有余地种些花草。记者所租的房间，也在这样状况中的一所屋里。这种一般的小住宅，里面大都设备得很整洁讲究，在马路上就看得见华美的窗帷，不但房里有花绒地毯，就是楼梯上也都铺有草绒地毯。抽水马桶和自来水浴室也都有。房里都有厚绒沙发可坐。除东伦敦的贫民窟外,这可算是一般人民水平线以上的普通生活,这当然不是上海鸽子笼式房屋的生活所可同日而语了,至于连鸽子笼式房屋还没得住的人,那当然更不消说。不过记者在伦敦现在所住的这个屋子,却有些特殊的情形,这些未尝不是英国社会一部分的写真,下次再说。

1933年11月5日,伦敦

华美窗帷的后面

记者上次曾经谈起伦敦一般居民的住宅，除贫民窟的区域外，都设备得很清洁讲究，在马路上就望得见华美的窗帷。但在这华美窗帷的后面究竟怎样，却也不能一概而论。像记者现在所住的这个屋子，从外面看起来，也是沿着一条很清洁平坦的马路和行人道，三层洋房的玲珑雅致，也不殊于这里其他一般的住宅，华美的窗帷也俨然在望，但是这里面的主人却是一个天天在孤独劳苦中挣扎地生活着的六十六岁的老太婆！她的丈夫原做小学教员，三十年前就因发神经病，一直关在疯人院里；她有两个儿子，一个女儿。大儿子二十岁的时候就送命于世界大战，第二个儿子也因在大战中受了毒气，拖着病也于前两年死去了，女儿嫁给一个做钟表店伙计的男子，勉强过得去，于是这个老太婆就剩着一个孤苦零仃的光棍。这个屋子她租了二十年，房屋依然，而前后判若两个世界。她还得做二房东以勉强维持自己的生活，租了六个房客（中国房客就只记者一个），因租税的繁重，收入仅仅足以勉强糊口。每天要打扫，要替房客整理房间，要替各个房客预备汤水及早餐，整天地看见她忙得什么似的。她每和记者提起她的儿子，就老泪横流，她只知道盲目地怨哀，她的儿子给什么牺牲掉，她当然不知道。处于她这样前后恍然两世的环境中，在意志薄弱的人恐怕有些支持不住，而她却仍能那样勤苦的活下去，我每看到这老太婆的挣扎生活，便觉得增加了不少对付困难环境的勇气。

房客来去当然是不能十分固定的，遇有房客退出，她的租税仍然是要照缴的，于是又增加了她的一种愁虑。记者搬入居住的时候，她再三郑重的说，如果住得久，她要把沙发修好，要换过一个钟，我听了也不在意；第二天偶然移动那张老态龙钟的惟一的长形大沙发，才知道不仅弹簧七上八下，而且实际仅剩下三只脚，有一只脚是用着几块砖头垫着的，至于那个钟，一天到晚永远指着9点半！地上铺着的绒地毯也患着秃头或癞痢头的毛病。她三番四次地问我住得怎样，提心吊胆怕我搬家，我原是只住几个月，便马马虎虎，叫她放心。至今那张老资格的沙发还是三只脚，那个钟还是一天到晚9点半！她往往忙不过来，索性把我的房间打扫整理暂时取消，我一天到晚忙着自己的事情，没有工夫顾问，也不忍多所顾问。有一次有一位中国朋友来访我，刚巧我不在家，她对这位朋友把我称赞得好得异乎寻常，说她的屋子从来没有租给过中国人，这是第一次，现在才知道中国人这样的。后来这位朋友很惊奇地把这些话告诉我，我笑说没有别的，就只马虎得好！这几天有一个房客退租了，她便着了慌，屡次问我有没有朋友可以介绍。（这位老太婆怪顽固，不肯租给妇女，说不愿男女混杂，并说向来不许有"女朋友"来过夜。）在资本主义发达特甚的社会里，最注重的是金钱关系，一分价钱一分货，感情是降到了零度，没得可说的。

我曾问她为什么不和女儿同住，免得这样孤寂劳苦，她说如果她有钱，尽可和女儿同住，一切关于她的费用，可由她照付，如今穷得要依靠女婿生活，徒然破坏女儿夫妇间的快乐，所以不愿。在现社会里，金钱往往成为真正情义的障碍物。

附近有个女孩子,十四岁,她的父亲是在煤炭业里做伙计的,平日到义务学校就学,每遇星期六及星期日便来帮这老太婆扫抹楼梯及做其他杂务,所得的酬报是吃一顿饭,取得一两个先令。人虽长得好像中国十六七岁的女子那样大,但因贫困的结果,面色黄而苍白,形容枯槁,衣服单薄而破旧。她每次见到记者,便很客气地道早安,我每看到她那样的可怜状态,未尝不暗叹这也是所谓"大英帝国"的一个国民!

当然,记者并不是说这一家"华美窗帷的后面"情形便足以概括一般的情况,不过在社会里的这一类的苦况,很足以引起特殊的注意,尤其是在经济恐慌和失业问题闹得一天紧张一天以后。由此又令我连想到另一件事。前天我在伦敦的一个中国菜馆里请一位朋友同吃晚饭,谈得颇晚,客人渐稀,不久有一个妙龄英国女子进来,坐在另一桌上,金发碧眼,笑面迎人,沉静而端庄,装束也颇朴素而淡雅;从表面看去,似乎无从疑心她不是"良家妇女",但这位朋友却知道她的身世凄凉,因受经济压迫而不得不以"皮肉"做"生产工具"。我为好奇心所动,就请认识她的这位朋友把她请过来,请她同吃一顿饭,乘便详询她的身世,才知道她的父亲也是参加世界大战而送命的,母亲再嫁,她自己入中学二年后,便因经济关系而离校自食其力,在一个药房里的药剂师处当助手,做了两年,对此业颇具经验,但后来因受不景气的影响,便失业了;忍了许多时候的苦,才在一个商店里找到一个包裹货品的职务,小心谨慎地干着,不久又因经济恐慌而被裁,于是便加入失业队伍里面去了。多方设法,无路可走,除求死外,只得干不愿干的事情。她此时虽在干不愿干的事情,但因青春美貌还能动人,所以对"男朋友"还能作严格的选择。我说,青春易逝,美貌不留,不可不作将来打算,不择人而嫁,便须极力寻业。她说,嫁人不能随便在街上拉一个,很不容易,寻业已想尽方法,无可如何,并说比她更苦的女子还多着哩,有不少女子终夜在街上立着候人，直到天亮无所获而垂头丧气，甚至涕泪交流的，所在多有。据记者所见，她的话并非虚伪的。平日我夜里10点后总不出外，最近因参观几个大规模的报馆，往往深夜始归，那样迟的时候，公共汽车及地道车都没有了，零租汽车又贵得厉害，只得跑腿，上月30日夜里参观泰晤士报馆（The Times），走过日间很闹热的大街叫做"Charing Cross"的时候，已在夜里2点钟后，果见两旁行人道上，每隔几家店门便有女子直立着等候什么似的，因怕警察干涉，仅敢对你做媚眼，或轻声低语，这类"站班小姐"大概都比较的年大而貌不扬，找不到"男朋友"，只有"站班"的资格了！

1933年11月8日晚，伦敦

曼彻斯特

记者于11月27日上午10点30分钟,由伦敦乘火车赴曼彻斯特,下午2点10分钟到。此行所得关于《曼彻斯特导报》的材料,上节通讯里已述及,现在要略谈关于其他的见闻。

我们要感觉到曼彻斯特对于英国的重要,只要想到英国的经济几全靠工业制造品的出口。棉织物向居英国工业制造品的第一位,在大战前,英国棉织物的出口货,实占该国全部出口货总价值中的三分之一,大战后虽锐减,仍占四分之一;我们知道这棉织物所自产造的大本营是在兰开夏(Lancashire),而曼彻斯特却为兰开夏该业的最重要的中心地点。在大战前,可以说世界各市场的棉织物进口货,全部中的四分之三是由曼彻斯特的公司输运出来的;在大战后,关于棉织物的国际贸易,也还有二分之一是操于曼彻斯特该业中人的手里。英国在大战前成为"一世之雄"——世界上最富强的国家——就经济方面说,大部分靠它的出口贸易,出口货的大宗是棉织物,而曼彻斯特却是英国制造棉织物的中心区域。曼彻斯特和英帝国主义的繁荣,和英帝国主义对殖民地及半殖民地的经济侵略，其中密切的关系，于此可见。但是现在却到了倒霉的时代！视作靠山的出口贸易自1929年世界经济恐慌以来，已越缩越少，缩到不及从前的三分之一了。占着出口货大宗的棉织物当然随着一同倒霉，加以日本在这方面的激烈竞争，日帝国主义和英帝国主义大抢市场，更使这只"壮牛"（JohnBull）走投无路。东洋货最凶的是价钱便宜，例如一件布的衬衫，在英国即工资不算，运输和经商的费也不算，成本至少须一个先令六辨士（普通售价每件约在五先令左右），而日本货的布衬衫却能在英国市场上每件售价一个先令！所以即在英国直接的殖民地如香港，日本货的进口在1932年值七十余万镑（£737,088），1933年仅开始八个月内，竟增至一百万镑以上（£1,107,229）；又如在印度，日本货的进口在1932年值八百余万镑（£8,883,178），1933年仅开始八个月内，竟增至一千万镑以上（£10,448,081）！这里面棉织物当然也是大宗，弄得兰开夏的棉织工厂停工的停工，倒闭的倒闭，叫苦连天！帝国主义互争市场的把戏，正在钩心斗角一幕又一幕地演着，愈演愈尖锐化！

曼彻斯特虽在倒霉的时代，但仍然是烟雾弥天，加以天天是阴云密布着，无时不是黄昏的模样。由工厂的烟囱里出来的烟还不够，街上还有一种旧式的汽车，不用汽油而是烧煤的（大多数是运货车），上面也有个小烟囱，在街上来来往往大放其烟灰。我每出门一次回到旅馆里，或仅出门走了几步路，用手巾向脸上一擦，或鼻孔里一抹，总是黑化。住这工业区的人民，烟灰想总吃得不少。但街市热闹，商店装潢美丽，交通便利，马路平阔，男女熙来攘往，却不失其为大城市的气概。

记者住在一个小旅馆里，房间约有二三十间，最下层有颇舒适的公共写字间和餐室。旅馆虽小，却非常清洁，楼梯和地上都铺着花绒地毯。里面除一个老板和一个老板娘外，就只有两个青年女侍者，虽仅穿着蓝布的罩衫，白布的圆领和胸前的围巾，但美慧天成，令人愉悦；可是一天忙到晚，我看什么事都是她们俩干着，早晨六七点钟就听见她们的迅捷的足声在房门外响着，直到夜里11点钟以后才得休息，而那对主人却终日闲暇着。有一次，刚巧只我一个人在公共写字间里的墙壁火炉前看报，这两个女侍者里面有一个进来替火炉加煤，我乘便问她星期日也略能得到休息的时候吗？她呶着嘴说也是一样的一天忙到晚，说完后嫣然一笑，回转身又匆匆忙忙地去干着别的工作了。就在这小小的一个旅馆里，有资产者和仅靠劳动力以求生者，便截然分明，使人感到劳逸的不均，人生的不平。

到的那天，有位在曼彻斯特的朋友杨君知道我来，特从伦敦买到几样中国菜的料子，预备约中国学生某君烧几样中国菜来吃晚饭，不料某君不在家，他忽想起有个他所熟悉的业洗衣作的华侨某甲也是烧中国菜的能手，便同去找他，就在他店里同吃晚饭，带来的几样菜就请他一手包办。这个小小的一家洗衣作，某甲是老板，这家店就是他的产业，年逾半百，人很老实，不过生得奇丑，还有个中国伙计，看上去很像鸦片鬼。此外还有一个五十来岁的英籍老太婆和她的一个生得可算健美的女儿，年约二十左右，腹部已膨胀，听说已有了三个月的身孕。这老太婆很健谈，和我谈了许多关于英国的家庭习俗，特别注意钱的重要！后来听杨君说，才知道她的女儿不久以前已嫁给这个洗衣作老板某甲，这老太婆就靠这女儿吃着不尽，这也许是她对于"钱的重要"的一种表现吧。两女四男同桌吃了一顿。席中老太婆、杨君和我，话最多，某甲和伙计因只会说广东话，变腔的英语也说不到几句，所以只尽量的喝酒吃菜。那个年轻女子虽偶尔说话，但大部分时间都静默着，好像在想着无限心事似的。饭后和杨君在途中时，我说菜的味道很好，不过看着那个满腔心事的年轻女子，不知怎的心里始终感到有些怏怏不乐。其实这也是旧社会制度里的常有现象，像我国某"要人"，年逾半百，听说潜伏梅毒已到了第三期（比较起来，那位勤苦老实的某甲好得多了），还娶了年轻貌美的大学女生。这女生的家属还在事前千方百计地怂恿她出嫁,因为高攀了贵戚,全家从此可以不愁不"鸡犬升天"了!这算是旧社会制度里的婚姻自由!

1933年12月31日,伦敦

大规模的贫民窟

伦敦不能不算是世界上一个大规模的城市，面积近七百方里之广，人口在七百五十万人左右；英格兰和威尔士的全部人口的五分之一，城市人口的四分之一，都集中在伦敦。在这样大规模集中的情况之下，英国资本主义社会的形形色色，这种社会的内在的矛盾之尖锐化，都可以很明显地从中看出来。在这样大规模的繁华的城市里，同时却也有了大规模的贫民窟，这是很值得注意的一种矛盾的现象。

英国各大城市，都各有其贫民窟，而以东伦敦的规模为最大。西伦敦（他们叫做"West End"）是最繁华阔绰的地方。最奢华的店铺、皇族贵人的宫邸、布尔乔亚享乐的俱乐部、博物院、戏院、官署、公园、议会、西冥寺以及最豪华的住宅区，都在这里。所以在伦敦有人叫你开地址的时候，如你所开的地址是在"West End"，他们便认为你这个人多少是过得去的。南伦敦和北伦敦的属于工人住宅区的地方，也有贫民窟，但都不及东伦敦的规模宏大！

伦敦分为二十八区（borough），各区里面都有多少贫民窟点缀着，就是在所谓"皇家区"（Royal Borough）里面也不免，不过在繁华富丽的地方看不大出。自伦敦中央起，迤东一带各区，都就可以看见几于"清一色"的贫民窟生活，也是世界上任何城市里劳动阶级最集中的一个区域。记者曾费了一天的工夫去观光。电车一开进了这个区域，就看见在西伦敦所没有的旧式烧煤的汽车在街上跑来跑去，上面有烟囱，喷出许多黑烟在街道上绕着；电车上的乘客也不同了，都穿着破旧的不整齐的衣服，顾不到什么"君子人"的排场了；满街旁的褴褛垢面的孩子，东奔西窜着。贫民窟里的住宅，大都是建筑于百年前的老屋，地板破烂，墙壁潮湿，破窗裂户的空隙常有冷风继续不断的传送进来。一所屋里每住着几十家，一个小小的房间里堆满着许多人。英国是科学发达的国家，电灯应该是很普遍的了，但在这一带贫人住宅里，还是用着油灯或点着蜡烛。如所住的是地室，那就终年在黄昏中过日子！

据英国劳工调查所（Labour Research Department，这是由劳工团体组织的研究机关，不是政府设立的）所调查的结果，在伦敦全家拥挤在这种地室里（住在贫民住宅的地上和楼上的还不在内）过暗无天日生活的工人，至少在十万人以上。据他们最近所调查的情形："在伦敦贫民窟的地室，里面既黑暗而又潮湿，糊在墙上的纸都潮湿着下坠飘摇着；老鼠和虱子非常的多；住在里面的人很少和疾病不发生关系的。"

因为拥挤的缘故，常有父母和好几个成年的子女，甚且加上祖父母，同住在一个小小的房间里。因为这种屋子里的虫虱有各种各色的，既繁且多，每到夏季，往往赶着整千的人把他们的床拖到街上来，希望能够略得些睡眠，但是遇着了警察，又须被赶到门里去！

伦敦赫克纳（Hackney）一区的医官华雷（Dr. King Warry）调查该区贫民窟的拥挤情形，曾有详细的报告。试就他所报告的事实随便举一个例：他说有个家庭共有六人，都住在一个小小的地室里，这家庭里面有十岁和四岁的男孩，十一岁和七岁的女孩，那个母亲告诉他说，因为她无法使他们睡开,最大的两个男女小孩曾经发生过"非礼的行为"。

1933年1月27日《标准夜报》("Evening Standard")所载东伦敦贫民窟的情形,里面说起有个家庭住在地室里已十九年了;除父母外,有四个女儿,年龄自十三岁至二十一岁,两个男孩,年龄一个六岁,一个九岁,都住在一个地室里,都要常往医生处看病。

这样"很少令人和疾病不发生关系的"贫民窟房屋,租钱在工人看来仍然是很贵的,普通每星期常须付到十五先令至二十先令;英国极少数最高工资的工人每星期虽可得到六镑以上的工资,但普通总在两镑左右,所以为着房租差不多便用去了一半(这是世界大战以后的情形,在以前平均只用去收入百分之十六至十七为房租),结果剩下的一些工资不够顾全家属的衣食,父母子女往往在半饿状态中过活。

据各区医官的统计报告,贫民窟居民的死亡率常比普通的增加一倍至两倍,婴孩死亡率更厉害。就是养得大的孩子,也多遗传着所谓"贫民窟心理",据说他们长大时的行为都使国家要增加警察和监狱的经费!

记者自去年10月到英国以来,听他们在内政方面闹得最起劲,视为一件大事的,便是消除贫民窟运动,大呼"贫民窟是我们的耻辱!"卫生部大臣杨格爵士(Sir Hilton Young)定了一个消除贫民窟的五年计划,据说要在五年内消除二十万所贫民窟的房屋,使一百万人有新屋住(据各报说贫民窟的房屋远逾此数,贫民窟的居民亦远逾此数),而新屋的建造则仍希望以利润为前提的私人企业家来办,并不想到工人租用贫民窟的房屋已嫌其贵,更有何余力来租用新屋!

其实贫民窟问题也是资本主义制度下的一部分的产物。贫民窟的人民那样苦楚,而据统计表示,1931年伦敦的土地生意不下一万万二千万金镑,教会于1930年在伦敦所收到的屋租就达三十八万金镑之多。土地的私有专利,房租的高抬,工人的贫穷,都一概不顾,只想如何如何叫工人从贫民窟里搬到新屋里去,便以为这问题可以解决了,这真是在饥荒时代劝人吃肉糜的办法!

1934年1月31日,伦敦

褐色恐怖

德国现在政治的特点：第一是领袖制度，其精神所在是中国古语所谓"民可使由之，不可使知之"；认为人类中有生而为领袖的，有生而为被统治的，只须由头等领袖指挥一切，次第三等……领袖襄助他，统治大众。这个特点，上文已略述梗概。第二特点便是残酷无比的"褐色恐怖"。这种情形，在德国仅能略有所闻，因为他们也知道无人道的惨酷行为不是一件荣誉的事情，所以力守秘密。但新闻记者究是无孔不钻的惹人厌恶的东西，像英国最著名的一种报纸——《曼彻斯特导报》——便常有确凿事实的通讯记载。（听说这个报在德国曾有一时禁止进口。）此文所述的事实，有的就是撮取该报上最近数月来所记的材料。

在德国拘留政治嫌疑犯，或完全被诬，冤枉捕去的人们，都关到所谓"Concentration Camp"，在中国报上有人译作"特别拘留所"，加上"特别"的形容词，也许易于使人误会为含有"特别优待"之意，其实其中的惨酷情形，虽不一致，但大抵都无导于人间地狱；而且寻常所谓

"拘留所"是待审之处，在此处则活该受罪，无审之必要！这个名词的原字意义是"集中的营幕"，事实上就是把整千整百的被认为有政治嫌疑的人，或不自知怎样得罪了党老爷的人，不由分辩地拘往聚在一处，有的住在很苦的屋子里，有的竟是同聚在露天的大场上，好像犬豕似的。现在这种"营幕"有数十处，宛转呻吟在这里面的有五万人左右，时时还有大数量的补充。这里面最惨的是鞭挞，打得死去活来的鞭挞。打时用的鞭是牛皮做的，中间镶着一条钢；这种牛皮钢鞭，也就是犯人们自己做的。打的数目由二十五下至七十五下不等。从前做过社会民主党或共产党职员的，拘入后不问有何理由，普通的规矩是先须赤身打一顿。素以模范见称的达孝（Dachau）"集中营幕"，去年8月18日的前一日拘进二十五个人，在这一天都毫无理由地被拉出来赤身鞭挞一顿，算是行入门礼，最凄楚的是住在附近的犯人听着被打者的惨号的哭声，打得昏倒过去了，有医生打针救回来，醒后再打！

去年7月，柏林的"秘密警察"抓去一个音乐家，被指为嫌疑犯，被引入一个囚室，里面灯光如豆，黑暗得很，有八个S.S.（黑衫党员，称防卫团，亦即国社党员，其他位较S.A.即褐衫者高，穿褐衫者称冲锋团）在那里等着。囚室里面只中间有一张桌子，他被伏缚在上面，两脚有绳缚住，两个S.S.拉着他的手臂，两个S.S.同时开始鞭挞，叫他招出同伴的人。他只被打四五下的时候，已痛苦难受，用手挣扎，脚上的绳被弄断了，他用力挣起来，请他们把他立付枪决，情愿速死；他们哪里肯许，绑上去再打，他痛不可当，大呼"招了！招了！于是再打几下之后，被拖到楼上另一个地方去，他上梯见一玻璃窗，即打算自杀，跑上去把玻璃打破，割破手臂间的血管，S.S.赶上来打时，见血流如注，才把他铐上，交给狱卒带去，狱卒替他涂上一些碘酒，把布包扎起来。后由一个医生很粗暴似的来验视一下，睨视他手上的包扎和背上的伤痕，问打了几下，狱卒答说"十五下"。

挨了种种的拷打酷刑，还有代守秘密的责任。万一幸而得以生还，固然是应该三缄其口，就是在拘留所里，也须守口如瓶。据说有一个"秘密警察"的警官偶而看见了一个这种犯人的面上伤痕一塌糊涂，问他"为什么这样？"这个犯人很不识相地回答说："我是曾经被打的。"这警官听了接续打他几下，申斥道："你胡说八道！这里是向不打人的，不要忘记！"这个犯人赶紧低声下气地求饶道："我误会了，以为你要知道真实的情形。现在我知道了，我是曾经跌了一次，把自己跌伤的。"

这类行为是出于"秘密警察"和S.A.及S.S.一班人物，是国家法律所不能制裁的，而且是不许外人知道的，可称为"秘密的恐怖"，此外还有所谓"合法的"恐怖。因为这种号称"合法的"恐怖而被砍头者之多，为德国从来所未有。因为这些砍头的罪还经过形式上的法律程序，所以不很受人注意。其实它的恐怖程度并不减少，因为这类法律是追溯已往的，有许多被认为犯罪的事实，或甚至虚构的口实，都是在1932年的事情，而残酷的新律却是去年才颁布的，却引来责罚在未有这种法律以前所发生的事情。例如有六个工人于去年11月在科隆（Cologne，德国西部的一个重要城镇）被砍头，据说是因为在1932年杀了一个褐衫党人。其实这里面有几个犯人，一点没有杀人的证据；还有其他的，法庭也无法否认他们不是出于自卫的行为，因为在那时各党斗争的时期内，褐衫党人谋刺别人的也不胜其数。但是这六个人的脑袋竟被砍掉，而且是用斧头很笨拙地硬砍一阵，死得很惨。据当时目睹的人说，形状之惨，非笔墨所能形容，所能说的，是当时这六个人都很勇敢地就死就是了。

伦敦《每日快报》驻德特派记者史蒂芬斯（PembrokeStephens）最近（本年5月底）因通讯触怒德当局，被德当局逮捕，最后被驱逐出境，据他说在德国警局里，曾听到妇女的呻吟声，又看见墙上挂着不少砍了头鲜血淋漓的尸身相片，宛转挣扎而死的惨状。他便向伴着他的几个侦探询问，说据他在德所闻，犯人和政治犯被砍头时，是由刽子手拿着斧头当面向仰卧的人砍下去，他们极力否认，说并非当面，不过用铁链拖到砍头架上，由刽子手从犯人背后砍过去。其实"当面"也罢，"后面"也罢，不用枪决而用杀头（死非其罪还是另一问题），杀头不够而还要用斧头来乱砍一阵，这也算是日耳曼文化或文明的极端表现了！

这类恐怖，被认为"劣等种族"的犹太人固然遭劫最惨，被尊为"优秀人种"的日尔曼人也在所不免。

历史上的大革命，虽都难免有一段恐怖时期，但像这样无人道的惨酷情形，尤其是在文化比较进步的近代，却绝无仅有，况且说不上什么革命，实际干脆是反革命，这种残酷的恐怖就简直是向文明人类挑战了。

1934年6月3日，伦敦

运动大检阅

我们在莫斯科开始参观的第二天（7月24日）下午看到莫斯科的"运动大检阅"。据说这天是苏联的"青年日"，全国各城市都举行这样大规模的"运动大检阅"。苏联每乘着对于大众有重要意义的事情，便动员大多数人作集团的游行或检阅，借以鼓舞大众的振作精神和前进的勇气。像这天在莫斯科所见的这种"运动大检阅"，也含有这同样的作用。

这天参加"检阅"的男女青年有十余万人，下午6点钟在红场会齐受检阅。在下午3点后，在街上随处可见健壮的男女青年列队挺胸紧步随着军乐队向前进发。各队男女都穿着运动衣，这运动衣的花样很多，颜色也不同，都很美观，听说都是由运动员所属的工厂供给的，毫不取费。运动种类有驶船、网球、足球、枪击、团体操种种。驶船运动员各人肩上负着一把桨。持网球拍的男女列队而行者就有一千五百人之多，网球本是有闲阶级才玩得起的，现在也这样的"普罗"化了。乘脚踏车的运动队亦有数千人，这些脚踏车也是工厂尽义务供给与该项运动员的。有许多男女青年的枪击队，持枪作待击势。他们和她们经过街上时都边走边唱歌，步伐整齐，歌声宏壮，谁看了都要为之精神一振。不讲全部的健康美，就是许多健美的裸露着的臂和腿——想象几十万条的健美的裸露着的臂和腿同时突现于你的眼帘——也就够欣赏了。

在红场各种运动员整队前进，在每一处每分钟走过者约以八百人计，也要三小时才走完！全体在红场中会聚时，万头攒动，蔚为奇观。每队向前进发时，莫斯科体育委员会（Moscow Physical Culture Council）的负责人安梯朴夫（Antipov）等向他们行军礼致敬，他们同时欢呼声震天。安梯朴夫向全体询问："你们准备好了吗？"全体应声："准备好了！"这一问一答是在苏联一种最重要最通行的问答。准备什么？准备建设新社会的工作，并准备保护这新社会的防卫；说得简单些，便是"为工作和防卫而准备"。

"为工作和防卫而准备"，这是苏联在现阶级中积极提倡体育的最主要的目的：造成健康的青年，使他们能负起建设新社会所须努力的工作，并能负起防卫这新社会所须执行的责任。他们提倡体育，既把这个最主要的目的做出发点，所以：（1）所谓体育，并非寻常所谓"运动"（Sports）——即擅长运动技术中一技之长，如快跑或跳高之类——所能概括，乃是为准备能善于工作和防卫起见，使全部身体获得有系统的和普遍的发展，因此于炼身之中，同时要注意阳光、空气和水的尽量利用，使全身机构由此坚强；同时要注意在工作时候以及在家里时候都有合于卫生的习惯。（2）体育的实施，力求普遍于大众，并不限于养成几个打破纪录的运动员；所以在苏联，运动的组织并不以打破纪录的本身为目的，最多不过借以吸引更多的人来参加，而且每两年须由医生检验身体，注重全部身体的健康，避免只顾打破某项纪录而反致妨害全部健康的流弊，因为这样的运动员既不宜于工作，也不宜于防卫。我们只须看苏联的运动员，一来就是几十万人列成大队，简直只看见集团，不看见个人，便可概想所谓普遍化的意义了。（3）增进健康，其主要目的不但在增加工作的精力，而且也在增加防卫新社会的实力，所以"为工作和防卫而准备"的徽章非常受重视。这种铜质徽章上面铸成一个运动员的模样，并铸着GTO的字样。（G代表俄文Gotovo，意即准备；T代表Troudon，意即工作；O代表Oborona，意即防卫。）在这天许多运动员的大队中，你能看见不少男女青年胸前左边挂有这样的GTO徽章。不但在这一天，就是你在平常夜里到公园去看时，也可看到那时已脱下工作时的衣服，穿上漂亮衣服的女工们，在这漂亮的衣服上也常挂着这样GTO徽章。这是他们或她们的荣誉！因为要获得这徽章，须经过许多类的体育试验及格，尤其注意的是近代兵士所必具的种种能力：例如瞄准（即开枪用的）、游泳、摇桨、骑马、乘机器脚踏车、开汽车等等。得到这样徽章的人，即表示对于这些能力都已具备，也即是表示已有"为工作和防卫而准备"的资格了，这当然是这新社会里面的一个公民的荣誉。依统计所示，1932年——即第一次五年计划的末年——在苏联六百万"体育员"（Physical Culturist）里面，经过试验获得GTO徽章的只有六十万人；而在"运动大检阅"的这天，据安梯朴夫报告，去年（1933年）获得这徽章的已达六百万人，今年（1934年）还只半年，获得这徽章的已达六百万人，这是怎样地猛进！"为工作和防卫而准备"是怎样地在那里猛进！

苏联关于体育方面的组织和计划的中心是特设的体育委员会，下列各部分关于全部体育上的工作，都归该会作统一的主持：教育人民委员部（即各国所谓教育部，下类推，该部所处理的体育工作关于学校和大学方面）；健康人民委员部（关于医院、休养所、恢复健康的特殊区域）；海陆军人民委员部（关于红军）；和工会总部（关于各工会和各机关的体育组）。由这里也可以看出体育所概括的范围之广。这无足怪,因为"为工作和防卫而准备"是大众的事情——是他们为着他们自己的新社会而努力的事情。

1935年1月4日晚,伦敦

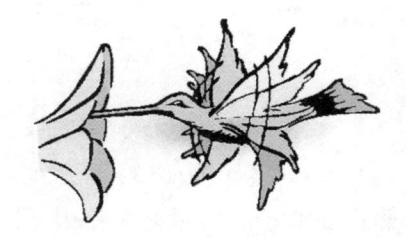

谒列宁墓

8月9日下午参观了布尔穴俘公社之后,由莫斯科的郊外回到城内,顺便弯到红场,去看列宁的墓,因为这墓在下午5时后才开放给大众看。每次在这样开放的时候,往往有两三千人在墓前的红场上排成蜿蜒曲折的双人队,顺序等候着走入幕门去瞻仰这位革命领袖。我们这天共乘着三辆特备的公共汽车,到红场时,已见有几千人排着双人队在那里等候着。他们向例对外国来宾特别优待,可不必在这长队中等候,先行进去。所以我们这三大辆汽车装到的八九十个"外国来宾"占着便宜,下车后另外排成一个双人队,先行进去。

列宁墓背着克里姆林的高墙,前面便是叫做"红场"的大广场——遇有阅兵或是其他游行大会,都在这里举行。墓的全部是用深红色的大理石建造的,虽不甚高大,而气象却非常严肃。门口有红军的兵士两个持枪守卫,矮矮的门上刻着俄文"列宁的墓"字样。进门之后,有石阶引着向下走——向地窖走。向下走时,转过两三个弯,在每一个转弯处也都有红军的兵士持枪守卫着。我们这两人一排的队伍很静肃地向下走，最后走到一个地窖，靠墙的周围是略凸的两人一排可以通行的行人道，中央便是列宁的玻璃棺所在处。这玻璃棺是三角形（寻常的棺材是长的四方形，棺材头是四方形，列宁的玻璃棺是长的三角形，棺材头是三角形），全部是玻璃造的，里面有电灯很亮地照耀着，腰以下有绒毡罩着，腰以上全部现出；身上穿的有人说是工人的衣服，看上去是古铜色的哔叽制的，形式和在中国所谓"中山装"的一样，两臂都放在外边，一只手放在腰际。枕头是红绸制的，头上没有戴帽，可看见红黄色的头发，中央已秃。宛然如生，完全像闭着眼在睡觉。棺的两头各有一个红军的兵士持枪立正着，气象很严肃。我们想到列宁虽死，他的后继者仍能本他的主义和策略，努力向前干，天天在那里建设，时刻在那里发扬光大，他虽死而未死，中国成语所谓"虽死犹生"，他很近似，所以就算他不过是闭着眼在睡觉，也未尝不可。

我们两人一排的长队，很静肃地在这玻璃棺的四围走过，大家的眼睛当然都齐集在这玻璃棺里的"闭着眼在睡觉"的那位人物。出来的时候，还看见红场上成群结队的数千人在那里等候着。

在归途中，萦回于我的脑际的，还是刚才看到的在那玻璃棺里的"闭着眼在睡觉"的那位人物。在苏联的建设得着了成功的今日，我们也许很容易想到他的成功，但我在此时却想到他在失败时期对于艰苦困难的战斗和克服，却想到他的百折不回屡败不屈的精神。

他的三十年的政治活动可当作一部战斗史读。

读过俄国革命史的人都知道在革命斗争中有布尔什维克和孟什维克的对立；前者是由列宁领导的。他对于孟什维克始终不肯马虎迁就（因为他看准了布尔什维克政策的正确，孟什维克路线的错误），在当时却有不少人希望这两派能合作，怪列宁固执，责他毁坏了党，甚至于说："假使他在什么地方失踪，死去，那是党的多么的幸运！"孟什维克的健将丹因（Dan）也说过这样的愤语，列宁的一位最忠实而勇敢的老友克立成诺夫斯基（Krzhizhanovky）曾对丹因问道："一个人怎能毁坏全党，而且他们抵抗这一个人就那样地无用，以致诅咒他快死？"丹因回答得很妙，他说："因为没有别一个人像他那样每天二十四小时都为着革命忙，除想着革命没有别的念头，甚至在梦中所见的也只是革命。你想象这样的一个人，你能奈他何呢！"

说列宁继续不断地奋斗，这固是事实；但我们如不再作进一步的研究，这种说法仍近于肤浅。尤其重要的是他的革命的行动——百折不回的斗争——是根据于他对于主义的彻底的了解和信仰；他拿住了这个舵，无论遇着什么惊风骇浪，别人也许要吓得惊惶失措，在他却只望清彼岸，更加努力向前迈进。他在无论如何困难、艰苦和失败的时候，他的信仰从来没有丝毫动摇过——我认为这是他所以不受失败沮丧的最大原因。

当1906年全党代表在斯德哥尔摩开会的时候，孟什维克占多数，列宁所领导的一派失败，他的信徒有些不免垂头丧气的，列宁咬紧牙根，对他们说道："不要埋怨，同志们；我们断然要获得胜利的，因为我们是对的。"他在失败中认为"断然要获得胜利"，这不是空中楼阁，是有"对的"根据。有正确的主义做根据的策略，才是"对的"策略。

但是"对的"政策却也不能自动——不能由袖手旁观而坐待其成的——必须有义无反顾勇往直前的努力，才有达到目的的希望；列宁在被刺的前一刹那，在米契尔生工厂（Michelson）里工人会议中演讲，最后一句话是"非战胜即死亡"，这不是一句空话，他的一生便是这句话的表现。

还有一点也很重要：列宁一生的政治活动，始终不是立于"个人的领袖"地位，却总是代表着比任何个人都更伟大的一个以勤劳大众为中坚的大"运动"：这运动在他未产生以前就存在，在他死后这继续着下去的。

1935年2月1日夜，伦敦

开放给大众的休养胜地——克里米亚

我们于8月18日参观了世界上最伟大工程之一的第聂伯水电厂之后，于当夜即乘火车向克里米亚进发，19晨到克里米亚西南尖端的名城塞瓦斯托波尔（Sevastopol），和碧绿汪洋的黑海作破题儿第一遭的见面礼。

诸君如翻开地图，看到黑海，触到你眼帘的有个不规则四边形的半岛伸入海中，面积一万五千余方哩，和大陆（接着南乌克兰）接连处只有三四哩阔的一个海峡，这便是克里米亚半岛——是开放给大众的全苏联的休养胜地！

克里米亚是欧洲著名胜景之一，而在从前的俄帝国已是全俄最美丽的区域，所以那时的贵族和富有的布尔乔亚便作为他们独占着享福的地方，在南方沿海，由他们建筑了不少宏丽的别墅和宫邸，不是勤劳大众所能梦想踏到的区域——这是距今不远的十八年前的现象；但是在革命之后，却成了开放给大众的全苏联的休养胜地！从前为少数剥削者所占有的无数别墅和宫邸，现在都成为勤劳大众的疗养院和休养院了！这是多么痛快的一件事啊！

　　这半岛上的高山崇岭，由西而东，蜿蜒不绝，其特色是大部分的山顶都是平的，这种平顶最大的有几哩广阔，彼此之间有低平的汽车路联系着；因四季气候都在温暖中的缘故，全年青翠欲滴，鸟语花香，别有胜景。在南方沿海一带，因有平均三千尺高的山岭为屏障，和大陆隔开，阻挡着北方和东北方的冷风和暑炎，只引进南方和西南方的温和的清风，舒适的气候，成为休养或恢复健康最适宜的区域。据气候专家所研究，最合宜于人类身体机能发展之理想的气候是华氏表五十度。身体孱弱，或病后身体虚弱的人们，要增强体力，或恢复健康，都需要温暖，是忌变化过甚的气候。克里米亚的胜地如雅尔达每年中的平均气候都约在华氏表五十五度，最近于理想的气候。据过去二十年间的观察统计，全年中气候的差异，不过二点零七度，所以全年几全在春秋两季中过去。太阳的光线对于疗养有很大的效力，而在克里米亚南岸每年可享到两千五百小时的阳光，每天平均有七小时的阳光。因为近着黑海，空气的清新，海滨的游泳和日光浴，更是极便利的享受。而这些宜于健康的种种优点，加上青山、丛树、绿茵、鲜花……，便成了无双的福地！从前是少数人的福地，现在是最大多数人的福地了。在这"福地"，各疗养院可容纳的人数在两万以上；此外尚有医院六十所，每所有床位两千左右；诊治院约有百所；设备完善、规模宏大的肺病研究院一所。每季由各地到此"福地"来疗养或是例假中到此休养游玩的大众，至少在二十万人以上。（该半岛的居民约八十万人）

　　我们往游克里为亚，最重要的目的地是在该处第一美丽的名城雅尔达，不过便路湾到塞瓦斯托波尔，在该处仅作一日的勾留。我们于19日晨到塞瓦斯托波尔后，即乘车往博物馆参观克里米亚战争油画及战场遗迹。这战争是1854年俄皇要瓜分"近东病夫"土耳其所引起的英法联军，是历史上帝国主义争夺的一幕名剧。油画的宏大和布置，和我在比利时所见的滑铁卢战争的油画的规模和布置方法，简直是完全一样。当时该城被英法联军包围至十一个月之久，据军事家所推测，当时所用的军火的总量，各堆成土墩，可达二百八十尺宽阔，三百三十尺高。殷血盈河，全城为墟，所争者不过是帝国主义所欲得的脏物罢了！

但塞瓦斯托波尔在那时是俄帝国主义的坚垒，后来在革命时期中，却成为革命运动的一个重要中心，其最著的是1905年黑海舰队的起事，震动全国，虽一时被帝俄政府压平，但实为1917年革命的先导，为俄国革命史上最光荣的一页。

下午我们去参观希腊古城，和希腊罗马所遗留的古物博物馆。希腊在黑海一带的殖民地经营，开始于西历纪元前的第八世纪末叶，距今近三千年了。这三千年前遗下的所谓希腊城，沿着黑海之滨，仅是东一大堆、西一大堆的残垣废址，有几处是由地下发现开掘的，在当时也许是广厅大厦，现在仅是大地窟中的几面残破的厚墙和崎岖不平的石砌地面罢了。所仍然无异的，大概只是立在这古城上可望见的那附近的黑海波涛汹涌怒号的声音吧。

我们回时途中还看了一个著名的地方叫"Blalaklava"。据说这是该处土语，译意为"鱼网"，是在海湾中的一个捕鱼的区域；水面平静如镜，两面青山高耸，沿岸有无数讲究的洋房，在从前是许多贵族富豪的别墅，现在也都成为工人的休养院了。爬到一个山顶危岩上，有个天然的石门，可遥望海上波涛，但因山势崎岖，虽享到"遥望"的眼福，却爬得一身热汗！据说该处的渔业原来也是由少数资本家所垄断的，现在也采用"集体"的办法，不在剥削者的手中了。

我们于8月20日晨由塞瓦斯托波尔乘汽车经五十五哩的山路，乘了足足四小时的汽车，才到雅尔达。但是在这长途中，一面为峭壁危岩的高山，一面为深绿无际的黑海，汽车由山岩旁的坦平汽车道上溜过，景致绝佳。汽车经过最高处为山上一个山洞，像一个大石门似的，高出海面约近两千尺，叫做"背达门"（BaidarGate）；一出这个石门之后，路势倏然下降，半岛的南岸几于全部在望，而黑海更像全在我们的脚下了，景象伟丽，得未曾有！

在途中时，大家挤坐在一起，东张西望，赏心悦目，不觉得疲倦，也许是忘却了疲倦；可是中午到了雅尔达的时候，汽车停了下来，大家才叫着坐得腰酸脚软！但是一下了车，精神又为之一振，因为空气的清新，风景的美丽，阳光的和煦，清风的爽朗，我们竟好像到了瑞士！雅尔达原来是在一个山麓，我们所住的旅馆，后面便是碧绿的山，前面便是碧绿的海，（只隔着一条平坦清洁的柏油马路）我们是陶醉在碧绿的环境中了！尤其使我兴奋的是在马路上所见的从游泳沙滩上回来的或刚去的男男女女，有的拿着大毛巾，有的拿着一个放衣服或毛巾零物的小提箱，多是些粗手粗脚的工人，或土头土脑的农民，这提醒我们是到了开放给勤劳大众的休养胜地了！

1935年3月30日夜，伦敦

雅尔达

克里米亚半岛是全苏联最美丽的区域,而雅尔达则为克里米亚半岛上最美丽的区域。这最美丽的雅尔达,后面有四千尺的高山为屏障,前面是半圆式的凹进,被黑海包围着,差不多没有一所屋子没有花园,青山碧海,全城浸在青翠的环境中,沿着海滨便是无数的游泳沙滩(有的上面是卵石)。

我们于8月20日初到的下午,旅伴中就有不少对着这些游泳沙滩跃跃欲试的男女朋友们,二三成群的,分往一试身手。我也被几位朋友拖去。我的游泳工夫虽十分"蹩脚",幸而在中学时代,有一个暑假住在上海青年会的学生寄宿舍里,曾经学过一些,不然,被这些英美的男女朋友拖去,倘只作"壁上观",却是一件难为情的事情。可是他们胆大,敢游到几十码以外的海面去,浮沉自如,纵横如意,我就只敢在海滨近处游游,免遭灭顶之祸!我在雅尔达三天,被这班朋友的劲儿所鼓励,几于每天于参观余隙,都随他们到海滨去游泳一些时候。这种游泳也确是异常舒服。岸上像黄金似地铺满了阳光,脱去衣服,晒得暖暖的，往海里一钻，那水里的温度，使你好像冬季钻在温暖舒适的被窝里一样，简直舍不得出来！最自然的是在好几处的沙滩上，苏联的男女游泳者都不穿游泳衣，全身脱得精精光，习惯成自然，大家一点不觉得奇异。许多美国来的男女朋友更喜欢依法泡制，因为在美国是要受警察干涉的，在这里便尽量地可以这样自由。（英国男女本来是比较守旧的，到此也受着环境的影响，不再守旧了。）我临时买的一条游泳短裤，也被一位朋友抢去，不许穿！我也只得追随着他们做做"自然人"了！（其实一人如单独穿着一条短裤，反而为众目所集中，本来也不能穿。）赤裸裸一丝不挂，夹在许多男女朋友里面摇摇摆摆，谈的谈，走的走，大家很自然，我至少也要装作很自然的样子，后来的确也真觉很自然了。这倒是我生平破题儿第一遭！这些英美的男男女女，人人都会游泳，而且都兴会淋漓，这也是他们体格健强的一个原因吧。

在雅尔达的海滨游泳当然是一件愉快的事情，但是我的目的不在游泳而在参观——有的美国学生竟用全日工夫在游泳里面，或至少有许多时候在海滨上——8月21日第一次所参观的是列伐低亚（Livadia）。这是帝俄罗曼诺夫皇朝最末了的一个皇帝尼古拉第二在最美丽的雅尔达遗留下来的一个最美丽的别墅，现在却成为工农大众的一个最好的疗养院了！

这个别墅建筑于1910年，全部用白色音克门（Inkerman）石和大理石建成，屋为三层，周围是奇花异草艳美无匹的花园。从花园到这三层的宏丽皇宫，有一个门在从前是专备俄皇一个人用的。在这门口地上有个马蹄铁（即马脚下钉着的铁蹄，像U形吸铁一样），据说是尼古拉第二亲手钉的。欧洲有一种迷信，认为拾得马蹄铁是好运道的吉兆，要把它钉在门口，但是要把U的形式开口处向内，认为这样好运道才会向里跑。有着同样迷信的尼古拉第二却把这马蹄铁钉得倒置了！他是最喜欢酗酒的，这大概是他刚在喝醉时糊涂的表现；但是他既是炙手可热的皇帝，当时谁也不敢说他错了。有人说，他的好运道就从此向外跑了！尤好笑的是这个"皇帝专用"的门内的大理石建造的楼梯，特别的阔，石级可特别的低，据说这是当时有意地这样造，因为这位"沙皇"常常喝酒喝得烂醉，这样他登梯或下梯时可用最少量的力气，踯躅着上上下下！这可说是替懒皇帝想尽懒法子！

这皇宫内部装设的富丽，那是不消说的。楼上皇帝、皇后及皇太子、公主等等住的房间，都是朝着黑海海滨最美的景致。各房间里的墙上都用很讲究的木板装着，花样和颜色须和各房间里所摆设的器具调和融合；而各房间里的布置，并且须和这房间里的窗上映进的外面美景调和融合。但是尼古拉第二到底好像真是"好运道向外跑"，虽有这样富丽精美的别墅，他自己只到过这里三次，每次时间都不久，还是他的家属住得久些。可是吸尽人民的膏血以供一人及少数寄生虫的豪奢纵欲，总算发挥尽致了！

现在这别墅作为工农的疗养院，可容一千五百人。各房间里的布置仍可看到原来的东西，但各房里却多了一样东西，那便是一排一排的小铁床，上面铺着洁白的被垫，好像医院里的样子。里面有的是男工人，有的是女工人（另聚一室），有的是乡间来的农民。这个疗养院原指定偏重农民疗养之用，所以在冬季几全是农民来住。他们是由全苏联各地来的，来住在这里，不但膳宿完全免费，就是来往的旅费，也不必自己掏腰包。这种优待，当然是那些工作特优，或为"突击队"队员，工作过劳，在例假中由工会或集体农庄送来享受的。这里有医生，有看护，有病的可在此养病。没有病的也可来此休养，饱览附近的山水。这是工作后的休养，和从前仅供少数剥削的有闲阶级来此消磨无聊的时光，作用便大大地不同了。

尼古拉第二从前所用的浴室，现在做了这个疗养院的院长办公室！浴室和办公室是多么不相干的东西，竟可交换，也是一件趣闻。我们和这院长谈话时，便都挤在这个尼古拉第二的浴室里！院长穿着白布外衣，和医院里的医生一样。

尼古拉第二的卧室，天花板、地板和墙上都是用极精致柔滑的黄杨木（Box wood，很像柚木）造的，墙上并装满着镜子，因反映作用，好像把窗外的海景、山景、园景都吸收在这个房间里。现在这个房间里排着七个铺位，做了女工休养的卧室。

从前皇帝和皇族用的非常讲究的餐室，现在当然也做了工农劳动者的公共食堂了，每次可坐二百二十人。

这宫内的各部分的建筑的形式和装设，还有不少的花样；有的是罗马式，有的是文艺复兴式，有的是威尼斯式等等。我们看到所谓"意大利区"（Italian Quarters），该处的厅堂、天井、走廊等等的建筑布置，当然都是照着意大利的特别典型。在走廊上有一只长石椅，据说由著名建筑工程师某打样监造，最初他依照所谓意大利式的真典型造成了一个石椅，尼古拉第二看了觉得太简单，嫌不好看，叫这位工程师来训斥一番，打他一个耳光，命他撤去，另造过一个。这工程师气极了，当面又不好发作，便另打过一个新样，并不合于什么意大利式的真典型，在石椅两头的靠手上加了两个石刻的狗头，而且狗脸的特点（如额角、鼻子、嘴角、眼神等等）却和尼古拉第二自己的脸暗合！造好之后，这位糊涂皇帝认为满意！全宫的人都看得出，只抿着嘴暗笑，但因为怕犯"天怒"，不敢说明。至今这"皇帝式的狗脸"还存在，仔细瞧瞧，确和相片上的这位糊涂皇帝的脸暗合！

我们在音乐室里遇着一个女人在那里弹钢琴，旁边一个男工人立着倾耳静听。我们围聚着和他们谈谈，知道男的是金属工人，因他成绩优异，已三次到克里米亚休养：第一次在1931年，是由厂里的工厂委员会保送的；第二次在1932年，是由厂里的经理部保送的；这是第三次，是由金属工会保送的。那女工是某厂里的突击队队员，因在第一次五年计划中成绩优异，能独出心裁想出好法子，替厂里减少材料的消耗，由工厂委员会保送。两人都将在这疗养院里住一个月。据说如有一定的疾病，由医生指定最适宜疗养区域；无疾病而只要休养的，可自选地方。我们问了几个问题之后，那女工也提出两个问题来问几位美国朋友。一个是他们来苏联游历有什么目的？这个问题，他们很一致地答复了。还有一个问题是："你们有同样的权利（按指优待工人如住在这疗养院等等）给你们的工人们吗？"这问题却引起了不一致的答复。有一位在纽约做青年会总干事的某君答说有，有几个思想清楚、不愿说门面话的美国人老实说没有。这位青年会总干事对几个美国人轻声低语道："你们不要使他们看不起美国啊！"这几个美国人和这位总干事先生竟争做一团！那苏联的男女工人睁着眼发怔，莫名其妙！

在这皇宫外面沿海的一带还有一条所谓"御道"（Tzar's Road），长约一哩，是一条很平坦的沿着海滨穿着丛林的马路，据说是专备尼古拉第二散步用的，故称"御道"，在从前当然也是禁地。从不梦想做"皇帝"的我们，也大踏步在这条"御道"上散了一回步！我对同行的巴尔和柏西说，那常在烂醉中的尼古拉第二能否真在这里散步，倒是个疑问；我们却真在这里散我们的步了。我们在这"御道"上时时碰着一二十或二三十成群结队的男女工人或农民，也在来来往往游行着，个个平民都做了"皇帝"了！

1935年4月2日晚，伦敦

由柏明汉到塞尔马

我因为要看看美国南方的黑农被压迫的实际状况,所以特由纽约经华盛顿而到了南方"黑带"的一个重要地点柏明汉,这在上次一文里已略为提到了。我到后住在一个小旅馆里,茶房是个黑青年,对我招待得特别殷勤,再三偷偷摸摸地问我是不是要旅行到纽约去,我含糊答应他,说也许要去的,但心里总是莫名其妙,尤其是看到他那样鬼头鬼脑的样子。后来他到我的房里来收拾打扫,左右张望了一下,才直着眼睛对我轻声诉苦,说在那里日夜工作得很苦,衣食都无法顾全,极想到美国北方去谋生,再三托我到纽约时替他荐一个位置,什么他都愿干,工资多少都不在乎,惟一的目的是要离开这地狱似的南方。他那样一副偷偷摸摸、吞吞吐吐的神气,使我发生很大的感触,因为谋个职业或掉换一个职业这原是每个人应有的自由权利,但在他却似乎觉得是一件不应该的犯法的事情,一定要东张西望,看见没有旁人的时候,才敢对我低声恳求,这不是很可怜悯的情形吗?这个黑茶房又在我面前称羡中国人,说在该城的中国人都是很阔的,尤其是有个中国菜馆叫做

Joy Young，这里面的老板姓周，置有两部汽车，使他津津乐道，再三赞叹。我依着他所说的地方，去找那家中国菜馆，居然被我找到了，布置得的确讲究阔绰：有两位经理，一个姓卢，一个姓周，他们虽然都是广东人，我们幸而还能用英语谈话，承他们客气，对于我吃的那客晚饭，一定不要我付钱。据说该城只有中国人四十五人，都有可靠而发达的职业，有大规模的中国菜馆两家，小规模的中国菜馆一家。因为那里的中国人在生计上都很过得去，衣冠整洁，信用良好，所以该城一般人对于中国人的印象很好。后来我见到R君（即热心照顾我的一位美国好友，详上次一文），问起这件事，他也承认在该城的中国人比较地处境宽裕，但是因为这样，他们自居于美国资产阶级之列，对于劳工运动很漠视，赞助更不消说。他的这几句话，我觉得不是没有根据的，因为我曾和上面所说的那个中国菜馆的经理周君谈起当地人民的生计状况，他认为当地的人民里面没有穷苦的，而在事实上我所目睹的贫民窟就不少！——虽则最大多数是属于黑人的。但在我听到中国人在该城还过得去，这当然是一件可慰的事情，至于他们因生活的关系，有着他们的特殊的意识形态，那又是另一件事了。

　　R君告诉我，说一般人都很势利，所以叫我在街上走的时候，要挺胸大踏步走，对任何人不必过份客气，如有问路的必要时，可先问怎样走回塔待乌益勒旅馆（Tutwiler Hotel），因为这是柏明汉最大最讲究的一个旅馆，有人听见你住的是这个旅馆，一定要肃然起敬，认你是个阔客！这样一来，他便要特别殷勤，你问什么他就尽力回答你什么。可是我从来没有装过阔，这在我倒是一件难事，幸而柏明汉城并不大，街道整齐，还易于辨别，所以也无须装腔作势来问路。

　　诚然，如果你不到许多贫民窟去看看，只看看柏明汉的热闹区域和讲究的住宅区，你一定要把它描写成很美的一个城市。它的市政工程办得很好，因为街道都是根据着计划建成的，所以都是很直很宽的，转角的地方都是直角，方向都是正朝着东西南北的。你在这样市政修明的街道上，可以看见熙来攘往的男男女女——指的当然是白种人——都穿着得很整洁美丽，就是妇女也都长得很漂亮，白嫩妩媚得可爱，不是你在纽约所能多遇着的。

我有一天特为到一个很讲究的理发店里去剪发，那个剪发伙计的衣服整洁，比我还好得多，我有意逗他谈谈，才知道他对于中国人很欢迎，说中国人和美国人是一样的高尚，他同样地愿为中国人服务。但是我一和他提起黑人怎样，他的和颜悦色立刻变换为严肃的面孔，说他决不许"尼格"进来，"尼格"哪配叫他剪发！我说"尼格"一样地出钱，为什么不可以？他说你有所不知，只要有一个"尼格"进来，以后便没有白种顾客再到这个店里来剪发了，所以他们为营业计，也绝对不许"尼格"进来的。

我曾亲到黑人的贫民窟里去跑了许多时候，他们住的当然都是单层的破烂的木板屋，栉比的连着。我曾跑到其中一家号称最好的"公寓"去视察一番，托词要租个房间。超初那个女房东很表示诧异，我说我是在附近做事的，要租个比较相近的安静而适宜的房间，她才领我进去看，把她认为最好的房间租给我。我一看了后，除破床跛椅而外，窗上只有窗框而没有窗，窗外就是街道。我说这样没有窗门的房间，东西可以随时不翼而飞，如何是好！她再三声明，只要我肯租，她可以日夜坐在窗口替我看守！我谢谢她，说我决定要时再来吧。

我在这许多龌龊破烂的贫民窟跑来跑去的时候，尤所感触的是这里那里常可看到几个建筑比较讲究的教堂，有时还看见有黑人牧师在里面领导着黑人信徒们做礼拜，拉长喉咙高唱圣诗。教堂也有黑白之分，专备白人用的教堂，黑人是不许进去的。这事的理由，不知道和上面那位剪发伙计所说的是不是一样！

美国南方的资产阶级把剥削黑人视作他们的"生命线"，谁敢出来帮助黑人鸣不平,或是设法辅助他们组织起来,来争取他们的自由权利,都要被认为大逆不道,有随时随地被拘捕入狱或遭私家所顾的侦探绑去毒打的机会。

柏明汉以铸钢著名,还是一个工业的城市,我听从K君的建议,更向南行,到塞尔马去看看变相的农奴。

塞尔马是在柏明汉南边的一个小镇,离柏明汉一百十二哩,是属于达腊郡(Dallas County)的一个小镇。人口仅有一万七千人,这里面白人占五千,服侍白人的仆役等占二千,变相的农奴却占了一万。以一万二千的黑人,供奉着那五千的白人!这是怎样的一个社会,可以想见的了。

由柏明汉往塞尔马,要坐四小时的公共汽车。那公共汽车比我们在上海所用的大些,设置也舒服些,有弹簧椅,两人一椅,分左右列。两椅的中间是走路的地方,这样两椅成一排,由前到后约有十几排。两旁的玻璃窗上面有装着矮的铜栏杆的架子,可以放置衣箱等物。开汽车的是白人,兼卖票,帮同客人搬放箱物。他头戴制帽,上身穿紧身的衬衫式的制服,脚上穿着黄皮的长统靴,整齐抖擞,看上去好像是个很有精神的军官。我上车的时候,第一排的两边座位已有了白种客乘坐了,我便坐在第二排的一个座位上。接着又有几个白种乘客上来,他们都尽前几排坐下。随后看见有几个黑种乘客上来,他们上座位时的注意点,和白种乘客恰恰相反。白种乘客上车后都尽量向前几排的座位坐下;黑种乘客上车后却争先恐后地尽量寻着最后一排的座位坐起。这种情形,在他们也许都已司空见惯,在我却用着十分注意和好奇的心情注视着。渐渐地白的由前几排坐起,向后推进,黑的由后几排坐起,向前推进,这样前的后的都向中间的一段推进,当然总要达到黑白交界的一排座位。那个黑白交界的座位虽没有规定在哪一排,但是前几排坐满了白的,后几排坐满了黑的,最后留下空的一排,只须有一个白的坐上去,黑的就是没有座位，也不敢再凑上去；反过来，如只有一个黑的坐上去，白的也不愿凑上去。所以在交界的地方，总是黑白分得清清楚楚，一点不许混乱的。我这次由柏明汉乘到塞尔马的那辆公共汽车开到中途的时候，最后留下的空的那一排座位上坐上了一个黑种乘客，照地位说，那一排还有三个人可坐（两张椅，每张可坐两人，中间是走路的），但我看见有一个白种乘客上来，望望那一排座位，不进来坐，却由汽车夫在身旁展开一张原来折拢的帆布小椅，夹在第一排的两椅中间（即原来预备走路的地位）坐下。等一会儿，又有一个白种乘客上来，那汽车夫又忽而从近处展开一张同样的帆布小椅给他夹在第二排的两椅中间坐下。我记得当时第六排起就都是黑人，我不知道倘若继续上来的白种乘客即有帆布小椅可坐，挤满了第五排的中间以后，怎样办法。可是后来白种乘客并没有挤到这样，所以我也看不到这样的情形。这种帆布小椅小得很，只顶着屁股的中央，尤其是那位大块头的中年妇人，我知道她一定坐得很苦，但是她情愿那样，虽然有很舒服的沙发式的座位，因为在黑人一排而不肯坐。而且挤坐在两椅的中间，一路停站的时候，后面客人走出下车，她还要拖开自己的肥胖的躯体让别人挤过，怪麻烦的，可是她情愿这样。不但她情愿这样，那个汽车夫以及全车的客人，除我觉得诧异外，大家大概都认为是应该这样的。

　　那个黑白交界的两排座位———一黑一白——是随着黑白两种乘客在一路上增减而改变的。例如在中途各站，白人下去得多，黑人上来得多，那黑界就渐渐向着前面的空的座位向前推；如黑人下去得多，白人上来得多，那白界也就渐渐向着后面的空的座位向后推。我后来看到最后留下的那一排座位坐着一个白人，忽然有一个黑女上来，那黑女穿得很整洁，人也生得很漂亮，手上还夹着几本书，但是不敢坐上那一排上空的位置，只得立在门口。车子在那段的路上颠簸得颇厉害，但是她屡次望望那几个空着的位置，现着无可奈何的样子！我尤其恻然的，看见有三四岁天真烂漫的黑种孩子,很沉默驯良地跟着他的母亲坐在后面,又很沉默驯良地跟着他的母亲从后面踯躅着出来下车。他那样的无知的神态,使你更深深地感觉到受压迫者的身世的惨然。大概中国人到美国南方去游历的还少,尤其是在那样小城小镇的地方,所以汽车里面的乘客,无论是白的是黑的,对于我都表示着相当的注意,至少都要多望我几眼;但是他们所能望到的只是我的外表,绝对想象不到我那时的心情——独自孤伶伶的静默地坐着,萦回于脑际的是被压迫民族的惨况和这不合理的世界的残酷!

在途中还时常看见住在小板屋的"穷白",他们的孩子因营养不足,大抵都面有菜色,骨瘦如柴。

我到塞尔马的时候,已经万家灯火了,在柏明汉没有住成青年会寄宿舍,到这里却住成了青年会寄宿舍。当夜我只到附近的一两条街市跑跑,后来才知道这个小镇的热闹街市就不过这一两条,可是市政却办得很好,不但热闹的街道,就是住宅区的街道也都广阔平坦,都是柏油路。商店都装潢美丽整洁。第二天跑了不少住宅区,玲珑精美的住宅隐约显露于蓊郁的树荫花草间,使我想到这是一万多黑人的膏血堆砌成功的,使我想到在这鸟语花香幽静楼阁的反面,是掩蔽着无数的骷髅,抑制着无数的哀号!

我们读历史,都知道美国有个林肯曾经解放过美国的黑奴,但是依实际的情形,美国现在仍然有着变相的农奴(这变相的农奴也就是黑奴),所谓解放黑奴,只是历史教科书上的一句空话罢了。"变相的农奴"这名词,我是用来翻译在美国南方所谓"Sharecropper"的,在英语原文的这句词可直译为"收成的分享者"。这原来可说是不坏的名词,因为农业有了收成,请你来分享一部分,这有什么坏处?但是在实际上这号称"收成的分享者"却丝毫"分享"不到什么"收成",只是替地主做奴隶,所以我就把它意译为"变相的农奴",使名副其实,以免混淆不清。这种变相的农奴除了自己和家人的劳力以外，一无所有。地主把二三十亩的田叫他和他的家人来种棉花——美国南方是产棉区。由地主在田地里的隙地搭一个极粗劣狭隘的板屋给他全家住，供给他农具和耕驴。在表面说来，到了收成的时候，他应可分得一部分的棉花，但在事实上地主并不许他自己占有这一部分棉花的售卖权。地主所用的方法，是强迫这黑农和他的家人用他替他们所置办的极粗劣的衣服和粮食，以及其他家常需用的东西。到了收成的时候，由地主随便结账，结果总是除了应"分享"的部分完全抵消外，还欠地主许多债。这种债一年一年地累积上去，是无法偿清的，在债务未偿清以前是无法自由的，不但他自己要终身胼手胝足替地主做苦工，他的全家，上自老祖母，下至小子女，都同样地要替地主做苦工。在南方的地主们数起他所有的变相的农奴，不是以人数，却以家数。例如一个地主说他有着十家的"收成的分享者"，这意思就是说这十家的大大小小都跟着那每个家里的变相的农奴一同为地主服役，没有工资可说的。所以说是十家，把人数算起来，也许要达一百多人。我除到了附近的乡村步行视察外，还雇了一辆汽车到塞尔马郊外的农村去看了好些时候，看见东一个大田中间有一个板屋，西一个大田间有一个板屋；这板屋就只是一个破旧的平房，黑奴几代同堂都塞在里面。在那里，你可以看到褴褛不堪的男男女女、大大小小，横七竖八地坐在门口地下，外面晒着炎热的阳光，他们就在这样的环境里呆坐着。那天正逢着星期日，他们照例是无须做工，但也无法出去娱乐，其实也无处娱乐，所以只得呆呆地在炎暑之下呆坐一天！他们平日工作是没有一定的时间的，从天亮起，一直到天黑为止！塞尔马的街道那么好，但却没有任何街车，因为地主们都有汽车，奴隶们就只配跑腿。全家服役的变相的农奴们，因此也只有局促在狭隘肮脏的小板屋里，无法出去；就是出去，也没有什么地方可去。他们乘车的时候也有，我在乡间亲眼看见地主把运货的塌车运输黑奴，一大堆地挤着蹲在里面，和运猪猡一样！

依法律虽不许买卖人口，但是在美国的南方"黑带"里，甲地主要向乙地主让若干变相的农奴，只要出多少钱给甲地主，以代这些变相的农奴还债为词，便可用塌车整批地运走，因为他即成为这些农奴们的新债主，有奴役他们的权利了！这不是变相的农奴是什么呢？

（原载1936年9月1日《世界知识》第4卷第12号）

黄石公园和离婚胜地

　　黄石公园真够得上一个"大"字！它的面积共有三千三百五十方哩，长达六十二哩，阔达五十四哩，占怀俄明州的西北部，并朝北伸入蒙大拿州两哩余。公园的四面都有大森林包围着。公园的中央有着八千尺高的火山高原。里面有溪有湖，有怒涛汹涌的温泉，尤其吸引游客的是喷出高达一百五十尺的温泉，好像放花似的。据说每六十五分钟即喷出一次，每次喷泉能持至四分半钟。还有温泉洞，继续不断地发出惊人的吼声。此外还有一个奇景是奇大无比的山岩被河流劈开，河流已干，而两旁壁方千仞的危岩却巍然可见。这岩谷他们叫做"Grand Canyon"，两旁石壁高达八百尺至一千一百尺，阳光反映，美更无匹。这个公园里并有不怕人的熊，见人不避，亦不妨害，听说可从游客手上吃东西，但是非胆子大的人仍未敢尝试。

　　我们穿过这个奇大的公园之后，于当天下午七点钟达到犹他州西北部的盐湖城（Salt Lake City），这里有十四万余人口，算是一个较大的城市，街道店铺都很讲究，附近有个盐水湖，是完全盐水的，有许多人到那里去游泳，我们三个人也去尝试了一下。钻下水去游泳一会儿，露出身来，满身就都散布着亮晶晶的盐花，游完后要到湖边特设的淡水淋浴，把身上的盐水冲洗干净。我游到较深的地方，不留神喝了一大口盐水，咸得要命，弄得好久不舒服。由盐湖城再西行，要经过一个长途的沙漠，白天炎热非常，要在夜里启程，所以我们在21日这一天大游其盐水湖，到当夜10点3刻钟才向沙漠进发。这个整夜就在两边沙漠茫茫中向前开快车（仍有很好的公路），虽在夜里，气候仍比白天热得多，除开车的一人外，其余两人都大打其瞌睡。第二日（22日）早晨开到内华达州的西部一小镇叫做爱锁（Love Lock），因为一夜的疲顿，找到一个"木屋"，大家赶紧洗了一个澡，一睡就睡到下午3点钟才起来。23日上午8点钟离爱锁，下午4点钟到世界著名的离婚城雷诺（Reno）。

　　雷诺是在内华达州西部的一个镇，人口约一万八千余人。这小小的一个地方，所以闻名于天下的，就是因为那是一个离婚最容易的地方。我们到了之后，最注意的当然也是这件事，但是当天已晚，第二天才去参观当地的法庭。这里的法庭几乎是包办离婚的案件，因为别的地方遇着离婚感到困难的就跑到这个地方来解决。而且解决得真快！每件案子只有寥寥数句话，十分钟左右便可结束，所以我们坐在法庭旁听席上不到半小时，已看到三四起的离婚案件结束了。所看到的几个案子，都是女子来和男的离婚，而且只原告到案，被告不到案，也没有什么辩论。在这样法庭上做律师，真是便当之至！来离婚的女子，有半老的徐娘，有老太婆，也有青年女子。有一个青年女子在庭上已达到了离婚的目的，退庭时热泪竟夺眶而出，怪伤心似的！不知道她是追念前尘影事而不禁伤心呢？还是别有不足为外人道的苦衷？这却不是局外人所能猜度的了。庭上有个律师名叫章生（Kendrick Johnson），因为他以前交过中国人做朋友，对于中国人特别有好感，看见在旁听席上有个中国人的我在，竟引起他的注意，退庭后就来找我谈话。在法庭上匆匆未能尽意，约他午餐后再去访问他一谈,他答应了。我们午后便按时同到他的事务所里去谈,由他那里知道了不少关于离婚的情形。

在雷诺进行离婚的法律手续有个重要的条件,便是须先在该处住了六个星期。住了六个星期,然后可以根据下面的九个理由中的任何理由起诉:

(一)在结婚的时候即不能人道,在离婚的时候还是这样。

(二)自结婚后即犯通奸,仍不为对方所宽恕者。

(三)任何时候,任何一方为对方所有意遗弃达一年时期者。

(四)犯重罪或不名誉的罪。

(五)酗酒的习惯,任何一方自结婚后即犯此恶习,以致对于家庭的维持发生影响。

(六)任何一方有极端的虐待行为(精神的或身体的)。

(七)丈夫忽略供给生活上的一般需要达一年时期者,惟此种忽略须不是由于丈夫贫穷的结果。

(八)在起诉前的两年内犯了神经病。

(九)双方分居已达五年的时期。

如果被告虽不愿亲自出庭争辩,但却委托律师出庭,那末在六个星期的时期届满之后,亦可由法院立即开庭判决。如果被告既不愿亲自出庭争辩,也不委托律师出庭,那末在文件送达被告之后,须再等候三十天,然后才可以开庭审问。这样算起来,住了六个星期,还要加上三十天。不过六个星期一定要住在本地,至于那三十天,原告是可以随意离开雷诺的。倘若被告的住址不明,无法传达,那末必须把传票登在本地的日报上,每星期登一欠,连登四个星期,末期登出之后,还要再等候三十天,然后才可以开庭判决。这样算起来,住了六个星期,加上四个星期又须加上三十天。但是同样地,也不过六个星期一定要住在本地,至于那随后的四个星期和三十天，原告也是可以随意离开雷诺的。

必须住在本地六个星期，有提出证据的必要；离婚原因如果是神经病也有提出证据的必要。除这两点在法庭上须举出事实为证据外，其余一切都无须举出事实为证。这也是替要求离婚者大开方便之门！这里的法庭一年开到底，一点不间断，要离婚的无论何时都可以光顾，这也是替有意离婚者大开方便之门！如果起诉者要求关门审判，禁止旁听，法庭也可以"唯命是听"，把一切旁听的人和新闻访员都拒之门外，这又是"服务"得多么周到？就是双方都有错，但是法庭仍可为着错得少的一方准许脱离，所以离婚的成功总是有把握的！

据统计所示，1934年在雷诺离婚的案件达二千六百六十五件。依该处法庭所给予的种种便利，这数量似乎还不算怎样惊人，这是什么缘故呢？我想一定是经济的问题。我在纽约时，亲见有某机关的一个女书记，早就想到雷诺去提出离婚，但是要请假六个星期，要在雷诺住六个星期，要出律师公费，要出诉讼费，还要算算来往的一笔路费——这种种都是她不得不费些工夫筹谋一番的。听说她皇皇然凑足了千余圆，才敢动身到雷诺去。简单说一句，无论怎样便利，还只是替拿得出钱的人谋便利，没有钱的人免开尊口，因此，据说雷诺的"营业"近几年来也很受到经济恐慌的打击。

这种地方，律师业当然很发达，以人口不过一万八千余人的小镇，听说律师竟有八百人左右之多！

不但律师们沾光，雷诺的旅馆业以及其他部分的商业也都把旅客们当"洋盘"看。我们是过路客，并不是要来离什么婚的，但是无意中也做了一次小"洋盘"！事实是这样：我们到的第二天早晨，我和G因为头发已太长了，一同出去剪头发。跑进一家很平常的理发店去剪。在纽约剪发，像这样的小店，每人不过两三角或三四角钱就行，但是我们在这里剪完之后,每人却须付七角半,我们两人出了店门,都面面相觑,现出诧异的样子。所谓雷诺原来就是如此!

写于1937年1月—3日江苏高等法院看守所

(收入1937年5月上海生活书店版《萍踪忆语》)

船上的民族意识

记者前天（21日）上午写《到新加坡》那篇通讯时，不是一开始就说了一段风平浪静的境界吗！昨天起开始渡过印度洋，风浪大起来了，船身好像一蹲一纵地向前迈进，坐在吸烟室里就好像天翻地覆似的，忍不住了，跑到甲板上躺在藤椅里不敢动，一上一下地好像腾云驾雾，头部脑部都在作怪，昨天全日只吃了面包半块，做了一天的废人，苦不堪言。今天上午风浪仍大，中午好了一些，我勉强吃了一部分的中餐，下午吸烟室里仍不能坐。写此文的时候，是靠在甲板上的藤椅里，把皮包放在腿上当桌子用，在狂涛怒浪中缓缓地写着，因明日到科伦坡待寄，而且听说地中海的风浪还要大，也许到那时，通讯不得不暂搁一下。

船自新加坡开行后，搭客中的中国人就只剩了七个。黑色的朋友上来了十几个（印度人），他们里面的妇女们手上戴了许多金镯，身上挂了不少金链，还要在鼻孔外面的凹处嵌上一粒金制的装饰品。此外都是黄毛的碧眼儿。有一个嫁给中国人的荷兰女子，对于中国人表示特别好感，特别喜欢和中国人攀谈。

同行中有一位李君自己带有一个帆布的靠椅，预备在甲板上自己用的，椅上用墨写明了他的中西文的姓名以作标志。前天下午他好端端地、舒舒服服地躺在上面，忽然来个大块头外国老太婆，一定要把他赶开，说这个椅是她的。李君把椅上写明的姓名给她看，她不肯服，说他偷了她的椅子，有意写上自己的姓名！于是引起几个中国人的公愤，我们里面有位甲君（代用的）尤其愤激，说"中国人都是做贼的吗？这样的欺侮中国人，我们都不必在国外做人了！这还了得！"我看他那一副握拳擦掌切齿怒目的神气，好像就要打人似的。还有一位乙君持极端相反的意见，他说："中国人出门就准备着吃亏的，"又说："自己不行（指中国），有何话说！"他主张不必认真计较。当时我刚在吸烟室里写文章，他们都仓皇地跑进来告诉我，我说老太婆如不讲理，可将情形告诉船上的管事人，倘若她自己也带了一张椅子，因找不到而误认的话，可叫管事人替她找出来，便明白了。后来果然找到了她自己的椅子，对李君道歉，而且觉得很难为情。听说她原有几分神经病，甲君仍怒不可遏，说不管有没有神经病，总是欺侮中国人，于是他仍就狠狠地热血沸腾地对着这个老太婆加了一番教训，并在背后愤愤地大说乙君的闲话。

中国人到国外易于被人凌辱，却是一件无可为讳的事实。理由很简单，无非是国内军阀官僚们闹得太不像样，国际上处处给人轻视，不但大事吃亏，就是关于在国外的个人的琐屑小事，也不免受到影响。例如船上备有浴室，如遇着是中国人正在里面洗浴，来了一个也要洗浴的西人，往往打门很急，逼着速让，那种无理取闹的举动，虽限于少数的"死硬"派，无非含有轻视中国人的意味。

不过有的时候也有自己错了而出于神经过敏的地方。此次同行中有一位"同胞"（赴外国经商的）说话的声音特别的响亮，极平常的话，他都要于大庭广众前大声疾呼。除登台演说外，和一两人或少数人谈话原不必那样卖力，但是这位仁兄不知怎样成了习惯，不开口则已，一开口就非雷鸣不可。这当然易于惹人厌恶，我曾于无人处很和婉地提醒他，请他注意，他"愿安承教"了，但过了一天，故态复萌，有一夜他在房里又哗拉哗拉起来，被对房睡了觉爬起来的一个德国人跑过来办交涉，他事后愤然地说，在自己房里说说话有什么犯法，他觉得这又是选定中国人欺侮了！

自"九·一八"中国暴露了许多逃官逃将以来，虽有马占山部及十九路军的昙花一现的暂时的振作，西报上遇有关于中国的漫画，不是画着一个颠顶大汉匍匐呻吟于雄赳赳的日军阀枪刺之下，便是画着前面有一个拖着辫子的中国人拚命狂奔，后面一个日本兵拿着枪大踏步赶着，这样的印象，怎能引起什么人的敬重？至于外国人中的"死硬"派，那更不消说了。这都是"和外"的妙策遗下的好现象！

到国外每遇着侨胞谈话，他们深痛于祖国的不振作，在外随时随地受着他族的凌辱蹂躏，呼吁无门，所表示的民族意识也特别的坚强，就是屡在国外旅行的雷宾南先生，此次在船上的时候和记者长谈，也对此点再三的注意，可见他所受到的刺激也是很深刻的。我说各殖民地的民族革命，也是促成帝国主义加速崩溃的一件事，不过一个民族中的帝国主义的附属物不铲除，为虎作伥者肆无忌惮，民族解放又何从说起呢？这却成为一个先决问题了。

1933年7月23日，佛尔第号船上，自科伦坡发

游比杂谈之一

在欧洲的北部海岸，法国和德国的中间，有两个小国家，那就是比利时和荷兰。这两个小国的人口都在八百万人左右，是在欧洲经过战争最多的一块地方，这不但是因为这一块地方的南部（即比利时）是正夹在法德两大国的中间，为这两大国扩充地盘时常争的地带，而且也因为这两小国有了欧洲最重要的几条河的出口，为斗争的媒介。但这两个小国家虽被人加上一个"小"字，在你抢我夺的这块地方上，居然能靠着自己斗争的力量，终于能维持他们的自由平等的地位（当时的国际形势当然也有关系，但根本还是靠自己斗争的力量），这时来自"大"国的我，来自"大"而任人宰割的中国的我，到这两国里看看，实在没有法子消除我的惭愧的心影。

记者于2月22日上午9点15分由巴黎动身，12点便到了比京布鲁塞尔（Bruxelles）。在火车里遇着一位荷兰老者，和他的妻子同坐在一个车厢里，他们俩的头发都白了，至少都在六十岁以上的年纪，而体格康健，却无异于四十岁左右的壮年。这老者能英语。我和他谈话之后，才知道他在荷兰经营船业已四十年了，听他的口气，好像是一个轮船公司经理。我问他荷兰船业最近情形如何，他说没有一个轮船公司不蚀本的，现在只得勉强维持现状，以待转机。我们知道荷兰的国力，最依靠的是他们的商业，尤其是航业。荷兰的航业到现在，虽还不及17世纪独执世界牛耳时代，但仍占很重要的位置，他们靠着均衡出入口的差异，这是最主要的要素。但据这个经营船业四十年的老者说，现在却没有一个轮船公司不蚀本的，这也是因为他们逃不出世界经济恐慌的漩涡。

在国外遇着外国朋友，十八九要问你中日问题怎么样了，这个老者也不能例外。他似乎很抱憾地说，中国不能打，最没办法，我便把十九路军在淞沪打日本情形告诉他，他听得津津有味，随听随译给他的夫人听。我想，我们还有十九路军拿来遮遮面孔，但以偌大的中国，只有这昙花一现的十九路军，这面孔还是遮不了！

记者到比国的时候，正值他们一"丧"一"庆"的当儿。我到的那一天（22日），是爬山跌死的比王亚尔培大出丧的日子，也就是他们的国丧；第二天是比国新王利奥波尔第三宣誓登位的日子，也就是他们的国庆。在这两天，满街人山人海，比京附近各城的人都特为跑来看热闹，我就好像看了"比国人民展览会"。在新比王和他的王后的"銮驾"经过街道的时候，两旁挤得水泄不通的人丛中，都挥巾或挥帽欢呼；有的在最后一排的角落里，一点儿看不见国王或王后的脸，也大脱其帽，这种敬重王室的心理，在我们看来真觉莫名其妙。比王未葬前，陈尸三日，一任人民观看；各处人民到比京列队循序进去观看者，每日十余万人。听说有的看了流着眼泪，有许多情愿饿着肚子，或一夜不睡，列在队中立着，等候进去一看。这里面大概为好奇心所冲动的也不少，不过据说比王亚尔培在国王中算是很忠于国事和爱护人民的，所以确也留下了不少的哀思。

现在比国的政治和外交是唯法国的马首是瞻的，所以法国的政治如果没有什么大变动，比国的政治也就亦步亦趋，不会有什么大变动。比国的政党有天主教党，里面包括的是教徒、农民、资产阶级；自由党，里面包括的有财阀、工商界的领袖和一部分的知识阶级；社会党，里面包括的有工人，由知识阶级中人如大学教授、律师及其他自由职业者做领导；共产党。势力以天主教党和社会党的为最大，但经济实力操在自由党的手里。现在的局面，是天主教党和自由党联合战线压倒社会党，前两党为在朝党，后者为在野党。在这种形势之下，政治上的大权握在什么阶级的手里，可不言而喻了。共产党在国会里也有两三个议员，当23日那天新比王在国会里宣誓时，各党议员呼国王万岁，共产党议员则大呼"民国"万岁，大家也莫奈何他们，这如在以"马氏交通"触犯刑章的国家里，当然也是一件不可思议的事情！

讲到经济方面，比利时是欧洲最工业化的国家里面一个老资格，列日（Liege）的煤，在中世纪就有名的，铁和钢的工业，在18世纪的末叶就发展了，现在这三种工业仍占最重要的位置。此外关于锌、铅、玻璃、纺织，也有大量的生产。从事农业的人民不到五十万人，从事工商业者却在两百万人以上。自世界经济恐慌发生以来，愈工业化的资本主义国家，倒霉的程度也愈高，比利时虽向来有富庶之称，也不能例外。试看他们的统计：1931年工人失业人数为二十万零七千人；1932年增至三十五万人了；1933年增至三十八万三千人了。所以在比国布鲁塞尔极宽敞平滑的马路上，两旁的洋房和树荫多么美丽，你在这美丽的环境中就可发现着衣服破烂的变相的乞丐。有一个清晨我和老友寄寒伉俪同在这样的一个道旁散步，就两次遇着这样变相的乞丐，手里拿着几根铅笔，伸着手向你要钱。其中有一个还有羞答答的样子，大概是初上任的，还没有得到多大的经验！据寄寒说，这都是失业的工人，在两三年前是从来没有看见过的。

布鲁塞尔有"具体而微的巴黎"之称。居民八十五万人，街道整洁，建筑美丽，市政修明，确很可引起人们的美感，但比巴黎当然尚望尘莫及。建筑物以大理院（Palace of Justice）为最宏伟，价值六千万法郎，占地比罗马的圣彼得教堂的地盘还大。欧洲的宏伟建筑物，最多的是教堂，其次是皇宫，此外则大理院也常夹在里面凑热闹，为游客常到之处。在我国，游客要特跑到审判厅去看看，大概很少。布鲁塞尔比巴黎，"微"则有之，"具体"还说不上。不过有一件事却不很"微"，那就是在热闹街市如Boulevard Adolphemax一带，华灯初上，野鸡如鲫，我和寄寒伉俪及王君勤安等顺道过此，目见甚多。据说野鸡之外，还有不少公娼，那更可和巴黎分庭抗礼了！

记者在比虽仅前后四天，除到罗文（Louvain）半天外，承蒙寄寒贤伉俪差不多天天陪伴着游览，所看的地方不少，比较重要的是他们博物馆的设备，国家虽小，对于民众教育的努力并不小。在同往参观历史博物馆的那一次，在同时游客中有三个美丽活泼的比国少女（依中国女子标准看去有十六七岁，在她们身体发育健全，据说实际都还不过十三四岁），其中有一个尤秀媚，忽对我们几个外国人注意，跟着我们一块儿看，最后临别时，彼此分开了，她们还回过头来嫣然对我们说"再会"，我们也欣然还报以"再会"，虽心里明知道这"再会"是大概绝对没有希望的，可是那天真少女的美感，至今还萦回脑际。

比国的最大的殖民地是在南非洲的刚果（Congo），在比京时也特地去看了他们的殖民地博物馆，内容是动植矿物的生产之丰富，同时用相片和模型表示土人之野蛮和迷信等等文化落后的情形，受尽了种种的榨取剥削，还落得个不名誉的结果！比利时本国的全部面积不过一万一千余方哩，而比利时的殖民地刚果却有九十万余方哩，大了九十倍左右！

在比京也有所谓"无名英雄墓"，即在世界大战中阵亡兵士的坟墓。在马路上经过这个地方的时候，不但走路的人都自动地脱帽致敬，就是在电车里的乘客，也都自动地脱帽致敬，这也可见一般民众教育的程度。记者也路过几次，尤其令人连带回想的是1914年蕞尔小国的比利时因德国侵入国境而英勇抗战的经过，德国原答应比国如许他们假道，决不侵犯，而比国毅然不许，当年8月5日，德军开始攻击，比将勒孟（Leman）率领比军抗战四倍人数的德军至四十八小时，最后因避包围，退至Fort Loncin，仍收拾残军抗战，坚持一周之久，勒孟战倒于残墟中，昏迷失却知觉，被德军掳去，此役比军死亡四万八千人，德政府第二次提出要求假道，仍被比国拒绝，以后的情形，读者诸君都知道，用不着记者赘述。总之德军绝对不得在比国"不抵抗"中爽快通过，要进一步，便须吃进一步的苦头！当年10月18日至30日，德军要通过比国的野塞河（Yser），被比军作十余日的死抗，比军死亡一万四千人，其英勇尤为历史上令人肃然起敬的一页，比军坚守这一小块仅余的国土，直至1918年大战终了时为止，未曾被德军占去，暴敌侵入国境是什么一回事，还有什么苟安图存的余地！比利时虽是蕞尔小国，她所以能卓然立于世界，也全靠这一点英勇抗战令人不敢轻视的精神。当时毅然主持抗战的比王亚尔培和首当其冲而死抗到底的勒孟将军所以能留永思于比国人民心中者，不为无故。

1934年5月11日，伦敦

游比杂谈之二

比利时是在欧洲经过战争最多的一个地方，这在上面已提及。滑铁卢（Waterloo）之战，也是这许多战争里面最著名的一个。记者曾于3月23日午后，和寄寒伉俪偕往滑铁卢一游，整整费了一个半天的工夫。滑铁卢是一个居民仅有四千人左右的小村，在比京布鲁塞尔之南十一方哩，由布鲁塞尔去，乘一小时的电车可达。在1815年的6月，这是英将威灵顿（Wellington）驻扎抗战拿破仑的地点。拿氏以神出鬼没的战术，怀囊括全欧的野心，几于所向无敌，最后经滑铁卢一败，真是中国话所谓"一败涂地"，皇帝没得做，关到圣赫伦那（St.Helena）岛上去，五年后便以一死了之。在当年6月18日那天交绥的处所，就在这滑铁卢村上一个小墩名叫Hougomont的上面开始。现在仅是一个农场，设有一个陈列馆，陈列关于该次战争的遗物，在楼上有个圆形的大画室，却很别致，中间一个大亭，亭的周围有围栏，围栏外面离七八丈的周围，便挂着高十余丈的大油画，围着这个亭子。油画的内容是描写当时联军和拿破仑军队交战的情形。油画的下面和亭外的空地接连，在地上便用真草，真茅屋，以及逼真的人马枪炮等等的模型布置着，油画的上面是画着蔚蓝的天空，和亭子上面接连着，全部用电灯衬托出来，使看的人从亭子里看出来，好像身临战地似的。除这个陈列馆外，还有一个纪念此次战事的人造的狮子山（Mont du lion），这山是比利时于1823年及26年间造成的，山高约一百五十尺，周围约一千七百尺，顶上中间有个铁铸的大狮子，二十四吨重，从山下可由二百二十六级的石级登到狮子的座子，座子周围及石级两旁都有铁栏杆围着。我们三个人都鼓着勇气爬到最高顶去远望了一番，这附近的四围便是数十万大军搏战之地，便是叱咤风云一世之雄的拿破仑大吃败仗的所在！天已渐渐地阴暗起来，匆匆下山回来，在电车里已是万家灯火了！

看到这个战地，使我回想到历史上关于此役有件趣事，那便是拿破仑自信必胜，唯恐威灵顿乘夜不战先逃！在6月17日（1815年）的那个夜里，威灵顿和拿破仑的两方军队均驻扎在滑铁卢，等天明交战，拿皇帝把胜仗拿得十稳，深恐威灵顿在当夜乘黑暗中逃走，特于这个夜里——已经半夜了——离开他的居屋，只带着柏塔郎大将（Marshal Bertrand）一人相随，步行走出他的禁卫线，竟大胆地走到威灵顿驻扎地的前面周围的丛树附近。这时已是夜里2点钟了，拿皇帝在万籁俱寂中倾听，忽然听见一队敌兵在黑暗中的步伐声，他想这一定是威灵顿乘夜里黑暗中拔营，这一营大概是他的最后的卫队了！他此时绝对梦想不到第二天威灵顿的军队会那样的死抗不退。虽以拿破仑的将才，一有轻敌之心，也免不了大吃败仗，这倒可给我们一个很好的教训！

记者于3月24日的上午费了半天的工夫去参观比国一个文化中心的罗文，有"比利时的牛津"之称，由比京乘火车去，不及一小时即到。罗文是属于比利时的卜拉邦（Brabant）省的一个城镇，居民约有四万人，而在该处的罗文大学的学生却有五千人左右，所以满街随处可以碰到男女大学生。他们或她们虽穿常服，却都戴有不一律的制帽，各科各级的学生，都各有其特殊颜色和标志的制帽，使人一望而知，有的制帽像我们所常见的睡帽一样，各学生同时是什么学会或团体的会员，还把许多金的或银的五花八门的徽章插在帽上的周围，很特别。该校虽男女同学，向例男同学和女同学不得两个人（即仅仅一男一女）在街上同行，否则一被学校当局看见，即须传去问话，麻烦得很，所以在街上确看不见有这样的现象，顽固习俗可笑，究竟不知道有什么充分的理由！该校以医工较著名，中国留学生有二十余人，前《大晚报》记者张君也在该校肄业，记者到后，承他引导参观。罗文街上极少车辆，清静安逸，与布鲁塞尔迥异。著名建筑有五百年历史的市政厅、宏丽的教堂及大规模的图书馆等。当1914年8月25日，该城被德军占据，有意放火焚烧，连烧三天，烧毁了一千多屋子，存有十五万卷以上名著的图书馆也遭了这个浩劫，大战结束后，屋子已大多数重建，图书馆也重建了（大半出于美国人的捐款）。在德军侵占比境时，比国当局只想到死抗暴敌，并未曾想到一面准备不抵抗，一面把这些宝藏搬移到别处去，这大概因为他们深知国土一块一块地被暴敌侵占去，国且不国，搬移宝藏何用！况且他们没有不平等条约的妙用，没有什么租界可供移藏宝物，这也是比不上我们的！

比利时虽小，最有名的报纸，也有八九种之多，以"晚报"（Le Soir）为最盛，印刷精美，插图尤佳，听说销数每日近百万。该报虽号称"晚报"，每日出版四次，每次遇有最新要闻，即加以补充。第一次约在下午3点半，第二次下午6点半，第三次夜里9点半，第四次半夜，便须在第二晨售卖了，故实际已包办了全日的新闻。至于各报对中国的态度，也学着帝国主义的大国的模样，尤其是学着英法报纸的常态，那就是不登中国的消息则已，一登总是丢脸的消息居多！不过仔细想来，这也不能尽怪别人，因为我们自己，尤其是负政治上责任的人，先要问一问我们自己是不是要脸，先要问一问我们自己干了什么不致丢脸的事情!

最后请谈谈在比的中国人。在比国的中国学生约有二百余人，在安特卫普（Antwerp）当水手的有百余人，青田小贩来来往往的也有四五十人。不久以前有驻西班牙的某比领受贿滥给护照，我国的青田小贩因纳贿而溜入比境者不少，后来这个领事的舞弊情形被比政府发现，革职查办，青田小贩被连累的都被驱逐出境。在这些脑子简单的青田小贩们，认为花了钱得到了护照，有什么错处，故常到中国使馆请办交涉，而中国使馆则以此事在比政府认为违法行为，无法可想，在法律上收贿者固被认为有罪，纳贿者也不是堂皇的事情，弄得很僵，况且做的是中国人，除准备着被驱出境的份儿外，更有什么话可说？

讲到在比的中国青田小贩，去年八九月间却发生了一件趣事。有三个青田小贩同住在一个比国人的家里，那家房东有三个女儿，正好配上了这三位青田小贩，都发生了关系，其中有一个女儿年龄还在十六岁以下，于是她们的父亲在法院提出诉讼，控告他们。但是房东太太以她的这个丈夫在外面有了一个姘头，平日不但不住在家里，而且置经济于不顾，还是这三位青田仁兄常常接济她的家用，所以到开庭审判的那一天，这位非正式的丈母娘在法庭上大帮这三个青田小贩！那天观审的很多，中国使馆也派有人去旁听。那位房东太太当着大众，对法官口若悬河地大讲她的一大篇大道理！她历数丈夫种种不顾家庭的罪状，极力赞扬这三个中国人如何如何的好！法官问问那三个女儿，也都说母亲的话不错，并且都表示愿嫁给这三个中国人。结果那个父亲大吃瘪，那三位祸中得福喜出望外的青田仁兄各拥着娇妻，凯旋而回！这个案件，比国的报上只字不登，因为如把那位"丈母娘"的"中、比人的优劣论"那一篇大文章发表出来，在他们当然认为是和比国人的体面有关系的。

还有一件事，在布鲁塞尔的大规模的理发店里，请了两位中国的抠脚专家！我们中国洗澡堂里的抠脚情形，想读者诸君都知道的。这两位扦脚专家因为来修脚的多属舞女，享尽艳福，每月各有三五千法郎的收入，一位娶了法女为妻，一位娶了比女为妻。中国人在欧的著名的职业，一为洗衣，一为烧菜（开饭馆），现在大概要加上了扦脚！在巴黎时，有的法国朋友说，你们中国人的菜当然好吃，因为你们有了五千年的文明，烧菜的研究也有了五千年的历史了！现在出了扦脚专家，不知和五千年的文明也有什么关系没有！

比国人对中国的态度，讲到政治的方面，比国外交向来是亲法的，唯法马首是瞻，法在外交上对中国的态度既不佳，比也可想而知，例如中日事件发生后，比政府的态度即偏袒日本。讲到一般民众方面，可以说大多数对中国完全莫名其妙，大概看到青田小贩，便认为是中国人的代表，对于中国女子的印象，每以为仍是小脚，穿着他们在博物馆里所见的那种小脚鞋。（寄寒的夫人生得娟秀，在比外交界便很出风头，报上把她的相片登出来，即每有出门，街上行人都要特别注意她，也可以说稍稍替中国女子争得一点面子，至少使他们知道中国的女子和他们殖民地博物馆里所陈列的刚果女子究竟不同！）不过他们里面有一部分人因为本国无所不小，而觉得中国则那么大得吓人：讲面积，一来就是四五百万方哩（比国面积只一万余方哩）；讲人口，一来就是四五万万人（比国人口只八百万人）！但是中国那么大，人又那么多，而却又那么无用——至少在现状之下——大概他们不免更觉得诧异吧！

1934年5月14日，伦敦

所谓领袖政治

记者于3月2日上午10点27分钟离开荷兰的商业首都阿姆斯特丹,当夜9点3刻到柏林。

到柏林后,常听到德国人互相见面打招呼时,不像法国人之叫"Bon jour"(日安),或英国人之叫"How do you do?"(你好?),却叫着"Heil Hitler!"(大概可译为"希特勒万岁!")这大概是捧领袖的意思,虽则有些德国朋友私下告诉我,说有许多是在威权压迫之下,要保全自己的饭碗,不得不这样叫一下,在实际上所叫的不是希特勒"万岁",是他们自己的饭碗"万岁"!

此外在照相馆玻璃窗内所陈列的,满山满谷的形形式式的希特勒的相片;在雕刻铺子或铜铁铸像铺子的玻璃窗里所堆着排着的,也是大大小小无微不至的希特勒的造像,这大概也是捧领袖的意思。这类相片或是造像里所表现着的希特勒,当然都是威风凛凛,神气活现的态度。他的政敌里面有的竟敢恶作剧,不知怎样弄到一张呆头呆脑的照片,据说是希特勒一岁时候的真面目,拿来各处广发!还有人把他的相片另印一下，在头发上面加一个小小的列宁的相片，和发纹稍稍混乱，使人粗看不知道，略一细视，才看得出，也拿来用秘密方法广播全国，党老爷们（国社党）也许还很热心地帮同推广，以广宣传，后来发觉，极力禁止，却也"宣传"得不少了！

讲领袖政治的，大概都很提倡对于领袖的盲目的奴性的服从。（服从原也有好的方面，如服从真理，服从所信仰的主义，服从正当的规则及值得服从的人物等等，但和盲目的奴性的服从，在性质上当然有很大的差异。）像意大利由法西斯党所办的青年团团员正式加入做党员的时候，必先宣誓"愿无讨论地（Without discussion）执行领袖（Il Duce，指墨索里尼）的一切命令……"我在德国时，也常常听见这里有几万公务员，或那里有几万国社党党员，聚拢来举行大规模的宣誓礼，最重要的一句话，是"绝对服从希特勒"。

无论什么性质的集团或机关，只须是有"群"的形式，在职务上的需要，当然有领袖的必要；就是我们寻常组织一个旅行团，如人数较多，为种种事务上的便利和需要计，我们也常要公推一个适于做团长的人，代表大家的公意和需要，主持一切，他的最重要的任务是要能把这一团人所要解决的事情解决掉，倘无法解决而又装腔做势，尽管吹牛，谁来睬他！倘若这个团长仅勾结几个坏蛋，为少数人的私利，摧残大多数团员的福利，用残酷手段压迫大多数团员，还要以"领袖"自居，认为"领袖"是天生的，你们这般团员活该像奴隶似的受统治，这又成了什么话呢？

现在德国各校所用的历史教本，除由政府所承认的教本之外，还由政府所选任的"历史家"特著种种补充的读物，最重要的是叙述希特勒的发难和他的"主义"，目的在造成"以爱国心、种族的意识和领袖制为基础的更伟大的德意志"。试举其中有一册是"1914至1933年德意志民族的复兴"，就说"在德国最困苦的时候，在德国正临着深渊的时候,上帝又在希特勒的身上,给德国人民一个伟大的领袖"。这和我国的无知乡民相信"真命天子"的观念有什么分别?不过一方面是在中国乡民中之无知者,一方面是出于素以科学发达闻于世的德国的"历史家"罢了。(注:以上引证语见《每日先驱报》,1934年5月10。)

现在这种领袖制,德国不但在政治上采用它,并极力输入全国其他的各种组织里面去。例如德政府在1月间新颁的"劳动法"(Labor Law),便把雇主认为"领袖",把他的工人认为"服从者"。这些"服从者"依法虽也有组织所谓"信任委员会"(Confidential Council),但这个委员会的候选人却须由"领袖"——即雇主——会同国社党的"工厂细胞组织"(FactoryCell Organization,即国社党所包办的工会组织)的书记,共同圈定之后,再由职工选举,组成所谓"信任委员会",代表全体职工和"领袖"——雇主——"合作"。由雇主圈定的"信任委员",当然是可以"信任"的了,不过此处的"领袖"却不是"上帝"所"给"的,乃是有资本做雇主的人们!他们的靠山是"上帝"所"给"的那个政治上的大领袖!

我以为这种政治上的领袖是否"上帝"所"给"的,倒不值怎样的注意,我们所要注意的是他能否解决全国大多数人所亟待解决的问题。德国的情形和中国的不同,但大题目也只有两个:一个是对外问题,尤其是取消"凡尔塞条约"问题;一个是对内问题,尤其是救济失业问题。我觉得"上帝"所"给"德国人民的"政治领袖"所干出的"领袖政治",对这两个问题,似乎只有"口惠",实际都没有办法。这层此刻暂且慢谈,后面当有专篇作事实上的分析。

我此时要提出可以注意的几点如下:

(一)上面所述的那种方式的政治领袖,也决不是像天上凭空掉下来的一件东西。例如德国的希特勒,去年1月间所以得一跃而上政治舞台,实当时实际环境所凑成。德国自社会民主党秉政以来,不主张彻底改革，只在现社会组织下努力，始终为资产阶级利用，后来资产阶级鉴于劳动阶级的声势日大，深觉社会民主党之不足再供利用，乃索性揭开假面具，利用国社党，作明目张胆的压迫，以作最后的挣扎。

（二）这种所谓政治领袖，在未上台以前，要夺取政权，也要用欺骗方法，取得一部分民众的拥护；这种欺骗，所以能有相当的效力，是因为他从前未在政治舞台上有过恶印象留在民间的缘故。倘若早已久执政权，统治得一团糟，信用扫地，要想再用欺骗方法，利用"领袖政治"的新招牌，那更是一件难事了。

（三）在外国所见的这种所谓领袖政治，虽未见他们对国事有何根本的办法，但他们个人方面，还能稍稍顾点面子，不得不做出一点勤廉的样子，像希特勒最近听说连薪水都不要，全部捐作党费，这于社会根本问题的解决当然没有什么关系，并不值得怎样的赞扬，但比之东一个别墅，西一所洋房，穷奢极欲的政治上的所谓"要人"，给人的印象究竟有些不同。

最后关于"领袖"这个东西，还有一点感想要附带地说一说：我在柏林的时候，屡次听见有中国友人看见德国有一班人大捧他们的领袖希特勒，便慨乎言之地说中国人就缺乏这种"美德"（？），说中国人就不肯拥护领袖，并肯定地断言中国之没有救药，病根就在这里。关于这一点，我却有些不同的感想，我觉得中国人最重视领袖——不过我们所重视的领袖是真能在行动上事实上表现他能为大众牺牲努力的领袖，倘只叫中国人对着挂空招牌的领袖举手行礼高呼"×××万岁！"这玩意儿是弄不来的。关于这一点，事实上的佐证多得很，随手拈来就是。试举一二比较近的事实说，在举国民众热烈抗日高潮的时候，马占山将军在嫩江率军血战抗日，全国人民对于他的崇拜的种种表现，实难形容；杜重远先生当时到四川重庆一带去演讲救国运动，甚至看见有人把他的相片排列在祖宗牌位一起，有人希望他有机会做中国的大总统！上海十九路军血战抗日,全国民众对于他们的领袖及士兵们的崇拜,其种种表现,也是出于衷心而为我们所共见的。我当然不是说这些人就可以做中国政治上的领袖,我是要证明中国人所要重视的领袖是在行动上事实上有办法为大众努力的领袖,不是挂着空招牌摆着空架子的领袖。如有人自以为是中国的领袖而怪中国人民不知或不肯拥护他,我要请他问一问自己有了什么,做了什么,足以引起中国人民的信仰和敬重!

1934年6月2日,伦敦

物质文明与大众享用

从伦敦到纽约的情形，记者在上次已谈过一些，现在要随意谈些到纽约以后的见闻——有的是在欧洲不常有的现象。

原有一位美国朋友预先有信给我，说要亲到码头来招呼，我到的时候，他因临时有重要会议，不能分身，派他的一位女书记来接我，可是她和我未见过面，码头上的人又多，彼此竟相左。幸而我的行李很简单，只带了一个随身的衣箱，便叫一辆"特格西"（taxi），乘到一个小旅馆里去。坐在汽车里，耳朵听到无线电播音的音乐，以及当天新闻的报告，原来是汽车里装有无线电收音机，这倒是我在欧未见过的，可说是美国在利用机器方面特别发达所给我的第一个印象。讲到利用机器，在纽约所见的，可说是一个特色；后来在各处所见的，亦多能表现出这个特色。他们利用机器来大量生产，这个美国所尤著的特色，是大家所久闻大名的；但就小的事情说，却也很有趣味。例如你在小咖啡店里，可以看见他们售卖一种颇像中国烧饼一类的食物，名叫"doughnuts"，在柜台里的一角放着一个白亮清洁的机器，专煎这种饼，有自动机件把面粉液料送入油锅，煎好后又有自动机件将饼送到机器内的另一部分把它排列起来！用不着有人在旁看着，只须隔若干时有一个人过去把排列满的油饼另置一处罢了。这机器是用白铜造成，巧小玲珑，不但排在柜台后清洁美观，简直好像是个活人在那里工作。回想到我们的油条烧饼店，油锅旁的龌龊，一塌糊涂，虽在炎夏，赤膊流着汗的工作者要一天到晚立在酷热逼人的炉旁苦干，情形相去真是太远了。又例如我在一家"自助菜馆"（cafeteria）里看见一个女堂倌，把一叠一叠客人用过的杯盘，从墙上的一个方洞里放入，这方洞里好像有个小电梯，继续不断地自动地把这些待洗的杯盘送下去，瞬息间又自动地把这些杯盘从隔壁另一个方洞里送上来，便是已由蒸汽洗得干干净净的杯盘，拿出来便可应用。几千人用膳的大菜馆，如用人工来洗碗，怎样地费时间费工夫，可以想见，但是有了这样的机器，不但有消毒的功效，而且迅速简便得多了。又例如他们有所谓"自动菜馆"（automat），在墙上装有许多白铜制的小格橱，外面装有玻璃，你可以看见里面排着的食物，有的是一盘布丁，有的是一盘"三明治"，有的……里面有电光烘托着。小格橱旁面列有价目，并有放入"尼枯"（nickel，美国最小的镍角子，值五仙）的小洞。你要吃什么，只须把一个或几个"尼枯"放入，用手把格子旁的一个小柄子一拉，那小玻璃门既豁然展开，你把那盘菜拿出来，自己拿到一张桌上去吃。那个小格橱空了之后，橱内会转动的后壁拍达一转，又有一盘食物放在格子里面，那小玻璃门也会自动地关上，等第二客人来选取（这是限于冷盘，关于烧热的菜肴，办法不同，兹避烦不赘）。像牛奶或咖啡等饮料也有相类的装置，不过不是小格橱，却是在墙上装有好像自来水龙头（构造讲究，好看得多），你只须把"尼枯"放入这龙头旁的小洞内，把龙头上的小柄一拉，一面拿一只杯子盛着（这杯子是排置好，任你取用的），那牛奶或咖啡会汩汩流出，流到你投入的价值所能买的分量，便突然中止（大概可盛满一杯）。倘若你要再来一杯，便须再投一次"尼枯"。总之利用机器以省却人工，这种"自动菜馆"亦可作一个例子。（在这种"自助菜馆"或"自动菜馆"里用膳，都无须小账。）

上面提起"自助菜馆"，我想附带说明这种菜馆的大概情形。所谓"自助菜馆"，在伦敦只见过一家，在纽约却随处都是。这也可说是纽约特有的情形。其中的情形大概这样：你进门之后，看见一只小箱子，好像邮政信筒似的，上面有一张像电车票的小纸片，从一个小长方洞里露出一半，你把这张小纸片抽出时，这洞里会"铛"一响，自动地从里面又露出一张小纸片来。这小纸片上印有数目字，大概自5，10，15等等至100，表示自美金五仙至一圆。你拿着这张小纸片后，自己到一处去取一个大木盘，再到一处取了刀、叉、匙及"纳拍卿"（napkin，食时放在膝上的手巾，用纸做的），放在盘上的一角。然后自己把这木盘捧到一个长柜上，这柜是用玻璃镶好的，你可看见你所要吃的东西。沿着这一排的玻璃柜，里面放置着许多食物，由小菜、鱼、肉、青菜等等至面包奶油。你要什么，柜里的堂倌（大多数是女子）就给你什么。等到捧着这个木盘走完这个玻璃柜，木盘上的食物当然摆得不少了（多少随你自己的便），那里另有一个女执事看一看你的木盘上的东西，很迅速地知道共价若干，在你所拿着的小纸片上戳成小孔；倘若你拿了三十仙的东西，她就在这小纸片上30的数字上戳个小孔，余类推。经过这个手续之后，由你自己捧着这一木盘的东西到一张桌上去大嚼一番。吃完就听任用过的杯盘留在桌上（另有女堂倌来收去），只须拿着原来的小纸片到出口处的收款处照付价钱。这样的"自助菜馆"虽只是进口处的票箱（即装小纸片的小箱）有着自动的作用（较大的"自助菜馆"也用机械来洗碗，前已谈及），但大半都是客人自助，人工可减至最低限度，价钱也可比较地便宜。这种"自助菜馆"多少含些大众化的性质，阔人很少到的。

让我们回转来再谈到机器在美国日常生活中的利用。像上面所谈到的汽车里装置无线电播音，小咖啡店的油饼机，"自动菜馆"的小格橱，"自助菜馆"的票箱及洗碗机等等，事情愈小，愈足见利用机器于日常生活的程度。此外在他们的交通方面，也很可见到。柏林的交通以悬空电车为主要，巴黎的交通以地道车为主要，纽约的交通，两样都占着主要的地位，地下和悬空，都有电车来往。像曼哈吞和长岛之间，隔开一条哈得孙河，河底下也开着地洞，有地道车在河下面穿来穿去。在地道车的站上，不用人卖票，也不用人查票，只在进口处有个小机，你把一个"尼枯"投入一个小孔里，就可推开那进口处十字交叉形的铁架子。出口是另一处，该处的装设，只能出而不能进，也用不着有人工在那里照料。

科学进步，尽量利用机器以代人工，一方面可使人类的幸福增加，物质享受丰富；一方面可以减少工作的需要，使人们得多多剩出时间，多多增加文化上的享受。就第一点说，既能利用机器来作大量生产，物质的享用应能愈益普遍于一般人民，因为生产既多，照理消费也随着容易。就第二点说，既能利用机器于日常的生活，一般人的劳力照理可以减少，原来要每日工作八小时的应可减为七小时，七小时的应可减为六小时，后来乃至各人的工作时间都可减为两三小时，大家可以剩出许多时间来研究自己所喜欢研究的学问，来游山玩水，来听音乐，来欣赏文学，以及其他种种文化上的享用。就我们所看到的欧美的生活状况，固然觉得利用机器的程度，以美国为最显著，但是关于上面所说的两点，仍然相差得很远很远，这里面的原因很值得我们的注意。在资本主义发展特甚的美国，他们一般人的生活，当然比半殖民地"注定苦命"的人民好得多。尤其是在资本主义繁荣的时代——这当然是已过去的时代，资本主义的国家固然不能再希望有这样时代的重演，半殖民地的国家更没有重演资本主义繁荣历史的可能——资产阶级还能于大量的利润之外，分些余沥来施舍给劳动阶级，使维持劳动力来供他们的更进一层的剥削。可是重要的目的还是在维持资产阶级少数人的利益，机器的利用是为着资产阶级的牟利，其根本动机原不是为着大众的享用。英国为世界工业国的先进，这是我们所知道的，但是英国利用机器以作大规模的生产，其程度终不及美国；这是因为美国是比较新的国家，一切好像从新做起，没有旧的东西值得他们的顾虑，要用最新的机器就用最新的机器，这在当时是和资产阶级牟利的目的没有妨碍的。英国便有些不同，工厂里既装设了某种格式的机器，一旦要大量改换最新机器，这却先要在私人的算盘上算一算；倘若在私人的营利上不合算，还是作为罢论吧。自1929年世界经济恐慌既成"不速之客"以后，英国固然和美国同样地闹着不景气，但是在英国因为利用大规模机器的大量生产不及美国的"大"，比美国多少易于维持一些；你可在英国的刊物上（当然是资产阶级的刊物）看出他们对于此点的沾沾自喜！为一般人的福利计，本应该尽量地利用机器来从事大规模的生产（像现在苏联就是这样），生产多了，消费的东西也可以多起来，一般人的需要当然也可以比较地易于满足起来。但是在英国和美国，我们虽都看见劳苦大众缺乏消费的东西，而在英国则以大量生产不及美国的"大"自幸。在美国则以大量生产反而陷入了困境！到了这样矛盾的境地，资本主义国家不但不能尽量利用进步的科学所能贡献的最进步的机器，来增加人们物质的享用，反而是在阻碍科学对于人生的尽量贡献！大众在需要上要求尽量利用机器的大量生产，而日暮途穷的社会制度却在竭力妨碍尽量利用机器的大量生产！

试再就纽约说，以该城利用机器于日常生活的程度，屋子里有冬季有热水汀，有热的自来水洗澡，这应该是很寻常的事情吧，但是你如到纽约的"东边"（East Side），（东伦敦是伦敦工人区域的贫民窟所在地，纽约的"东边"却也是纽约工人区域的贫民窟所在地，可谓凑巧。)你便知道你们到了冬天往往要挨冻,因为热水汀虽是"文明"社会的很寻常的文明设备,但享用得着的却只是另一部分的人;在这纽约的"东边",你也可听到有许多人一个月洗不到一次澡,这不是因为他们不了解洗澡有益于卫生,却是因为没有热水用!我们听到屋子里没有热水汀,在我们过惯半殖民地的落伍的奴隶生活的人们,似乎要觉得没有什么大不了的事情,而且觉得没有热水汀,烧烧火炉也未尝不是办法。我起先听到纽约的黑人区域(叫做Harlem)因抗议房屋的不堪,提到有百分之几没有热水汀或没有热的自来水,也觉得这在我们中国人是司空见惯的事情,有什么大不了!但是在纽约从没有看见过哪一家店铺出卖火炉(即铁制的烧煤取暖用的),你要末装热水汀,否则便不免挨冻。像我们在上海随处可以看到的所谓"老虎灶",他们固然未曾"发明",就是烧柴的大灶、大锅可以用来烧大量热水来洗澡,在我们也许不是一件很麻烦的事情,要在他们的新式的小巧玲珑的煤气灶上烧大量热水,却是一件怪麻烦而不经济的事情。所以他们要末有热的自来水用,要末没有热水用。这问题当然不是没有热水汀可装,或没有热水可得,却是这些住在贫民窟里的大众所享不到的罢了。

尽量利用机器以代人工,照理不但可以增富一般人的物质生活,而且可以减少各人的工作时间,多多享受文化所给与的种种愉快生活。照上面所说的情形,在"物质文明"那样发展的纽约,还有许多人在冬天要挨冻,一个月洗不到一次澡,物质生活能丰富到什么地步,不言而喻了。至于减少工作时间吗?有!不仅减少时间,而且使你时间完全没有!这不是别的,就是在现今的世界上一个很时髦的玩意儿——失业!在合理的社会制度里面,大众的工作时间愈减少,享用文化生活的机会愈加多。在资本主义没落的社会里,有许多人的工作时间完全没有以后,物质生活已朝不保夕,至于文化生活的享受,更不必作此梦想了。像从前曾任美国复兴总署(即执行罗斯福总统就任后所标榜的美国复兴计划,所谓N.R.A.)的负责人章生(Hugh Johnson),近被美国总统特任为纽约的失业救济专员，他最近公开宣言说："住在纽约——不但是美国而且是世界上最富有的城市——的每五个人里面，便有一个人不能赚得他的每天的面包。"（关于这个事实，最近9月28日的上海英文《字林西报》纽约专电里也曾提到，并述及章生的宣言。）换句话说，据这位亲任纽约救济失业专员的经验，在世界最富有的城市纽约的居民中，每五个人里面便有一个人失业，这形势的严重，可以想见。他在这同一宣言里并有几句很有意味的话，他说美国政府关于救济失业的制度在目前是过于耗费了，但是假使就把这个制度废除，"叛乱和革命在两星期内就可在美国爆发起来！"在利用机器最显著而成为世界上最富有的纽约，五人中竟有一人失业，而要凭借救济失业来暂时抑制"叛乱和革命"，这是很值得我们玩味的现象。有些人不愿想到社会制度的根本缺憾，只在空喊着振兴工业的重要，他们并未想到在现状下振兴工业是否可能；即退一万步认为可能，是否与一般的民众生活的提高有何裨益？振兴工业谁都赞成，但同时却不要忘却振兴工业——尤其是半殖民地位的国家里——有它的重要的先决条件。美国资本主义还有过一度的繁荣时期（即在此繁荣时期内，也还有三百万人左右的失业），这一度的繁荣时期还是它的特殊环境和特殊时代给它的机会，这已不是半殖民地的国家所能望其项背的了，而况即此有过一度繁荣幸运的美国，到如今仍不免一天一天地钻入牛角尖里去——这当然是指资产阶级方面，至于新运动方面，据记者在美的观察，近两年来实有长足的进步，容当另述。这种当前的事实，应能使我们睁睁眼睛，不要再胡闹了！

　　因谈到纽约利用机器于日常生活的特著的现象，推论到美国制度上矛盾的尖锐化，不觉已写了这一大堆，其实上面所谈到的一些琐屑的事实，还只是其渺焉小者，以后还想就尤重要的方面，提出来研究研究。

　　　　　　　　（原载1935年10月16日《世界知识》第3卷第3号）

黑色问题

我在纽约视察研究了一个多月，接下去要谈谈南游所得的印象。但是在美国的南部，有许多事和"黑色问题"脱不了关系，所以我先要略谈在美国闹不清的所谓黑色问题。

在他们叫做"Color Problem"，直译是"颜色问题"。这"颜色"似乎是指白种人以外的有色人种的"色"，但是我到美国以后，尤其是到了南部以后，才知道他们这里所指的"色"，在实际的应用上却只指黑色，并不包括黄色，所以可译为"黑色问题"，专指黑种人的问题。

在美国的黑人约有一千二百万之多，几占美国全国人口十分之一。其中约有九百五十万人都在南部，受着最残酷的压迫和剥削。在南部的黑人中，约有四分之三是住在乡村，在美国北部的黑人多集于工业的城市，加入各种重工业的非熟练工人的群里去，在乡村的只有二十五万人左右。在美国有九个大城市有黑人住的和其他部分隔离的区域，可算是世界上最大的黑人区。一是纽约，有三十二万八千黑人。其次要轮到芝加哥，有二十三万四千黑人。其次是纽奥林斯（New Orleans）、巴尔的摩（Baltimore）和华盛顿三处，各有十三万黑人。此外在各小城市里也有，不过数量没有这样多罢了。在1929年经济大恐慌未发生以前的十年间，黑人迁移到北方各城市里，参加各种基本工业的，在一百万人以上。当时在底特律的福特汽车工厂一处，就有一万黑工；在全部汽车工人里面，有百分之十七都是黑人。在全世界著名的芝加哥的屠场，有黑工八千人。在匹兹堡各钢厂里的工人，有百分之二十二是黑人。在柏明汉（Birmingham）的两万五千矿工里面，黑人竟占四分之三。在肯塔基（Kentucky）西部的矿工里面，有四分之一是黑人。在西佛吉尼亚有黑矿工两万五千人。够了，多举许多数目字，也许要惹起读者的厌烦。但是略为举了这些数目字，便可想象得到在美国的劳工运动中，黑人也渐渐地占着很重要的位置了。尤其是因为黑工是格外被压迫被剥削的，所以在革新运动里面，黑人往往是急先锋。

在美国南部的大多数黑人，都集聚于一个很长的横亘在美国南部的区域，叫做"黑带"（Black Belt）。这个黑带由东而西，通过南方的十一州，其中黑人超过人口百分之五十的县有一百九十五个，黑人占人口百分之三十五至五十的县有二百零二个。这通过十一州的三百九十七县，形成一个继续的区域，这区域里的黑人，超过全部人口的百分之五十。这里面有二十县，黑人竟超出全人口的百分之七十五，可说是黑世界了。说是黑世界，却还嫌模糊，更直截了当些，可说是一个最黑暗的世界！为什么呢？因为在这里你可以看见号称为人而却是过着非人的生活。美国的白种统治阶级，因为要文饰对于整千整万的黑色工人和佃农的残酷的剥削，同时还要煽动白色工人仇恨黑色工人，有意创造"白种优越"的偏见。这个偏见贯穿到"黑""白"间的一切关系。这个偏见认为只有白种是优越的人种，黑种是天生的劣种，只配做奴隶的。这个偏见发源于黑奴还未"解放"的时候。当时美国的南方大地主利用这种偏见来分化黑奴和白种的穷农（他们通称为"穷白"，Poor

White），这种"穷白"的苦况比黑奴好得有限，本来很容易和黑奴，尤其是今日的黑工，造成联合战线来对付他们的共同的压迫者，但是美国的资产阶级却很聪明，极力提倡"白种优越"的偏见，一方面使人觉得黑种人是活该为奴，一方面使"穷白"感觉到他至少是所谓"优越民族"的一分子，在万分穷苦中得一些虚空的慰藉，而且使他感觉到他的生活所以苦，是因为有着黑人和他抢工做，这样一来，反而要帮助资产阶级来压迫黑人。就是在今日，失业和穷苦虽然是资本主义末路的必然的结果，但是美国的资产阶级仍想出种种方法使白工相信这全是黑工给他们的灾害！

他们除在经济的利益上想出种种说话来分化黑工和白工外，更利用黑人的"黑"的特点，令人一望而知的特点，来加强种族的成见。把两方面——"黑"与"白"——的生活，有意弄得完全隔离。无论是医院、住宅、学校、街车、火车及车站、工厂，乃至种种娱乐的场所，美国的统治阶级都设法使"黑""白"分开，不许混在一起。

美国虽号称民主政治的国家，但是一切政治的权利，黑人是没有份的。依美国的宪法，选举权是不应因民族的不同而有所限制的，但是在美国南部各州，却另行通过种种法律，在实际上使黑人无法执行他们的选举权。有的时候他们规定须先有选举单，把黑人摈在单外；有的时候规定选举人来取选举票时，须能对宪法条文件"相当的解释"，这明明是黑人所不能答复得好的。"穷白"的教育程度本来也很差，但是白种统治阶级当然有他们的妙计，通过什么"祖父律"（The Grandfather Act），根据这个法律，"穷白"无论是如何穷，如何不识字，也一样地可以参加选举；倘若有黑人漏网，敢跑到选举处去投票，那就要被打，甚至有生命的危险！

在美国南部又有所谓"吉姆·克劳律"（Jim Crow Laws），在街车或公共汽车上，"黑""白"不许坐在一起，黑人总须坐在车的后部。

依这种法律，城市里面有某种区域是专备白人用的，黑人不准在该处租屋或买屋。有好些县城，全县都不准黑人进去，就是火车经过，黑人也只得关在车上，不许下来一步。其实这些法律是多余的，因为白人对黑人总是要这样做，是否合法原已不是他们所顾虑的。有一次因为有一个黑人居然敢在一个戏院里，坐在白人的座位上（专备给白人坐的），竟被一群盛怒的白人立刻用极刑处死（他们叫做"凌侵"，Lynching）。侮辱的情形，虽在日常的琐屑生活上，也都不能免。无论一个黑人是做什么的，他到白人家里去，也须从后门进去，因为没有白种的仆役准许他走前门。无论他是一个主教，或是博士，没有人称他一声"先生"，只是随便叫他做"约翰"，或是"约瑟夫"。关于诸如此类的侮辱或压迫，黑人无法伸冤，因为他享不到政治的权利。他要诉诸法律吗？也是很难的，因为这两个民族在法庭的地位并不是平等的。白人在法庭里所陈述的话语——除非你有法证明它是虚伪的——法庭就认为是正确的，黑人所陈述的话语非有十倍多的证明，法官便置之不理。

我在上面曾经提过"凌侵"，这是白人用最残酷的私刑弄死黑人的行为，有的硬生生的悬在树上吊死，有的烧死。一次有一个怀孕的黑妇受到"凌侵"的惨祸，两腿被倒悬在树上，胎儿从肚子里被挖出，惨不忍睹。据说自1882年（第一次有关于"凌侵"的统计）以来，受到这个惨祸的黑人已超过四千人。这里面妇女在七十五人以上，有些只是十五岁以下的女子。

为什么有这样惨无人道的"凌侵"？美国的资产阶级对于黑人的榨取特别地厉害，要维持这样特别厉害的榨取，不得不加黑人以最残酷的压迫，这是"凌侵"之所由来。

但是这种惨无人道的"凌侵"，即在美国的资产阶级，表面上也还觉得太说不过去，于是他们便想出一个掩饰的妙计，往往诬蔑黑人强奸白种妇女！为着要煽动白工仇恨黑工，为着要更加强"白种优越"

的神秘，美国的资产阶级极力宣传黑人都是"强奸专家"！（他们叫做"Rapists"）据他们在报上的公开宣传，"凌侵"的事件，十八九都是归咎于"强奸专家"的胡闹。要证明这是出于统治阶级的毁谤诬蔑，第一件事实是：据统计所示，1889年至1918年间黑人受"凌侵"的达2522人，其中只有百分之十九被指为出于强奸。这是否出于诬蔑姑置不论，但即据执行"凌侵"的暴徒们所指出的，也不过是百分之十九，硬说"凌侵"是为着保护白种妇女的纯洁，明明是在撒谎。还有一件事实是更充分证明把强奸作为"凌侵"主因的荒谬。黑人在美国已有三百年之久，在最初的两百年间，虽有整千整万的黑人住在白人的附近，没有一个黑人被人认为有"强奸专家"的资格。"强奸专家"的第一次赫然著闻于世，约有1830年，距黑人的奴船第一次在佛吉尼亚靠岸的时候已有两百年了。为什么在这个时候才有所谓"强奸专家"的出现？这是因为这一年正是北方废奴运动的开始，也是黑奴自己争取自由运动的尖锐化时期。经两百年之久，黑色工人并不是"强奸专家"，一到了他们的有益于大地主们的奴隶地位开始动摇，他们便一变而为"强奸专家"了！而且在已往的五十年间，受到"凌侵"惨祸的，有七十五个妇女，难道她们也是什么"强奸专家"吗？

在另一方面，美国南部的地主和他们的爪牙们，却把一切的黑色女子看做他们的合法的蹂躏品。有很多黑人因为反抗白人强奸黑女和黑妇而牺牲生命的。例如在1931年的5月间，在佛吉尼亚的法兰克福（Frankfort），有一个黑妇危斯（Mrs.Wise）受到"凌侵"的惨祸，就是因为她反抗白人强奸她的女儿。又例如在1931年的9月间，在佛罗里达有一个黑人叫做培恩（Cyde Payne）的，被他的妻子的雇主所惨杀，也是因为他反抗这个雇主强奸他的妻子。在乔治亚（Georgia）有一老年的黑人受到"凌侵"的惨祸，因为他看见有两个白人强奸两个黑女子，奋身拯救，以致牺牲了自己的生命。美国的资产阶级虽极力宣传黑人在身体方面有着种种可厌的特点,而在实际上,在南方的白人生活里面,黑色妇女却具着非常强烈的吸引力,可见他们的口是心非。有意说得黑人的不可向迩。在美国南方有六州在州宪法上禁止黑白通婚,在其他二十九州内也有法律禁止黑白通婚,但是据统计所示,美国的黑人竟有百分之八十混杂有白种血液。这里面的情形可以想见了。这里面很显然地反映着被压迫民族的女性所遭受的无可伸诉的种种饮泣吞声的事实。我在美国南部北明翰游历的时候,有一位美国朋友告诉我(他虽也是白人,但却是热心于美国革新运动的前进分子),那几天正发生一件惨案,据说有一个地主强奸了他的黑色佃户的一个未成年的女儿,她的父亲恨极了,用一块钱雇了另一个黑人把他杀死!在那样残酷压迫的形势下,竟有这样的反抗,而竟有人为着一块钱肯那样拚命干一下,这都是使人发生着无限感喟的事实。

在美国南方,他们(白人)都叫黑人做"尼格"(Nigger)。这个名称在实际应用上含有种种不可思议的侮辱的意味,是黑人最不喜欢听的。(犹之乎在欧美有许多地主,"材纳门"也含有侮辱的意味,中国人听了也受着很苦的刺激。)黑人情愿有人称他做"有色人种",却万分不愿意被称为"尼格"。"不过是个尼格",这在美国南方是一句很通行的话语,意思是说你对他便可无所不为,用不着有丝毫的顾虑。

在美国北方的各大城市里,黑人虽也受着种种的歧视,但是因为他们有许多参加劳工运动,尤其是受着最前进的政治集团的指导与赞助,民族自信力与争取解放之勇气已一天天地增强起来,不再是南方的"尼格"了!他们不但在劳工运动之斗争中和他们的白种弟兄们肩并肩地显出同样的热诚和英勇,而且也有他们自己的著作家、科学家、名记者、名律师、名医师,证明"劣等民族"的完全出于诬蔑。尤其是在纽约,你试到工人书店去看看,可以看到黑色的男女青年和他们的白色的男女青年同志共同工作着。你如参加前进的团体所开的游艺会,你可以看到同样可爱的两种颜色的男女青年很自然地谈话、跳舞、歌唱、欢乐。我在美国的时候，正逢着代表全美国青年的一千多男女代表在底特律城开全美青年大会，因为有一位黑色青年同志被一家咖啡店所侮辱（不愿招待黑人）。全体动员包围该店，必令道歉而后已，警察见人山人海，瞠目结舌，无可如何！这是多么令人兴奋的事情啊！比较有知识的黑色青年很明白，他们只有参加美国的革新运动，他们的民族解放才有光明的前途。

（原载1936年8月1日《世界知识》第4卷第10号）

照耀世界的五十周年纪念

　　电灯的便利是人人知道的；发明电灯的是现在尚健存，年已八十三岁的爱迭生，这也是人人知道的。到本年10月21日，便是这位照耀全世界的发明家发明电灯的五十周年纪念，他的祖国（美国）中央政府决定为他发行五十周年纪念邮票，尊崇之隆，可以概见。以他这样发展天才以贡献于全人类的空前发明，不但是一国的荣誉，其实也是国际上的有功人物，不仅值得一国的纪念，也值得国际的纪念。现在乘此机会，谈谈他发明电灯所经历的困难和奋斗。我们现在望望所用的电灯，多么灿烂而光耀，但勿忘此灿烂光耀的后面实伏有含辛茹苦的黑暗时期；这样的光明是由黑暗中奋斗出来的，不是现成的。

　　仅就美国一国而论，爱迭生一人在细则西州一个小镇里破旧的实验室中所发明的东西，全国因此所兴起的实业竟达到二百三十万万金圆（＄23，000，000，000）的资本（据本年统计），其中仅电灯一项事业即占一百万万金圆之巨（＄10，000，000，000）。这是他由发明替美国增加的国富，至于其他各国因利用电灯而增加的生产，更算不清楚了。

在五十年前爱迪生尚未发明电灯的时候，世界上的晚间又是一种世界。有的是一团漆黑；有的是半明半昧。我国街道上有路灯，是最近数十年间的事情（内地还有许多地方没有路灯）。美国也在1848年以后，才有煤气公司，用煤气装灯，又经过好久，才用煤气装设路灯。当他们初设路灯的时候闹了许多笑语，有许多顽固的牧师起来反对，说街道上有了路灯，人民便要迟迟回家，这是替世界上增加罪恶！有许多顽固的医生也起来反对，说晚间街道上很冷，有了路灯，使人久在外面，要受寒，不合卫生！还有许多官吏也起来反对，说街道上有路灯点得灿亮，徒使人民便于打架，增加犯罪！

顽固派所纷纷反对的煤气灯，在爱迪生还觉得不能适用，他就立意要利用电气，发明电灯。他所要发明的电灯里的发光部分，面积要小，发光体抵抗消耗之力要大，然后才能持久。他又想要使各灯都能任人自由关闭，一盏灯的关闭不至影响到别盏灯的关闭，然后才觉便利。当时其他的科学家都认电气燃灯是一件无法解决的事情，听见有一位青年名叫爱迪生的，居然要做这件不可能的工作，都付之一笑。但爱迪生在他的破旧的实验室里，于1877年9月，就开始研究。他先买了许多关于燃灯问题的出版物，以及有关于这个问题的其他著作，很忍耐的很详尽的看过一遍，然后开始他自己的实验。他一连实验了好几个月，毫无头绪，却把身体弄得精疲力尽，不能支持，乃暂往西方休养。到翌年8月，他休养回来，又和桀骜不驯的电气相斗。

他在旅行休养的时候，对此事作更进一步的理想；他想白热电灯必须在"真空"（Vacuum）里发光，始能减少抵抗，因此他便想到玻璃灯泡的需要。但他不得不先想法保持电气所发的火花，他实验了无数的材料，都失败，他连着几个月继续不断的工作，不上卧榻，不赴饭厅，就在椅上打瞌睡，只吃些夹肉面包，一有新念头，就马上做。他要寻得的纤丝发光体，须价值不贵的材料，能经得二百度的热度约至一千小时之久，才适用。他就用全副精神实验这种纤丝；无论什么材料，都逃不出他的注意；同时对于真空灯泡的研究和纤丝的实验也兼程并进。他的著名的集中注意的能力，在此时期内可谓尽量的发挥。当时他个人已经勉力用去了四万圆，还是失败。失败了再做，做了再失败，再失败了再做。他实验室里的若干助手固然加倍的努力，而他自己简直是寝食忘废。到1879年10月间，他正在继续实验的当儿，一手无意中碰着一根寻常缝衣用的线，他就对这根线望着，继则把这根线绕在手指上，脑子里很迅捷的转着他的念头。他想这根线也许就是他所要搜寻的目的物。他赶紧把这根线置入一个玻璃泡内，使它炭化，用电气燃了四十小时之久。于是在1879年10月21日电灯便成了功。但是这不过是"曙光"，他还做了无数的电灯，把线丝燃至白热，发光尚佳，但棉线究竟抵抗力弱，经不住长久的热力。于是他又重新实验，试用无数的材料裹线丝，都失败。在1880年的一个夏天，他拿着一把扇子挥着，偶然看见扇子上的圆圈上围着的竹边，他又转他的新念头，几分钟之后，他就把这把扇子上的竹边削成竹丝，大做其实验，光线既佳，对于热的抵抗力也好。于是他求遍世界上的好竹，造了几千盏的电灯，逐一实验，都不及原来的那个竹丝好。后来经过无数的改进，电灯里的纤丝用了人工的产物，不用天然的产物。这是爱迪生辛勤奋勇发明电灯所经历的大概情形。

当他的发明初公布的时候，简直没有人相信，有的人说他存心欺骗，有的人说他利用魔术，至于煤气灯公司更想出种种方法来破坏他。但天下事如真有实际，究竟是不怕破坏的，所以他虽于千辛万苦之余，受了许多诽谤，而他所发明的白热电灯终于照耀了全世界。

（原载1929年7月21日《生活》周刊第4卷第34期）

文学精品选

书信

邹韬奋精品选

对人对境和对己的态度

"动物的个体，他本身具备有他自己生存所需要的各种器官，至于人类社会的人体，自分业发达以后，他便不能没有社会而单独生活，像鲁滨逊那样没有任何机关以生产任何物体，这种事实只能在儿童故事书里及资产阶级的经济学里获得出来……""人类本来就倚赖社会而受社会的支配……" "社会之外的个人，没有社会的个人，这是不可思议的。我们也不能设想先有一个个的个人存在着，好像先存在于所谓'自然形态'中，然后走拢集合起来，由此组成社会……如果我们追溯人类社会的发展，便知道人类社会原来就是由人群组成的，决不是先由许多单独的个人，各自散居于各处，忽有一天大家觉得在一起共同生活是件好事，先在会议中谈得大家满意之后，才联合起来组成社会。"一个人出娘胎之后，就在社会中生长着，就和社会结不解缘，所以在实际上个人和社会是分不开的，他的动机，他的行动，都是在社会环境中实际生活里所养成的。于此也许可提出一个问题，就是：个人为社会而生存呢？还是社会为个人而生存？也就是甫岭先生所谓"人究竟为自己，为他人？"个人要求生存，这是人类的本能，无可否认的事实，担依实际生活的经验，个人生存必于社会生存中求之，所以为社会求生存，就是为个人求生存，个人既脱离不了社会而做鲁滨逊，在实际上个人和社会即无法分开，既无法分开，个人生存和社会生存原是打成一片的。同时生存，说不出谁为着谁，不过个人不能不恃社会之生存而生存，社会却不因有一二个人或一部分个人的死亡而消灭；还有一点，只有社会能给个人以力量，离开社会（假设有的话）的单独个人便无力量可言：所以可以说社会是超越个人的。"从个人作出发点的人生观"，往往把自己看得比社会大，甚至幻想他是可以超社会而生活的，不知道只有在社会中活动的个人才有他的相当的力量，必须看准社会大势的正确趋向而努力的，才有相当的效果可得，环些"自杀的自杀，腐化的腐化"，就是对于这一点看不清楚；倘他能了解"从社合做出发点的人生现"，便明白只有社会有力量，单独的个人是没有力量的，只有在社会中积极活动的个人才有力量可言，自杀和腐化都是和"在社会中积极活动"断绝关系的行为，决不是了解"从社会做出发点的人生观"的人所愿做的。

甫岭先生的那位朋友说"人是社会的动物，离了社会，个人就不能生存"，这几句话是对的，这是实际的情形，并不是"感情激动"。至于说"动机原并不在社会，而仍是自己"，我们如不忘记社会包括个人，个人无法自外于社会，便知道无所谓在彼或在此的鸿沟了。我们也可以用同样的观点来批评这几句话："为了求得自己的幸福，必须在求得群众幸福以后"，其实"群众"便包括了"自己"，"自己"也就是"群众"中的一分子。

个人的生存不得不附于社会的生存之中，这固然是铁一般的事实，但是有的情愿为社会的生存努力奋斗而牺牲自己，这却怎样解释呢？我以为这可分两点解释：一点是最直接被压迫被榨取的阶级，物质上及精神上均受到极度的痛苦，生和死原就没有什么区别，为求解除压迫而奋斗，幸而及身目睹解放的效果，固得和被解放的社会共存，否则虽死亦无所失。还有一点，虽非最直接被压迫被榨取的阶级，但因在社会生活中所养成的社会意识的作用，虽个人的生活比较的安逸，一看到周围的苦楚黑暗残酷的情形，也感到极度的烦闷，不得不受社会上大多数共同要求的势力所支配，愿为社会的生存而牺牲自己。

最后关于甫岭先生所提及的"为别人作垫脚石"，记者也有一点意见。社会虽是超越个人的，但个人在社会的活动，对社会当然也有相当的影响。个人在社会里的贡献，一方面也靠社会各种联系的关系给他以力量，一方面也靠他自己学识经验眼光等等。倘若有人真是用他的能力来为大众某福利，并非为他自己或私党谋私利，而他的这种能力却比我大，我的能力却只配做他的"垫脚石"——由这个"垫脚石"走上社会大众幸福之路，不是做他个人私利的工具——那我也肯欣然充当这样的一块"垫脚石"，而且只怕没得做！

韬　奋

忍受不住的苦闷

这是星翁先生写给本社同事寒松先生的一封信。寒松因事请假三星期回乡去了,他临走的时候,把这封信留下给我看,我觉得这封信里所堤及的"忍受不住准备期间的苦闷",倒是一个很重要的问题,因为这是大多数有志青年所感到的一种异常痛苦的问题,所以要乘此机会把这封信公开发表,并略附管见,以供研究。

我们为什么感到苦闷?不外乎不满意于现状;不满意于现状,即是要改造现状,可见"苦闷"是不平等的社会制度的崩溃的预兆,也可见"苦闷"是催促社会进步的发动机。倘若没有人觉得苦闷,便是人人却觉得满意,那末现状便已达到了尽善尽美的境域,用不着我们再有什么努力了,但是"苦闷"之所以能推进新时代的车轮,其枢机在乎我们一面感觉苦闷,一面仍在继续不断的努力;倘若苦闷至于妨碍工作的进行,那末"苦闷"反为进步的障碍了。到了这样的状况,意志薄弱的人大概只有两条路走——至少依这种人自己看来——一条是自杀的路,一条是同流合污的路。想走第一条路的人,是感觉到天下滔滔,惟我独醒，一人之力既无挽狂澜于既倒之可能，世界如此龌龊，不如死去，一瞑不视，来得干干净净，甚至视此为有勇气的行为，觉得敢死就是勇气！至于为着什么死，死得有无价值，都在糊里糊涂中不愿加以考量，或不知加以考量。自暴自弃的走入第二条路的人，是感觉到一人的力量既属有限，所谓大厦非一柱所能支撑，何必自苦，不如得乐且乐，同乎流俗，合乎污世，度此残生罢了，就普通观念看来，也许有人觉得第一条路比第二条路来得清高，其实这两条都是堕落的路，从社会的立场看来，都是社会的罪人，都是以自私自立的个人主义做出发点的流毒！因为走第一条路的人的牺牲，不是为社会大众的福利有所牺牲，实为着他自己想一了百了，实为他自己懒惰，怕奋斗或不愿奋斗而牺牲，这完全是从个人方面着想的。走第二条路的人，那是实行个人的享乐主义，显然的是在那里开倒车，更不消说了。

　　能知道苦闷的人，自然是在社会中比较有觉悟的分子。以比较有觉悟得分子——有革命意识的分子——徒以受了从个人做出发点的人生观的流毒，自杀的自杀，腐化的腐化，无意中减少社会向前推进的力量，这是何等病心的现象！要免除这种歧途而保持继续向前努力的勇气，最重要的是要把个人和社会看清楚，要明白个人和社会的关系，换句话说，要铲除从个人作出发点的人生观，确立从社会作出发点的人生观。

　　我们要知道社会是动的，是向前进的，必须适合大众需要的新时代是必要到来的，我们的努力不过能加快它的速率，提早实现的时期，并不能凭空造出乌托邦来。社会才有力量，个人自己本来没有什么力量，能看准社会的潮流而向着正确的方向努力，然后个人才能发生力量；但是这种努力决不是从个人作出发点，却是从社会作出发点；而社会制度的改革又每恃乎比较长期的斗争，此"期"的"长"度究竟如何长，这是和努力者的工作和数量成正比例的。我们只须不违反社会大势向前进的正确方向，做此长期斗争中之一战斗员，便仅可尽我力量努力做去，无所用其失望，亦无所用其失望。有我理想中的集团可得参加，力量自然更大，倘一时未有机会参加，也未尝不可暂在自己工作上努力。我是做教员吗？我便要把正确的思想灌输给儿童青年，决不把反革命开倒车的思想来毒害他们，我是做报馆主笔吗？我便要把正确的思想提出和读者商榷，决不作反革命开倒车者的代言人，我总尽我的力量干去就是了。只要方向看得对，我努力一分，必有一分效果，也许是一时看不见的效果。就是世界上的革命家，他们也不过看准社会前进的路线，联合同志往前走，而且即不知终身能否一定走得到而还是会向前走着。我们只要走的路对，万一未走到而先不由自主的送进了棺材——决非自杀——那也不在乎，横竖大队人马组成的社会还仍在那里向前进，我自问只要未曾做过它的前进的障碍物，并且还尽我所能在催促前进的工作上不无尽其力之所能及的贡献，那就是半途不幸送进了棺材，也可含笑瞑目了。像上面所说的走第一条和第二条路的人，他们拆烂污的程度也许略有差异，而都是把个人看得重看得大，把社会看得轻看得小，死的生的都不但不在催促新时代实现上有所努力，而且都做了社会前进的障碍物，做了社会的罪人！

　　根据上面的讨论，对于星翁先生所提出的"怎样解除准备期间的苦闷"一问题，也许可以得到相当的答案，那就是：既经明白我们既不能以个人的力量演回乾转坤的魔术，好像个人的英雄主义的幻梦，那就除了看准社会前进的正确方向，随时随地抓住机会朝准这个方向作尽量的努力外，关于时间的久暂（即何时能达到所希望的境域），不必问，问亦无益（因为菲个人的力量所能预定，）这样便不致因苦闷而妨碍工作的进行了。（苦闷的解除须使达到所希望的境域的时候，此时但求其不致妨碍工作的进行而已。）

　　乌烟瘴气的现状，凡是略有思想的人，没有不感到苦闷的；但是这种苦闷既非为个人的前途着急，乃是为社会的前途展望，便只能愈益鼓励我们的向前努力,看准方向,尽我们的力量干去。正是因为不能忍受,所以要干——无论是准备的干或是实际的干,这是要依人的能力和环境而定——如能忍受,也就不必干了。

韬 奋

笔杆与枪杆

愚意以为如把笔杆和枪杆分开来讲，这两件家伙实各有其效用，最要紧的是要看用的人为着什么目的用。倘为大多数公众的福利努力而用，都有效用；倘为一己的或少数人的私立而用，都没有效用。这是因为无论笔杆或枪杆，它的最后胜利有大多数的民众公意为后盾不可，否则虽花言巧语，欺骗一时，作威作福，显赫俄顷，终必破产而后已。如把笔杆和枪杆合起来比较比较，究竟"孰为有力"，例也不是一件简单的话可以答复，某名流说"文人只配替武人写告示"，这是一种见解；拿破仑说一支笔可抵三千支毛瑟枪，这又是一种见解。拿翁心目中的那支笔，当然和某名流心目中的那支笔迥然不同。几年前国民革命军进达长江流域，飞腾澎湃，所向无敌，一面固靠有黄埔军官学校出来的革命生力军，一面也靠有孙中山先生的三民主义作信仰和宣传工作的根据，这里面如徒有枪杆儿，决无以唤起民众的共同努力；如徒有笔杆儿，也难有这样迅速的声势。在这种情况之下，笔杆和枪杆的力量可以说是几乎相等。再作进一步的研究，近代有力量的革命事业，并非仅恃乌合之众揭竿而起所能办到，必须有理论上的正确根据与信仰为之基础，就这一点说来，说枪杆不及笔杆之更为有力，似乎也不为过。

　　以上所说是替笔杆张目的话。但我们同时却不得不承认笔杆和枪杆直接对碰的时候，笔杆儿往往不得不吃眼前亏。例如当日军阗用海陆空军打到闸北及吴淞的时候，只有十九路军可以出去档它几阵。这个时候无论请什么思想大师扛着笔杆往前敌去，只有死路一条！又例如日军阀侵我国的东北，自然又是枪杆得意的例子。我们在外交上今天提出一个抗议书，明天提出一个抗议书，都是在笔杆上做工夫，所得的结果是荒木明目张胆的宣言，说没有和中国政府交涉的必要！这不是笔杆遇着枪杆竟屈瘪到十二万分吗？所以如把眼光缩短起来看，笔杆确有不及枪杆的地方，这是无可为讳的事实。可是如把眼光放远起来看，日军阀不顾公理，靠着枪杆无恶不作，中国固吃了眼前亏，终究是否日本之福，也还是一个疑问！

　　当然，靠着枪杆可以无恶不作，靠着笔作也未尝不可以无恶不作。无恶不作的笔杆儿，远之如《剧秦美新》之无耻，近之如郑孝胥之作歌献媚暴敌，下之如诲淫诲盗的文字，也是那支笔杆儿在作怪。无恶不作的笔杆儿所得的最后结果，当然是和无恶不作的枪杆儿一样的自掘坟墓。

　　这样看来，不但在分开来讲的时候，笔杆和枪杆的各方效用须视用的人为着什么目的而用；就是在合起来比较的时候，究竟"熟为有力"，也要看用的人为着什么目的而用。

韬奋

救国之力

许先生这封信可谓语重心长,令人发生无限感喟。记者以为要救中国并非没有办法,但法在有人来干,而来干救国事业必须有一个刻苦牺牲以赤心忠胆为大多数民众拼命奋斗与实事求是的集团。依我意想中的这个集团,其干部须有若干专家对中国最重要的各问题有切实的研究和具体的主张,同时须有一种保障民众福利及保障为民众福利而实施的种种主张之武力。没有前者,等于无途径而欲达到目的地;没有后者,等于书生空谈,这两部分能联合起来为大多数农工民众立在一条战线上努力的干,便构成许先生所谓"救国之力"。这种集团的最大前提的目标是为大多数民众的福利而奋斗,非为少数私人或一团中人自己的权利享用而出来争权夺利的。因为这个原故,除具有上述的"救国之力"外,还要具有革命的性格,所谓革命的性格是要能在事实上表示刻苦牺牲,绝不藉政权来作个人或一团中人特殊享用的工具。无论何人往苏联去游历,无论对手他们的主义及政策或赞或否的人,无不感动于他们干部中坚若干人物之为民众刻苦牺牲的精神。例如反对苏联的艾迭,在他的

《苏俄的真相》一书里，对于这一点也不能不表示敬佩之意。这种为民福利而刻苦牺牲的集团，自愿居于吃苦的地位——不是无意义的吃苦，是为大多数民众福利而奋斗的自愿的吃苦——成为吃苦的集团，和夺得政权便一人成仙，鸡犬登天，不但自己纵奢权欲，还带着亲戚私党搜刮民脂民膏以自肥的集团，当然不同。我以为必须具有这样的革命的性格和上述的革命的能力即"救国之力"的一个集团，才能救中国，这个集团须先有实际的充分准备与联络，才有组织之价值；否则徒作形式上的组织，于实际上并无效果可言。这个集团成熟的早迟，和今日获救的迟早，有密切的关系。国人诚有意于救国保族，须各就能力及地位，对于所谓革命的性格与革命的能力，作切实的充分的准备。

本刊只不过由记者一人和若干同事共同努力主持，常和几位志同道合的社外朋友讨论各种问题，此外别常蒙海内外热心读者通信商榷种种问题，实际情形如此，至今尚未有什么组织。就立于言论界的地位而言，原不过在言论上竭尽知能作相当的批评或建议，养成键全的舆论，其使命原在研究和宣传。惟自国难发生以来，使记者不胜感愧者，即爱护本刊的读者诸友每表示希望本刊于言论之外能作进一步的工作。苟实际有利于国家民族，苟实际有随从大多数民众同胞作更切实的努力机会，尽其所能尽约微力，固所大愿。但记者在上面已经说过，集团力量在乎实际的充分准备与联络，而不在乎徒作形式上的组织，所以记者仍拟就其绵力所及，先于研究及宣传方面尽其心力。

许先生此信曾提起东北义勇军，记者以为东北义勇军之血战抗日，对于民族前途亦含有极重大的意义也。

韬　奋

思想的犯罪问题

洁非先生的这封天真诚挚哀痛的信，我们看了，不禁相对惨然，感觉到人间地狱的惨酷！

思想，尤其是社会的思潮，决不是凭空白天上掉下来的。必有它的根源，倘根源依然，但知用暴力压迫思想，思想的尖锐化和广播的速率，只有和压迫的强烈成正比例，倘若暴力真能消灭思想，法国大革命前的路易十六，俄国大革命前约尼古拉第二，都不至有身首异处的时候了，思想而发生犯罪问题（若是为大众谋利益的思想），即为黑暗时代的特征；用暴力压迫思想的统治者，实为自掘坟墓的至愚至蠢的行为。

洁非先生的"哥哥"之被捕，当局是否得看他犯罪行为的确据，我们不得而知，倘若没有犯罪行为的确据，竟作超过二十四小时以上的拘留，显然是违法的行为。依洁非先生的这封信里所说的情形看来，他的"哥哥"并没有犯罪的行为，至多是"常读一些关于现代思想的书籍"，便陷入这样冤酷的惨境，害得家破人亡，真令人慨叹人间何世！在此无理可讲无法可说的黑暗时代，我们对于洁非先生拯救他的"哥哥"的计划，愧无善法可以贡献，无办法中的尝试，洁非先生或者可把他的"哥哥"的冤抑详情，函告宋庆龄、蔡子民诸先生所主持的中日民权保障同盟（地址可写上海亚尔培路中央研究院内）请求设法援救，目为该同盟宣言中所揭示的第一个目的就是"为国内政治犯之释放与非法的拘禁酷刑及杀戮之废除而奋斗，本同盟愿首先致力于大多数无名与不为社会注意之狱囚"。我所以称为"无办法中的尝试"，因为该同盟也只是一个讲理讲法的机关，是否讲得通，又是另一问题。在洁非先生亦只得姑尽其心力罢了。这自然是就这个特殊事件的救急方面说，至于要根本消灭这样的惨象，只有引该同盟宣言中所谓："我辈深知对此种状态欲为有效与充分之改革，惟有努力改造生产此种状态之环境。"

其次，洁非先生又提出"每个'分子'改造起"的问题，这确是拥护现状的"御用学者"骗人的话，社会的分子不能跃离社会环境而生存，这是显然的事实，社会环境不经过根本的改造，使"分子"在此势力万钧的洪炉中冶着，叫他们如何"改造"起——除非可以想象所谓"分子"也者是可以脱离现社会而移置到什么天国里去，或至少移置可以和现社会完全隔离的"乌托邦"里去。

现在社会的问题，讲得简单些，无非少数享特权的人和大多数被掠夺的人彼此间的斗争。在少数享特权的人死死地把持着他们的特权，惟恐不保，这是必然的。政治权经济权不必说，就是教育吧，也只是替少数特权者造工具，养走狗，但求巩固已抓着的特权。在这种情况之下，大多数的民众就根本没有享受教育的权利（这是否当前的事实？），仅就此点言，试问"每个分子"何从"改造"起？

韬　奋

期　望

凤石先生：

　　承蒙你恳挚的奖勉，非首感愧，先要谢谢你的厚意。本社同人只有愈益奋勉，永不辜负诸位好友的期望。

　　不幸夭折的《生活》，在现在看来，感觉有许多的缺点，但仍承蒙许多读者好友垂念不忘，这也是使记者很感愧的。倘若诸友认为《生活》在当时对于社会不无一点点的贡献，我觉得大概是因为它的愚诚，是在能反映着当时社会大众的公意，始终不投降于黑暗的势力，始终坚决地不肯出卖社会大众给它的信用。关于这一点，我们还是要坚持到底的。

　　但是时代的巨轮是向前进的，《大众生活》产生的时代和《生活》所处的时代已经不同了。记者出国两年多，回国后最深刻感觉的一件事是读者大众在认识和思想上的飞跃的进步。关于这一件事实的最显明的佐证，是有好些刊物因为歪曲了正确的认识和思想，无论在宣传和发行方面如何努力，还是没有人睬它。这是就一般说。讲到

《大众生活》，我们不但希望它能避免《生活》的缺点，保留《生活》的优点——倘若有一些些的话——而且要比《生活》前进。试举一二例子来说：例如先生所提起的"各项重要问题无所不谈，但不趋专门化"，社会是一天一天地在前进着，有许多在从前认为是"专门化"的知识，也许到现在却应该是一般化了；我们要尽力使原来是"专门化"的，现在要在文字的写作技术上使它大众化起来，由此提高一般的知识水准。我觉得为大众利益方面着想，以后任何专家都须特别注意到这一点：一方面有他们各个的精深的专家的研究。一方面却须训练他们自己能把专门的知识用通俗的方法灌输于大众。又例如"暗示人生修养"现在不是由个人主义做出发点的所谓"独善其身"的时代了，要注意怎样做大众集团中一个前进的英勇的斗士，在集团的解放中才能获得个人的解放。关于这一点有一件虽然微细而却显明的事实可以做个例子。从前实施所谓"职业指导"的人们，总是把应该怎样努力各样吃苦的话劝导青年，这对于当时有业可就而不肯努力不肯吃苦的青年说，当然不能算错，但近来有不少很肯努力很肯吃苦的青年说，因为半殖民地的经济破产，不是因他们自己的个人过失而遭着失业的痛苦，指导者再对他发挥"拚命努力拚命吃苦"的高论，便是犯着牛头不对马嘴的毛病了。

我们的意思当然不是说"人生"无须"修养"，但是"修养"不应以个人主义为出发点，却要注意到社会性；是前进的，不是保守的；是奋斗的，不是屈服的；是要以集团一分子的立场，共同努力来创造新的社会，不是替旧的社会苟廷残喘。所以"引起对于时事及重要问题的特殊注意与研究兴味"，也未尝不含在"人生修养"里面。

关于国内外通讯和信箱的设置，先生的建议，我们当接受，不过发表的信以有发表价值者为限，所以不一定期期都有。

最后先生很热诚可感地希望《大众生活》不要"中途夭折",我们也和先生一样地希望着,不过当然会以不投降黑暗势力为条件。因为无条件的生存,同流合污助桀为恶的生存,虽生犹死,乃至生不如死。

韬　奋

不能两全

吴先生的这封信，很可以表现大多数穷苦家长和穷苦子弟对于"教育和职业不能两全"的苦衷。关于这个问题的解决，似乎不外两个方式，一是彻底的解决，那只有到"社会制度根本改造"以后才有可能性；一是迁就环境的暂时的办法，那只有就各个人的可能范围内，分别求得比较认为最大限度的结果。关于第一种方式，很显然的，不平等的经济制度之打破，不平等的教育制度之推翻，不平等的社会制度之铲除，而代以平等的经济、教育、社会制度，这都是和这个社会的改造发生密切的关联，势不能由一二或少数私人所能于急促间完成的。除此彻底的方式之外，只有第二种的方式可供酌采了，能勉强入校求学的入校求学——或由家人相助筹划，或由本人寻得工读机会——无从勉强入校求学而又不能把耗费白米的嘴巴暂搁不用，只有寻业。能寻得合于本人心意兴趣的业，固属幸事；否则只得暂时栖止，同时注意于自己能力的逐渐增进较佳的相当机会之利用。如此而并不可能，即虽肯如此刻苦努力而在社会方面仍是报以"此路不通"。这种现象如仅占社会中极小部分，仅闻嗟叹愤慨不平之声，等到隐入此境者日多，则社会中所蕴蓄的无可忍耐的不平的意识愈广且锐，那便是种下革命种子，客观各条件具备之后，旧社会之崩溃有如摧枯拉朽，新社会之勃兴便似怒涛狂澜之沛然莫之能御了，在这种状况之下，求学与就业难的问题，便不是少数人的问题，也不是少数人所能求到彻底解决的问题，乃是社会的问题，须从总解决中求得附属问题的解决了。

　　以上一段话是对于吴先生所提出的问题作概观的答复。此外对于吴先生的来信，还想撮几点出来谈谈：（一）吴先生说"在社会制度没有根本改造以前，认金钱为生命泉源的今日，虽感觉到畸形社会的腐败，但也不能不暂时隐忍"，此处"暂时"二字，非常重要，愚意以为此处所谓"暂时隐忍"，决不可含有劝人甘心屈伏于不平等的社会制度而任其延续其生命，须使人彻底认识"畸形社会"之所由来与革命的正确对象。不过革命的过程非经过一段时期不可，在此时期中所以不能不依实际情形而"暂时隐忍"者，乃在积极的准备，或依本人能力而仅能作相当的一部分的暗中参加，决非消极的颓废。（二）"我们既是这个时候的过程者，应当随大众的后尘而加以奋斗，决不是飘然远引所能补救的"这几句真是给与我们以正确态度的话。我们要特别注意"大众"和"奋斗"两个名词。（三）在"畸形社会"制度之下。不但"商店"，有许多职业都不能有什么可以供人"留恋"之所在，不过未得可以"留恋"的职务以前，既不能悬空起来，除在可能范围力求避免外，不得不"暂时隐忍"，可是不必劝人"留恋"。

韬奋

永 生

近来我们接到许多读者好友的信里面,有不少是在替本刊担忧,很诚挚地希望本刊不要"夭折",这种隆情厚意,实在使我们受到很深的感动;我们除敬致无限感谢的意思和更要格外努力外,还有几句话要提出来说说,因限于篇幅,仅随便拣取两封信发表如上,籍作答复。

我们当然要尽力之所及,使本刊不要"夭折",因为我们要藉本刊对民族解放前途,对大众解放前途,尽一部分的贡献,换句话说,我们不是为本刊而办本刊,只不过把本刊作为努力于我们的大目标的一种工具。我们说"一部分",因为我们要很彻底地明白,这只是大目标所需要的全部工作里面的一部分;我们说"一种工具",我们要很彻底地明白这只是大目标所需要的许多工具里面的一种。再说得明确些,我们是在民族解放大众解放的大目标之下,努力于"一部分"和"一种"的工作。

说明了一点,我们固然要"格外注意,勿使夭折",但是万一虽"格外注意"而仍出乎拯救力以外的"夭折",我们却不因此灰心,却不因此停止工作，换句话说，"解放运动"的进行并不因此而停止或消灭，时代的巨轮还是朝前迈进的。而且这里被压下去，那里要奋发起来；今天被压下去，明天会奋发起来。在这样的形态之下，李涵先生所谓"永远生存着"实有很深远的意义。我们在"大目标"之下，在时代的"大运动"里面，应该前仆后继地向前迈进，决心干到底，一息尚存，决不罢休。就是一个人死了——不是寻短见的死，或"无谓牺牲"的死，是干着于"大目标""大运动"有多少贡献的工作干到死——"大目标""大运动"之下还有无数的伙伴们向前迈进。个人的得失生死，不算一回事。由这样的观点看去，我们就只有"兴奋"，没有"悲哀"，永远没有"悲哀"！

最后的胜利必然地是属于英勇斗争的被压迫者的方面，必然的是属于英勇斗争的大众方面，我们本着这样的认识，共同向前奋斗努力，不知道什么叫失败，不知道什么叫困难，就只有望着"大目标""大运动"各尽所能地向前干去！

韬　奋

倾 诉

我看完了王女士的这封信，受到很深的感动。因为她的话实在是反映着无数纯洁青年的心意。

张柳泉女士的自杀，我们感到非常的伤悼，在上期笔谈里曾经略有表示了。有一部分前进青年听到柳泉女士自杀的新闻，觉得她死得不值，不该学她那样死去；也许还有一部分青年因为悲愤于现实的压迫与困难，还不如自杀的痛快，接句话说，也许隐隐中受了柳泉女士这个不幸事件的暗示，有跑上死路的危险，尤其是因为柳泉女士是个前进的青年，是个好学生，是个爱国者，引起人们的无限同情，在无限同情中也许要掩蔽到自杀这件事的错误。但是这个错误我们却应该明白指出，希望全国青年注意的。我们承认中国民族是在最艰危的时代，也承认参加救亡运动有着种种的困苦艰难。但是正因为中国民族是在最艰危的时代，所以需要我们格外努力来共同奋斗；在奋斗中有看种种的困苦艰难，这是必然的，不是偶然的；倘若我们不准备和这种种困苦艰难斗争，反而想要逃避它，那就根本不必要爱国救国。一瞑不视是能够克服困难呢？还只是逃避困难呢？这个答案是很显然的，那末我们对付困难应该坚守着什么态度，也是很显然的了。

可是无论怎样前进的人们（当然包括青年），因为复杂社会的熏陶与反映，在他们的很前进的意识之外，往往还残存着或潜伏着一些错误观念，时在那里作祟，你一不留神，这此错误观念便要战胜前进的意识，也就是王女士所谓"一个错误念头攻上心头便跌下去了"。所以我们要注意的是要在实践中时时克服这些暗中在那里作怪的错误观念。我说"实践"，因为思想的前进，并不是仅仅看几本书就算数，还须在实践中运用体验。如果我们虽在书本上懂得着的理论，而在实践中却不知道运用，不留心体验，那还是不能算真正懂得。我说"时时"，因为一次克服了错误观念还不够，那潜伏着的错误观念遇着我们的防线松懈的当儿，还要作怪的，所以我们要时时在实践中去克服它，像柳泉女士那样前进的好青年，所以会自杀，还是由于在那刹那间错误观念的作怪，战胜了正确的思想。否则不满烦闷，只应该使我们更坚决地向前奋斗；不应该使我们逃避困难，一瞑不视。我们不但不应该因柳泉女士的自杀而被暗示到"死了干净"，反而要格外醒悟，时时提防"错误念头"来"攻上心头"，使自己不要"跌下去"。

王女士对于柳泉女士的自杀，一方面痛惜她，一方面却不以他的自杀为然，这足见王女士的思想正确，是很可敬佩的，但是她有时还免不了这样的感觉："当我感到事事使人失望，惹人烦闷的时候，便又懊丧欲死！"这便是在她的正确的思想里面，还时有"错误念头"在那里作怪，必须加以克服的。其实我们大家都不免时时受到残存的潜伏着的"错误念头"的进攻，都要时时在实践中克服它。

王女士在上面所引的几句话后面，接着说："这个时候，唯一挽住我的脚跟的力量是家庭的天伦之乐。"她又说："只要有一个时期下个决心说：'我不要父母和弟妹了！'我们便都会如柳泉女士那样一般的偷偷的把自己毁灭！"我觉得父母弟妹之爱固可宝贵，但是我们有我们的生的任务，并非专为"父母弟妹"而生的。我们对人生果有正确的观念，无论"父母弟妹"如何，我们还是要在实残中时时和"错误念头"抗斗的。

最后谈到教育者的责任的那句话，那很显然的是诡辩。学生既是"群众"的一部分，当然不能被摈于"群众救国运动"之外。教育者在国难中所教的"学业"也应该把所教的内容和救亡运动联系起来，而且对于学生的参加"群众救国运动"只应立于指导的地位，不应立于压迫的地位。

韬奋

一群流亡失所的青年

飞熊先生的这封信所提出的事实，比较地简单，我们对于武汉青年行动队的实际情形也不清楚，现在仅就来信所提出的三个问题略加研究，以供参考。关于第一点，我们认为飞熊先生所提出的"亦应经过教育，规劝，警告，而至开除"，这个意见是很对的。一个人的错误，往往不是突然而来的，其初每有端倪可寻，而且有许多时候也许出于无心的，若能即加纠正，不致一犯再犯，便不致酿成较严重的结果，所以我们以为惩罚应该定个程序说明怎样一类的错误犯过一次者怎样，犯过二次者怎样，犯过三次各者怎样，第一次予以警告，第二次予以记过，第三次予以其他更严重的责罚，如屡戒屡犯，显然已无法训导，最后才可出于不得已的"开除"。如规章定有"与队长说话"非"立正"不可。一次犯了错误，不该就施行那样严重的责罚——开除，应这用渐进的程序。如上面所建议的，使青年有改过的余地。"不服从"也有轻重的分别。除很重大的错误不得不加以严厉的处置外，像说话不立正的错误，是应该经过相当的程序的。至于向上级建议的方式，公推代表陈述或用书面陈述，可随实际情形的便利而定。无论口头陈述或书面陈述，都宜很诚恳地说明理由，无须说些不必要的易于引起摩擦的话。

关于第二点，我们因为不知实际的情形，无从评论。不过我们觉得任何团体或机关，对于办法都应该有个原则。倘若不是无条件地收容战区学生，应该很明确地规定条件，使人有所遵循，收容后应该受什训练，应该做什么工作，都应该有原则上的规定，然后各种特殊的事件都可以根据所规定的原则做去，使人不致糊里糊涂，无所适从。来信说"为什么有人发制服，发零用，而我们来此半月，一无所有，工作毫无"，我们觉得被质问的机关应该根据所规定的原则，加以解释，使有此疑问者能够明白"这是什么道理"。我们没有看到关于这个机关的什么章程或规则，对于这个问题是无法解答的，所以有效的办法还是向该机关的自负责者提出访求说明，我们在这里只能说明该机关负责者对于青年所提出的这类问题，有明白解释的责任罢了。

关于第三点，"每日上午仅许十人出外，下午一概不准请假"，这依据来信所说，显然是一种新的规定，为什么有这种新的规定，想起来应该是有相当理由的，我们也希望负责者能把理由讲给有关系的青年听个明白。据来信所说，收容的机关既不能替留所者找出路，而此地又是"属收容而非长久"，所以他们自己不得不有些时间出去"知道机会，运用机会"，这是青年方面所提出的理由，在我们局外人听来似乎很入情入理，如该机关负责者认为这些话不对，也应该对他们加以剀切的指导。

上面所解答的三点，只是根据来信所提及的简单的情形，及我们所能知道所能想到限度，略贡浅见。最后我们还有一点想乘此机会提出来，希望任何与训导青年有关系的团体或机关特加注意者，那就是青年心里有什么冤抑要伸诉，有什么意见要陈述，有什么话要说，无论他们的冤抑是否真确，无论他们的意见是否正确，无论他们的话是否对，最最重要的是要让他们把一肚子要说的话说出来，要使他们有机会把要说的话说出来，甚至要鼓励他们把要说的话通通说出未，说得对则应该虚心接受，努力改善，说得不对，也应该明白解释，诚恳说服。例如飞熊先生的这封信里所提出的问题，照理是可以向本机关负责者提出请示或要求解释的，但是他竟不敢向负责者提出而向本刊诉，而且声明发表时只愿用笔名而不愿用真名，这种情形是很值得我们注意的。我们当然不能就断定这机关负责者，是要无理由地禁止人发言，或发言后即有何危险，但至少已使青年方面有这样的感受，我们认为这样的感觉，在机关负责者方面是应该虚心反省的。

韬　奋

1938.5.19

谋生与屈辱

王先生所提出的这个问题，还不纯粹是"吃饭与贞操"的问题，如果他的那位朋友的母亲真真是爱上了一个男子，决意另嫁，这应该是一件很平常的事情，不应引起什么贞操问题。现在那位很有钱的亲戚却是要凭籍他的几个臭钱，强迫那位朋友的母亲自卖灵魂，这是最卑鄙可恶的行为，我们绝对不赞成她屈服于这种卑鄙的压迫。而且这种卑鄙龌龊的东西绝对不会有信义的，就是她自甘"屈辱"了，和那个狗东西"住在一道"之后，不见得他就真肯顾到后面所带去的一大拖人的生计。

就一般说，经济问题是和社会问题有着分不开地联系，在社会问题没有得到"完满的办法"以前，个人的经济问题实在无法得到"完满的办法"，只有就个别的特殊环境努力实行可能的办法。像王先生的那位朋友，即有"好几个知己朋友"，这"好几个知己朋友"应该多方设法，把那位朋友的"十几岁的弟弟和妹妹"分别安插到可以吃到一口饭的工作处所，就是做些粗工，不拿钱，度过目前难关，缓缓再想其他办法，也是一时的救急处置。如能使"弟弟妹妹"勉强做些粗工，混得一口饭吃，剩下父母两人是比较易有救济办法的。或由"好几个知己朋友"每人每月勉力凑出一些，也不无小补。同时这"好几个知己朋友"还应该常常劝劝那位朋友，思想前进的人对于现状的愤懑是免不掉的，但是如能这样勉强布置一下，就只得勉抑"过分的忧虑"，否则徒然"损害了他的健康"，于事丝毫无补。

我们不知道那位朋友的详细的具体的环境怎样，所能建议的只不过如此；倘有读者能想出更好的解决办法，我们很愿意负转达的责任。

同时我们特把这封信公布出来，也是要显露社会上穷苦状况已到了什么地步，希望由此更能引起人们的注意。

韬 奋

理智与情感

　　我们对于张柳泉女士自杀的这件事，在上期本刊答复王德谦女士的信里，已表示过我们的意见，读者可以参看。金先生在这封信里一方面说张女士"有拯救人类的决心，她希望做毁灭这个血腥社会的工作"；一方面说："她希望还是早一点死，一方面可以使她自己少受些儿苦痛，一方面她希望由于她的死或许可以使更多人觉到这丑恶的社会的确需要推翻。"这里面显然含着很大的"错误念头"。"拯救人类"和"毁灭这个血腥社会"的唯一途径，是靠我们能不怕"苦痛"的奋斗，所以要"少受些儿苦痛"，根本是错误的。要"使更多人觉到这丑恶的社会的确需要推翻"，这事所需要的工作，在消极方面是要暴露社会的罪恶，在积极方面是要唤起民众共同奋斗，和丑恶的社会抗战，建立合理的社会。自杀这件事，对于积极方面的工作不但无益而且有害，因为纯洁的有志的人多死一个，那斗争的力量多损失一份。即在消极方面，要暴露社会的罪恶，也要靠我们的嘴、我们的笔以及我们的工作，作继续不断的努力，倘若只是一瞑不视，那暴露的力量是很微薄的，采用这种方法是很不智的。而且个人的力量比较的小，集体的力量却比较的大。我们大家都来作继续不断的努力，这积累起来的总的力量是很大的；假使我们都来寻死以摆脱一切，总的力量不是等于零吗？"丑恶的社会"不是什么空洞的东西，也是人造成的，那些丑恶的人看你一个个死去，他们的丑恶被暴露的危险更可以大大地减少，那正是他们求之不可得的事情！

我们的悲痛张女士这样的一位好青年，竟不能克服"错误念头"而自杀，原不忍有所"非议"，但是为着仍须努力于救亡运动，仍须努力与丑恶的社会抗斗的人们，不得不很老实地说明我们的见解。

最后一点也很值得我们注意的，是金先生所提及的比较接近她的人和她辩驳的失败。平日渐积于脑里的"错误念头"，原不是几次"辩驳"所能消除的，这是负有指导青年重责的教育家在平日就要用功夫的，也是思想比较清楚的朋友们在平日就要用工夫的：用工夫于增强正确的思想，克服错误的念头。

韬　奋

中国家制

天下无绝对尽美尽善的制度，不过两害取其轻而已。大家族制度中婆媳妯娌之常常倾轧吵闹，或至少彼此暗斗，强者暴戾恣睢，弱者吞声饮泣，为各人所常见的显著事实，无可讳言。遇着这种情形，除分居外无其他彻底办法；预防这种情形，除分居外亦无其他彻底办法。关于大家族的此种现象，楼君在他的那篇《中国家制的过去与未来》一文里也承认，他说："中国妇女向来是被摒于教育之外的，见闻极为狭陋，所以婆媳，姑嫂，妯娌种种相互间的冲突和争斗，真是中国旧式家庭的家常便饭。而所争大都是些毫无意识的极小事情，偏要相持不下，弄得全家惶惶，完全失去了天伦间应有的乐趣。"他把这种"家常便饭"完全归咎于妇女没受教育，但是我们见过不少受了教育的妇女们，在大家族里也不免制造种种的气给人受，或受家里别人制造的种种的气，可见是制度问题，不全是人的问题。原未仅有父母子女的一个人家，老太太尽管没有受过教育，并无多大吵闹，一旦娶了一个媳妇，住在一起，便渐渐的彼此间要发生意见，如媳妇取得多几个，也住在一起，彼此间的意见更厉害，同是一个没有受过教育的老太太，何前后判若两人？

从经济方面说，楼君说："中国的大家庭，每每容易养成子弟的依赖性和惰性，这固然是不经济的地方。但就一般的生产及消费而言，却是家庭越大，就越经济。"养成子弟的依赖性和惰性，楼君也认为是不经济的，我以为这种不经济就不可小觑了。讲到一般的生产及消费，说是"家庭越大就越经济"，我也以为未必尽然。我国的大家庭，十八九是生之者寡，食之者众，也就是楼君所谓"依赖性和惰性"的表现，在"生产"上有何经济之可言？就"消费"方面说，"合消"比"分消"似乎可以较省，但实际也没有这样的简单，家族中的当权者往往因爱憎的作用，紧的紧，宽的宽，老太太尤其溺爱小儿子：任他浪费，其他分子看得眼红心恨，亦得浪且浪，不稍顾惜，比之小家庭尚知自己替自己省的也许反而不经济。就退一步说，经济上确可省一些，精神上的痛苦既受不了，亦觉得不偿失，养不起小家庭的，宁可迟些组织，不要揩大家族的油，自讨苦吃。

我已说过，天下无绝对尽美尽善的制度，小家庭自然也有小家庭的缺点，不过和大家庭比较，仍是利于弊。关于小家庭的缺点，楼君说："末了，关于人生情趣的方面，我们也不可不略为一说。凡到过欧洲的人，都知道西方的有识之士，早已发现个人主义的实在不能切合于人生应有的情趣。即就作者个人而言，也曾亲遇过不少的事实。在法国某小城里，一天，我恭维一位法国太太快要'抱孙'——'请勿说罢！抱孙！想还没有那末快，再过四五六年结婚之后，他们（指她儿子和未来媳妇）就将离开我们两老而远飞啦！'她只有一个唯一的儿子，十五岁。他在中学念书。他的母亲已想到他结了婚即要弃她而去。试想慈母的心怀，实已充满了无限悲痛！""西方的有识之士"觉得他们的制度不切合于人生的情趣，固为事实，但不知道叫这班"有识之士"处身于"冲突争斗"，"相持不下""全家皇皇"的大家族里，亦觉得"切合于人生的情趣"否！

我们最不赞成的大家族，尤其是不仅父母子媳，甚至于已成室的弟兄哥嫂乃至伯叔婶母以及更不相干的许多附属物，一拓括子拖泥带水赖在一起，视为美德！生利苦得要命，分利的不亦乐乎！说起来都有连带关系，在大家族制度之下只得捏着鼻子没有话说！这种怪现象是否应该铲除？至于需要扶养的父母，有同居之必要时，当然不应置之不顾。不过遇着性情特别，不能相安，同居反累他们老人家常常生气时，还是设法分居的好。

楼君所建议的"集居独立"，我却认为很有研究的价值。他说："大家都知道欧美各国是盛行个人主义的。夫妻二人，或有子女一二人，或且是不嫁不娶的独身主义者，都非自立门户，组织一个家庭。在种种消费上，都极不经济；到于精神上的孤寂和单调。更不用说。因之，不然而然的，大家就慢慢的感觉到缺憾，而求所以补救的方法。于是什么'公寓'，'帮舍'，'俱乐部'以及合作社，工人住宅等等一类的集合体，俨如雨后春笋，纷纷产生于都市或较大城镇之间。"他接着说："这明明就是'集居'，不过是'貌合神离'的偶集，杂集；这明明就是'独立'。不过是'尔诈我虞'的单立，孤立。与其如此，何如保存并改良我们固有的制度，以成一个有恩义，又经济的集合独立的'新家庭'呢？"我们要知道'公寓'式的"集居"和我们大家族式的"集居"是完全不同的。公寓虽由一个大门出入，其中也许还有合作的事项，如公厨之类，但大门之内，却是各家完全隔开，各成一小单位，经济上更是彼此分得清清楚楚，所以虽"集居"而仍不失其为"独立"。若大家族之"集居"，样样混在一起，房屋混合，经济亦混用，所以"集居"而无所谓"独立"。如能利用公寓式的"集居"，仍是各分单位各分界限的小家庭，不过住房相近，彼此减少发生意见的机会，而同时互助互慰的便利又得因此增加，诚为比较的更进一步的家制。但是此事需要相当的设备，即须有合于此种需要在的公寓才行。在没有此种设备以前，我以为小家庭还是不应该和大家庭混居，不过可设法住在相近的地方，但仍宜各自独立。

韬 奋

和男同事在一块儿

　　已经订了婚的女子不是不应该有异性的朋友,最重要的是要留意所交的异性朋友是否正派的人——是否品性端正的人,所以又梅女士所提出的,"怎好随随便便不加考虑的和异性做朋友?"实在是可以令人钦佩的卓见,实在是合理的卓见,并不是什么"思想顽固"。

　　依女士告诉我们的话,男同事之"总是踊跃地来指导"当然不是坏事,就是慢慢的和女士"接近",如果不过是因为同事相处的时间略久而熟悉了,彼此随意谈话,没有拘束,那也没有什么不好,不过异性同事或朋友的"接近"当然也有相当的分际,彼此能互相敬重,互有礼貌,谈话勿涉淫邪,举动勿涉轻薄,便是异性同事或朋友所应互守的"接近"的分际,在不逾越这种分际的范围内,"接近"并无流弊,否则以玩物视女子,做女子的便须慎防上当,要自己拿定主意,除公事外,不参加他们的谈话举动。倘若他们并不知自重,这便是一个很危险的地方,为自己终身的幸福计,最好力谋脱离。

　　其次请研究女士所提出的"内中的一个"。他对女士殷勤,如帮忙困难的事情，换去不愿做的工作，那都可算是友谊范围内可有的事情，就是分配工作时和女士一起合作，也不能一定说他有何恶意，也许他因女士聪明，俾资臂助。不过工作毕后时常不离左右，甚至时常单独的邀女士出去游玩，那于同事的范围外似乎不免另有用意。这种用意也有好坏二种的可能：（一）也许他是未娶而正在物色终身伴侣的人，并不知道女士已订婚，所以特别这样殷勤。希望得到女士做他的终身伴侣——即未来的夫人；（二）也许他是已有妻子的人，不过把女士视为一种玩物，存心诱惑，只想填他自己的欲壑，不顾到女士终身的幸福。前一种动机是好意的，后一种动机是恶意的，究竟属于何种，须视他的实际情形及平日品性为断，我们未敢妄断。无论如何，我以为女士如认自己已定的婚约是出于自愿的，应该老实使他知道，说明做一个朋友未尝不可，惟不愿逾越朋友的范围，倘他果是一个品性端正的人，便应该不再噜苏，倘再施种种诱惑恐吓的手段，那末他是一个歹人，可以无疑，在女士一时的生计固须顾到，而一生的幸福前途更须顾到，我以为有力谋脱目的必要。力谋脱离的方法，既有经济关系，只得寻觅其他职业机会。女士虑其他地方也难免有这种问题，其实不尽然，只须选择得当，未尝不可得到正当的服务机关，未尝不可避免这种烦扰。

至于他时常单独的邀女士出外游玩，这种行为如在已达到爱人程度的朋友，或已达到"甜心"时代，固属平常，否则多少未免伏有危机，尤其是女士已订了婚，倘给未婚夫听见，也许要另生枝节，给女士以许多烦恼，我以为女士宜拿定主意，始终要极坚决的"婉言推辞"——这种坚决的"婉言推辞"并不必"和他反脸"。

我答复又梅女士的话已略尽于此。我这样的态度，在一班利用男女社交公开为假面具而实行其陷害压迫女性，不恤牺牲他人一生而取快自己一时的淫欲者，也许要大骂我思想落伍。但是我只能本着我的良心根据理性说话，我非但不反对男女社交公开，而且积极提倡男女社交公开。但是我却坚决反对藉男女社交公开为幌子而实行其自私害人的伤心害理的暴行。我以为要男女社交公开，男性对女性至少要严格遵守两个基本条件：（一）须顾到对方的一生幸福；（二）须尊重对方的意志自由。现在我们常听见已有妻子的教师引诱年少无知的女学生，已结婚或无意结婚的男子随意引诱女子而屡演始乱终弃的惨剧，这在男子方面固然可藉男女社交公开的机会以自达私欲，而被牺牲的女子一生幸福并不在这种自私自利的男子怀念之中。我们试想假使这个女子是我们自己的姊妹或女儿，我们赞成不赞成她被这种狼心狗肺的男子供一时的牺牲而送掉她一生的幸福？

讲到第二点，做朋友要绝对出于双方的自愿，绝对不应有所压迫。就是你有诚意为自己求终身伴侣，也须尊重对方的意志自由，倘若她不愿意，你便不应加以压迫。即降而说到寻常人所谓轧姘头，由于一方压迫的轧拚头，其罪实远过于双方同意的轧拚头。现在有一班自私自利鄙夫暴徒，一若女性不肯任人随意轧拚头，便是不明自男女社交公开的新潮流，便是顽固，便是思想落伍，他们为了达到新潮流计，便有强迫执行的权利！我不知道这种无耻的压迫女性的行为，和"野蛮"二字相去几何，而在今日则得冠以男女社交公开的美名，这种无耻之徒实在是男女社交公开的大敌，我们非大声疾呼的痛击不可。

像又梅女士孤苦零丁，自食其力而又须孝养老母，实在是一位极可敬佩的贤孝女子，我们应如何的爱怜她，维护她，倘有男同事不顾到她的一生幸福，不尊重她的意志自由，施以种种压迫，使他如处"火坑"，是否罪大恶极的卑鄙残忍行为？我们是否许他藉男女社交公开为幌子而自文其罪大恶极的卑鄙残忍行为？

最后我要郑重童提上面说过的那两个基本条件：（一）须顾到对方的一生幸福；（二）须尊重对方的意志自由。不能严格遵守这两个基本条件者，不配谈什么男女社交公开。以后女子教育愈发达，女子在社会服务的机会也愈多，男女社交公开的机会也愈多，这是一定的当然的趋势——可以说是一种值得欢迎的良好趋势。不过在此新旧过程中，旧观念既败溃不足以范围人心，新道德又未养成，乃不免有多少牺牲，我们所要注意的是要极力减少这种牺牲到最小限度。我深信在男女社交公开方面，我们能养成"顾到对方一生幸福"与"尊重对方意志自由"的风气与习惯，必能减少许多不必要而可免的牺牲。

韬　奋

有位助教

这封信的内容我可以说一个字未曾更改,不过张淑慎三个字自然是我遵从作者的意思而捏造的。其实本栏里所发表的信件——尤其是女读者商榷问题的来信——大多数都是用假名发表的,我想这种地方虽近乎说谎——却是公开的——当然可得读者的谅解。

我们读这封信,觉得张女士和那位助教都是好人。照张女士所说,那位助教在求学时代是个好学生,在教学时代是个好教师,在做朋友时代能切磋学问勖勉,又可算是一个良友。就是"他的用意恐怕要更进一层",他自己既是"还没有结婚的",如他不知女士"已心许一人"而是出于自求终身伴侣的诚意,在他也是一件好事,不能说他坏。所以我认为我们从择友的观点上看,那位助教未尝不是一位可取的良友。

我以为做男子的除夫人外未尝不可有女友,做女子的除大夫外也未尝不可有男友,最重要的是所择的朋友须正派人,即品性端正的人。依此说来,即张女士"已心许一人",若仅仅乎和那位助教做个研究学问的朋友，不是绝对不可的事情。不过女士所说"现在青年男女一经接触，难免不归结到婚姻问题上去"，也确是一部分的实在清形，换句话说，她自视"已心许一人"，深恐那位助教"用意恐怕要更近一层"，这种审慎态度，很可敬佩，所以我说女士是好人，那末怎样才好呢"依我的愚见，女士似可直接爽快的和盘向那位助教托出，老实说他的学识品性女士都敬重的，所以要做研究学问的朋友未尝不可，但是讲到终身大事，女士已心许一人，固知他的意思只在做研究学问约朋友（他的真意如何不管，在女士此时对他只得这样说），不过，签于一般男女做了朋友往往"难免不归结婚姻问题上去"，所以老实预先说个明白，以免他将来失望云云。（我此处不过说个大意，在女士的书信当然还可说得婉转雅达。）记者个人向来喜欢直接爽口的开诚布公的推开天窗说亮话，我以为隐瞒隔膜可以发生许多误会与恶果，开诚布公直截爽快可以消减许多误会与恶果。这样一来，女士的"更进一层"的忧虑应该可以化为乌有，而同时并不必和他绝交——假使女士认他是值得做一个朋友的话。

但是还有一点要注意，妒忌心和猜疑心是人类所难免的——至少是现在人类所还难免的——女士所"已心许"的那"一人"究竟怎样，我们不得而知，为避免无谓的妒忌和猜疑起见，女士就是要用上面所说的开诚布公文友的办法，最好也先与那"一人"商量商量，看他的态度怎样。倘使他是一个很能谅解的男子，当然无问题；倘使他连此都不以为然，而在女士因"心许"而必要保持着他的话，那只有连开诚布公做朋友的一层也抛弃了。

至于合作译书的事情，在此事的本身也算不了一回事。例如俞庆棠女士嫁给唐庆贻君，俞女士却和孟宪承君共译了一本教育名著（书名一时记不起来）。唐、孟，他们都是朋友，我们并未闻他们因此吃起醋来。所以张女士和那位助教共译一书之是否可行，也须看他所"心许"

的那"一人"的态度怎样。我说这句话,并不是说张女士自己不应有主张而必须依那"一人"为从违,不过是说倘若张女士已爱上了那"一人"而要千方百计的保持着他,那末关于这种可以引起对方醋味可能的事情不得不审慎罢了。

韬奋